THE FIVE CITIES OF

# DU FU

这是我在中国内地乘坐的第一列火车，广州到长沙的 76 次。

桂林市里的公车，女司机很年轻。

小小的岳阳火车站，有一种小城特有的逍遥韵味。

我曾祖父盖的文舫楼

西安火车站是座仿唐建筑，屋顶正脊两端各有一个鸱尾，很有盛唐气象。

夏天的西安街头，还有流动的书报摊。

骑车在西安街头，见到一头驴子拉着一车的麦草。

这列 44 次火车，载我走过杜甫“五城”的前半段旅程。

吐鲁番苏公塔

银川火车站，有一种伊斯兰风味。

武川县城清冷的大街

云冈第九、第十窟，有一种印度式奇异的美。

一头骡子，拉来一车的煤，就在大同一家卫生院正门前卸下。

山西平陆县黄河茅津渡口，窄小得可以像《诗经》所说“一苇杭之”。对岸便是河南三门峡市。

如今只有这伊水河边上的龙门石窟，还保存一点北朝隋唐的余光。

傍晚，我俯览重庆第七号码头，有一种莫名的感动。

湘西的小舟，载不动许多愁。

沈从文的凤凰小镇，古老的民居和民巷。

河南宝丰火车站，很有性格，连大字标语也跟外墙配合得很有趣味。

西岳华山像个巨型馒头，离市区那么近，让人倍感亲切。

青海甲骨文似的山

三岔汽车站前的小吃摊，在晨光中有一种温馨的韵味。

大理，民巷的幽静和炊烟。

唐睿宗的桥陵，在所有的唐陵中，最有帝王气派。

泰宁尚书第，一个穿着蓝衣的老妇女，抱着一个小孩，若有所思地立在回廊上。

# 杜甫的五城

## 一位唐史学者的寻踪壮游

〔马来西亚〕赖瑞和／著

清華大學出版社
北京

版权所有，侵权必究。举报：010-62782989，beiqinquan@tup.tsinghua.edu.cn。

图书在版编目（CIP）数据

杜甫的五城：一位唐史学者的寻踪壮游：典藏版 /（马来）赖瑞和著. —北京：清华大学出版社，2022.12（2024.11重印）

ISBN 978-7-302-61318-3

Ⅰ. ①杜… Ⅱ. ①赖… Ⅲ. ①游记–作品集–马来西亚–现代 Ⅳ. ①I338.65

中国版本图书馆CIP数据核字（2022）第123256号

**责任编辑**：张 阳
**封面设计**：吴丹娜
**版式设计**：谢晓翠
**责任校对**：王荣静
**责任印制**：杨 艳

**出版发行**：清华大学出版社
**网 址**：https://www.tup.com.cn，https://www.wqxuetang.com
**地 址**：北京清华大学学研大厦A座 **邮 编**：100084
**社 总 机**：010-83470000 **邮 购**：010-62786544
**投稿与读者服务**：010-62776969, c-service@tup.tsinghua.edu.cn
**质量反馈**：010-62772015, zhiliang@tup.tsinghua.edu.cn
**印 装 者**：小森印刷（北京）有限公司
**经 销**：全国新华书店
**开 本**：145mm×210mm **印 张**：10.75 **插 页**：8 **字 数**：246千字
**版 次**：2022年12月第1版 **印 次**：2024年11月第3次印刷
**定 价**：89.00 元

---

产品编号：092429-01

# 典藏版序

这本书历经了好几个版本。第一是台北尔雅出版社的繁体字本（1999），至今仍在台湾印行发售。第二是北京清华大学出版社的简体字本（2008），在大陆销售。第三也是清华的简体本，但封面和装帧重新设计过，内文重排（2013）。第四是清华的全新彩图版，增加了二百多张彩色照片（2017）。现在读者手上拿着的这本，是第五版，也称为典藏版，封面和装帧全换新的，内文略有修订，距离台北的第一个版本，有二十二年之遥了。

一本书印行了二十多年后，清华大学出版社仍愿意再出新版，且称之为“典藏版”，把它视为可以珍藏的“经典”来看待，继续让它在书市上流通，表示读者对书中所描写的中国，1989 年夏到 1992 年夏的中国，依然深感兴趣，愿花钱买书。这些年来，中国发生了翻天覆地的变化。比如，我当时经常从香港进出的深圳，从一个小农村，如今变成了全国仅有的四个一线城市之一，跟北京、上海、广州齐名。1989 年夏，我第一次回老家广东梅州时，还得从广州越秀南车站，搭乘一辆老旧、拥挤的巴士，在路上摇摇晃晃了十多个小时，才能回到梅州。本书第三章“仙人的糕点”，细写过这段艰辛的旅程。2017 年夏天，我又重返老家探亲，发现广州和梅州已有火车通行了，可以从广州东站，乘坐 T8365 次快车，约五个多小时就到梅州了，比从前节省了约六个小时。这些已经消失或正在慢慢消失的古早中国，以及我当时异常任性的单人旅行经验，或许反而是现在读者好奇的。

这二十多年来，关心本书的师长和朋友不少。其中南京大学文学院教授和古典文献研究所所长程章灿先生，早在2009年，便给我写了一封电邮，附赠诗一首鼓励：

瑞和教授：

前几天偷闲，拜读大作《杜甫的五城》，极为喜欢。其最难得者，为不动声色之中，含悠然远想之致。虽史家之归旨，实诗人之情怀。至壮游万里，与世委蛇，无不恬然自适，更人生一极高境界，弟歆羡不已。情动乎衷，命笔作七律一首，此律为弟此次来台近半年来首次开笔作诗，因缘难得，故附呈教正。并已贴在弟之博客上。

读《杜甫的五城》赠赖瑞和

海外徒然望九州，卅年始作梦中游。
黄沙日落唐关远，野渡船横汉水流。
马史多情行万里，羊公不涕亦千秋。
此身合是无须问，剑阁霏霏雨未收。

再次感谢赠书，感谢从读书中得到的知识和人生启示。

程章灿　拜上
2009年12月28日

感谢程老师的赠诗和美言，让我备受鼓舞，倍感温馨。这里也要特别感谢帮助过本书成长的朋友和责任编辑们。

赖瑞和
2021年4月2日于马来西亚新山市（Johor Bahru）
sflai1953@gmail.com

# 再版序

这本中国大陆简体本《杜甫的五城》，又要再版了，有点出乎我意料。

本书的简体字第二版 2008 年 9 月在清华大学出版社出版后，我在 2011 年的春节前后，带着妻子和最小的女儿（当时 13 岁）再次重访大陆。先从台北飞到北京，玩了一星期。妻女第一次去大陆，当然免不了要去万里长城、十三陵、故宫和颐和园等热门景点。但我们也去看了两个冷门景点：北京近郊周口店的北京猿人遗址和房山区的房山石经。此行有一种冬游的萧瑟，感受到一种难得的北国冬日风情。接着，从北京飞往西安，再从西安飞往杭州。然后，从杭州乘搭了火车前往绍兴（我第一次去绍兴）。最后，从绍兴乘动车到上海，再从上海飞回台北。

这次旅行所见到的中国，跟本书所描写的中国，相距有二十多年之久，让我体验到中国的剧烈改变：自行车少了，私人轿车多了，人们的衣着亮丽了，物价更高了。

这次旅行还有一个特色。到了北京、西安、杭州和上海这几个我从前到过的城市，也是《杜甫的五城》描写过的城市，我都特意选择住在二十多年前我住过的那几家饭店：北京的华侨饭店、西安的解放饭店、杭州的华侨饭店和上海的大金门酒店（从前叫华侨饭店）。这当然是为了怀旧，重游故地。我们没有住大陆朋友建议的新饭店。

这些饭店都还在原址。二十多年不见，它们的外观似乎没有多少改变，只是周遭的景物好像变了很多，或跟我的记忆不一样。比如，北京北新桥三条的华侨饭店，原来竟位于一个胡同里面，从前我没有注意到这一点。西安的解放饭店，从前跟火车站遥遥相对，隔着一个大广场，人来人往，好不热闹，从解放饭店楼上的窗前看出去，颇为壮观。但这个大广场，现在有一座高架的公路桥穿过，气势大减。

二十多年前住在这些饭店时，房间的钥匙是不给房客的。刚住进去时，由各层楼的女服务员开门，出去时自己关上，回来时再请女服务员开房门。这样当然有些不便，想是为了管控进出的闲杂人员。现在钥匙都给房客自行持有，自行开门，自由多了。

二十多年前在大陆旅行，当时乘坐火车几乎都是所谓的“绿皮车”，如今已成历史。那时出门，必备的一本书叫《全国火车铁路时刻表》，现在也不需要了，可以在网上查到最新的火车时刻表。照虚岁的算法，我今年正好六十岁，临近老年了。回忆二十多年前，我壮年时，一个人独自在中国大地上行走，大部分时间乘坐火车，竟跑了四万多公里的路，走过了大半个中国。那时我是那么的疯狂。当时或许有点苦，有点寂寞，但隔了二十多年往回看，那些往事而今都变得十分珍贵，十分甜美了。我怀念年轻时的冲劲，在中国有过这样的壮游，也庆幸我曾经写过这样一本书，记录了一个个现在或许正在慢慢消失的场景。

赖瑞和

2012 年 3 月 20 日于台湾新竹

# 简体字版自序

《杜甫的五城》简体字版，终于要在中国大陆出版了，真是高兴。欣喜之余，我不禁想补写一篇自序，以记其事。此书的繁体字版最初在中国台湾由尔雅出版社印行时，只有一篇后记，没有自序。

近年，中国的经济蓬勃发展，旅游业跟着兴起，出门游玩的人多了起来。出版界也出了不少旅游书以应付市场的需求。我想这类书大概可以分成两大类。

第一类是"旅游指南"，英文称之为"travel guide"。这类书的好处是，一般都附有地图、交通与住宿信息，以及各种大大小小旅游景点的介绍，非常实用。但不足的是，它没有旅行者个人的经验呈现，没有细腻生动的叙事细节，一般也没有任何"文采"可言。更重要的是，旅游指南必须不断更新修订。欧美著名的旅游指南，比如"孤独星球"（Lonely Planet）系列，几乎每年都要出版一个修订本，否则交通、住宿等信息就会过时。

第二类旅游书，我想称之为"旅行书"，也就是英文所说的"travel book"，以示和"旅游指南"有别。很多时候，这类书刚好和第一类相反：常常没有地图，没有交通、住宿的详细导引，经常也不介绍所有旅游景点。但旅行书的优点是，它重视旅行者个人的经历，通常放在一个特定的叙事框架下来叙述，而且一般都要求有点"文采"。比起旅游指南，旅行书最占优势的一点是，它可以说"不会过时"，因为旅行者的那些旅行经历，是独特的，不会因时间流逝而有所折损。这些经历一旦锁定在某个历史时空，甚至会变得更有历史感，更有历史价值。比如，日本和尚圆仁（794—864）随遣唐使来唐九年，走过了大半个中国（主要在北方），写下一本十分精彩的旅行书《入唐求法巡礼行记》，如今成了我们唐史学者最珍爱的史籍之一。圆仁在书中常常提到唐代米粟等物的时价，以及他雇用驴子或请人抄书的价钱等细节。这些在当时想必是十分琐碎的事，但现在却成了十分珍贵的唐代经济史资料。

这本《杜甫的五城》当然属于第二类。我自己给它的“定位”是：它不但是一本“旅行书”，而且还是一本“文学旅行书”。祈望读者不要把它错当成是一本旅游指南才好。

为什么要那么强调“文学”呢？我目前的专业虽然是历史尤其是唐史研究，但我少年时却是个文学青年，也曾经发表过一些现代诗作。大学时代，我在中国台大外文系念英美文学，对 18 世纪、19 世纪浪漫时代英国诗人，如拜伦（George Gordon Byron,1788—1824）、雪莱（Percy Bysshe Shelley, 1792—1822）和济慈（John Keats, 1795—1821）的欧洲“壮游”（Grand Tour）有过不少幻想。这些年来对现代英美作家的文学旅行书也颇爱读。

我在《杜甫的五城》繁体字版“后记”中说过，我“想以一种沉静的笔调，细写火车旅行的乐趣和一些比较少人去的非旅游热点”。所谓“沉静的笔调”，就是用我少年时所习得的写诗方法，在下笔时特别留意那个叙事语调，再以一种看似“极简”的句子和字词去表达。在本书中，我刻意不使用任何四字成语，就是因为觉得成语不免都是语言中的“陈腔滥调”，会破坏我那“沉静的笔调”和极简的风格。

几年前，有一位住在海外的中国大陆读者，读完繁体字版《杜甫的五城》后，给我写了一封电邮，告诉我说，他读我的书，常感觉到一种“难以解说的悲伤”。这是我收到的众多读者电邮中，最让我感动和高兴的一封。我猜想，那就是我那“沉静的笔调”在发挥作用吧，可以让这位读者感觉到一种“悲伤”，却又是“难以解说”的。

繁体字版的《杜甫的五城》，原本连一幅地图、一张照片也没有。这次出版简体字版，清华大学出版社的编辑，信息非常灵通，竟发现我原来还有另一本书《坐火车游盛唐：中国之旅私相簿》（台北：人人出版社，2002）。这本《坐火车游盛唐：中国之旅私相簿》实际上就是《杜甫的五城》的图解版，内收 240 张我自己拍的照片，配上全新的文字，以一种写明信片似的轻快笔调来重写我的大陆旅行经验。于是编辑建议采用该书中的数十张照片，好让《杜甫的五城》看起来不至于那么单调。我觉得这办法真好，甚至更可以让本书读者预先“尝尝”我另一本图文书的“滋味”（这些照片在《坐火车游盛唐：中国之旅私相簿》中原为彩色印刷，但在本书中改为黑白，大小也略有不同）。编辑又替我制作了一些旅行路线图，费了不少心力。这里我要特别感谢他。

赖瑞和

2008 年 5 月 21 日于台湾新竹

# 目录

# 人生旅程的一半

拱北 · 广州 · 长沙 · 岳阳



一

十多年前，我还在美国普林斯顿大学念博士的时候，经常有机会和教我宋史及近代史的刘子健教授，在东亚系那间雅致的壮思堂，喝茶聊天。有一天，刘老师对我说："你是念唐史的，应该到西安去看看。"跟着，刘老师突然站了起来，用双臂做了一个环抱的姿势说："西安南部都被整个终南山包围着。你去看了，就知道为什么唐朝要选在长安建都，因为那里可守啊！"

刘老师的这一番话和他那个生动的环抱手势，正好打动了我内心深处，一直给我留下深刻的印象。我当时还以为，到了西安，只要站在市区，往南一看，就可以见到终南山！从此，我更下定决心，有一天不但要到西安去，而且还要走遍整个中国大地。

当然，我这个走遍整个中国的梦，并不是在普林斯顿时开始的。我记得，早在中学时代，读了许多新文学作品和武侠小说，我的幻想已经到了黄河、长江、峨眉山、大理等地。不巧，中学时期，大陆都处于“文化大革命”中，对外深锁。20世纪70年代末期，我在台大外文系念书，大陆开始慢慢开放，但我是穷学生，也不敢有太多奢望。所以，这些幻想和欲望，都被埋在心底深处了。

在普林斯顿五年，我改行专治中国文史，其中一个原因，恐怕也是因为这些幻想和欲望，在现实生活中得不到实现的另一种反映。既然到不了中国大陆，那么在故纸堆中，捕捉中国的影子，也是一种补偿吧。不料，这样做真的是愈陷愈深。书本上的中国，反而常常更增添了我的幻想和欲望。

我的博士论文题目，选的是《唐代的军事与边防制度》。这题目正好可以让我在幻想中，奔驰在整个大唐帝国的广大版图上，从西北边疆跑到西南边界，再随着隋唐大运河，跑遍江南沿海各地。

要了解唐代在全国各地的军事部署，当然要先弄清楚整个唐代的历史地理。在这方面，一般的历史地图集是不足以应付的。幸好，南港“中央研究院”已故的严耕望院士，是这方面名满国际的权威，世界上恐怕没有其他人，比他更清楚唐代的地理和交通了。当年我读他的一系列论文，和他那套大部头的专书《唐代交通图考》，都深为倾倒，也常常在想，什么时候我能到那些地方走一趟，圆了我少年时代的一个梦，那就好了。

在普大那几年，我常常想起杜甫一首诗《塞芦子》的起首两句：“五城何迢迢？迢迢隔河水。”历代注释杜诗的学者，对“五城”何指，不敢确定，看法也不尽相同。连博学的钱谦益，也只引了几则前人互相矛盾的说法了事，把读者弄得更糊涂了。据严耕望的考证，这里应当取朱鹤龄的注。这“五城”其实是指唐代在河套地区的五座主要的军城：丰安、定远、西受降城、中受降城和东受降城。

这五座军城，对唐代的西北国防太重要了，所以连杜甫写诗，也要提上一笔。它们的位置和距离，在《元和郡县图志》等唐代的地理书中，都说得清清楚楚，但到底有多远，有多“迢迢”，我就没法体会了。所以，我常想，总有一天，我一定要乘搭火车，沿着黄河，走这一段路。从现代的兰州出发，往北走，经中卫、银川、平罗、五原和包头，一直走到呼和浩特，去感受“五城何迢迢”的滋味。

在普林斯顿期间，我靠奖学金过活，收入正好抵消支出，没有多余的闲钱去旅行。到中国内地去的机缘，一直等到在普大写完了论文，转到香港去教书后，才给我碰上。1988年的秋天，我决定接受香港岭南学院的聘约，到翻译系去教中英翻译。我想促使我接受聘约的其中一个原因，恐怕是因为香港和内地，只隔了一座短短的罗湖桥。我心想，从此住在中国这个南方的门户，必定有许多机会，经常回内地去圆梦。

岭南的这份教职，也是我几乎十多年来，一直在大学里头读书，没有正常工作后的第一份“正业”。我这才开始有了“正规”的收入。岭南的暑假长达三个多月，“闲”我也有了。于是，到香港后的第一个暑假，我终于踏上去往中国内地之路了。那一年，我三十五岁，正好走到了诗人但丁在《神曲》一开头所说的“人生旅程的一半”。我有幸在这样一个意义深长的年龄，开始整个内地行，觉得真是一种美丽的巧合。



## 二

那年暑假，我筹划旅程，一开始就决定，火车将是今后中国内地行的主要交通工具。这可能又是我少年时代的另一个梦想。

在整个中学期间，我们一家就住在一个火车站附近的一座高楼上。在那个惨绿的，带点莫名苦闷的年代，我经常无聊地站在门口，望着楼下路过的火车发呆。久而久之，火车变成了我生活中的一部分。火车到站的声音，常常可以作为我家生活作息的时钟。

清早第一班从北方开来的客运火车开进站时，我知道是早上7点10分左右，必须赶紧下楼上学去，再迟就来不及了。傍晚另一班北上的列车进站时，我知道家里就快开饭了。夜里，睡在房中，常常可以听到最后一班载货的列车开过去，那便是半夜12点左右。它的老式蒸汽引擎发出的清脆声音，那种一长三短的韵律和节奏，我到今天还依稀记得。下午放学回家，无聊时望着这些火车，常在幻想，什么时候，这些火车可以载我离开那个南方闭塞的小城，到外头辽远的世界去浪游。

少年时对火车培养出来的这种特殊感情，到我走到“人生旅程的一半”时，一有机会，真是一发不可收拾。我这个“火车迷”，不但决意要乘火车，从广州坐到西安，而且还要从西安，乘火车到远在新疆的乌鲁木齐。这些都是长达好几千公里，几天几夜的旅程。我想，也唯有这样，才能感受到杜甫所说的“何迢迢”的滋味，才能亲身体会两地的距离，才能让美好的河山，在我眼前慢慢流过去。这些，都是乘搭飞机没有办法做到的。

翻开中国地图，发现地图上几乎每一个地方，我都想去。唐朝军队到过的地方，我更想去。唐朝建都长安，整个国防的中心点在西面。主要的外敌，初期是西北方的突厥，后期是西南面的吐蕃和南诏。这几条防线上，每一个重要的据点，我都想去走一走。

翻开地图，我仿佛是一个七岁的小男孩，打开了世界上一家最大玩具店的大门。店里的各种玩具，现在可以任我挑选了。我贪心地圈下一个又一个地名。但中国毕竟太大了，要去的地方太多了，整整三个月的暑假，走也走不完。我决定分成好几个暑假和寒假，来完成我的中国内地壮游。

毕竟，我当时还没有在内地旅行的经验，也不清楚内地的铁路系统，不敢一起步就到西北去。我决定先来个暖身试探。第一年暑假的六月，先乘火车，最北只到长沙、岳阳，然后就折返南方的桂林和当年柳宗元被放逐的柳州。再乘长途汽车到梧州，顺着西江，漂流到广州。最后，要回到我的祖籍，也是我母亲的故乡——广东梅县。而且，我要追随我母亲当年下南洋“出番”下嫁的路线，从梅县乘车到潮州和汕头，再乘大船出海回香港。

这一段路程，只要两个多星期。到八月底，天气比较凉快以后，我再到西北和西北的大漠去。

## 三

一般从香港进入内地，是穿越罗湖桥的。不过，还有一个更吸引我的方式，是从澳门出发，进入拱北。我想，多半是“拱北”这个别致的地名吸引我。而且，在清代，外国使臣到中国去朝贡，也多半取道澳门，沿着珠江北上，而非香港。在唐代，澳门、珠海一带，还是南蛮之地。

澳门的关闸是个不设防的地方，不查护照，门户大开，旅人自由进出。不少中老年妇女，推着手推车，或提着菜篮，好像去内地赶集一样。那年六月的一个早晨，我一个人提着一件简单行李，一直走到内地的关口，有个女海关人员问我要护照，我才知道自己早已离开了澳门，进入内地的领土了。

我在拱北市区乘了一辆小巴士，在路上摇晃了四个多小时，来到了广州。车子停在广州火车站对面的站前路。一下车，便可见到好几家宾馆。我选了一家叫“新大地”的宾馆，当年每晚只要六十元，属于“中下档”，还过得去。这条站前路，车子稀少，行人也不多，在广州这个好几百万人口的大都会，可说十分幽静难得。而且，走不到五分钟，便是火车站了，是个十分理想的中途栖息地。从此以后，每次到广州，必定住在站前路这些宾馆。

吃过中饭后，我走到火车站，准备买一张到长沙去的软卧车票。这是我第一次在内地自己买火车票。一走进售票厅，里面的人、汗味和气氛，便让我觉得晕眩。从来没有见过那么多人，挤在那么一个空间里，而且每个人看来好像都那么粗蛮，随时准备打架的模样。售票窗口有十来个，每个窗口前都有一条人龙。这些人龙仿佛永远那么长，永远不会移动一般。排在队的后头，不知要几个小时才会轮到。我无助地观望了一会儿。

突然发现有一个窗口前的人龙最短。原来，那是专供外宾、记者和人大代表买票的，看来正好适合我。我挤到那里去，只有五六个人在排队，不久便轮到了。这时，才发现所有售票窗口都很高，几乎到我的下巴，矮小的人不知怎么办？洞口很小，仅仅可以容许一只手伸进去，好像古老监牢里给囚犯送饭用的那种小窗。周围都是厚厚的水泥墙壁，没有任何玻璃。只有透过这个小窗洞，才能见到里面的售票员。而她和窗口又隔了一张她自己的办公桌子。从小洞望进去，她坐得老远，至少在一米外。我唯恐她听不见我的声音，只好大声喊道：

“请给我一张明天16次，到长沙的软卧票。”

“拿证件来。”她说。

她看了我的护照，非常友善地告诉我，16次车是开往北京的，票不好买，建议我不如改坐刚开的76次。这班车只到长沙，而且开车时间比16次早了一个多小时。票价九十四元六角，要收外汇券（外汇券到20世纪90年代初期才取消）。

我没想到那么轻易便可买到一张软卧票，高高兴兴地把一张一百大元的外汇券奉上。当时，我还不清楚外汇券和人民币在市场价值上的分别。直到后来才知道，当时我付的票价，比内地老百姓付的高出好几倍，等于一般人半个月的工资。这名售票员见了我的护照，完全把我当作“洋鬼子”看待，老实不客气地要了最高一级的车费。难怪，她当时给我的服务，也是第一流的。找钱的时候，满口“请稍候”“谢谢”，声音甜美极了。

买好票后，又乘小巴到北京路一带的书店逛。在教育书店，见到一套精装的《新唐书》。平装本的《新唐书》很常见，我也已有一套，但精装本倒是很罕见，很想买下。可惜还有一大段路要走，不方便带着，还是没买。又到古籍书店，见到《全唐文》《册府元龟》和《太平御览》。这几部大书，都是我在普林斯顿当研究生时，经常要翻查的，如今在中国本土见到，分外亲切。我又想起我那位指导教授说的：“唐人写的几乎所有传世的文献，就收在这几部书里。你若有恒心，可以坐下来慢慢读，在你这一生中是可以读完的，但唐以后的文献就太多了，想读也读不完。”或许，等我到不惑之年，有一天，不再教书了，真的会坐下来把所有唐文读完。

第二天，我还有几乎一整个白天的时间在广州。76次火车，要到下午5点半才开行。清早游过黄花岗七十二烈士墓后，童心大发，决定顺道乘巴士去游广州的动物园，想去看看中国的大熊猫。在我的印象中，熊猫是很金贵的动物。好些年前，在美国华盛顿特区第一次见到的熊猫，是关在一个特制的玻璃大箱里，里面有假山和竹子，还有全套的空气调节系统。那一对中国送给美国的大熊猫，在玻璃箱里，悠闲地吃着竹子。它们的毛色，正像明信片上所印的那样黑白分明，干净漂亮。然而，可能是因为玻璃箱的关系，这一对熊猫，却给人很不真实的感觉。

相比之下，广州动物园的这头熊猫，便没有那么娇贵了。它的笼子，和其他动物的笼子一样平凡，没有什么特别之处，甚至可说相当简陋。这里也没有空气调节系统。笼里的地面是水泥地，布满黄尘土。看来，熊猫虽贵为国宝，却没有享受到什么“特权”。我到的时候，熊猫正好爬到一棵矮树上，背靠着树干，双手捧着一个圆形的大铁盘子，在舔食物，模样可爱极了。更可爱的是，不久，它舔完食物后，把那个大铁盘子，重重地往地上胡乱一摔，活像个任性的小男孩在发脾气。圆铁盘落在地上，真是“掷地有声”，不断在盘旋，发出清脆的声音，回音久久才息。然后，熊猫懒洋洋地从树上爬下来，走到笼子中央的另一棵树下去睡午觉。好些年过去了，直到现在，铁盘落地的清脆声音，还在我耳边缭绕。

广州动物园的犀牛，眼神像个饱经世故的智者。

# 四

没想到，我第一次在内地乘火车，竟有缘坐上软卧车。这是内地铁路火车最高的等级，从前只有高级干部和外国旅客才能乘坐。当初选择软卧，可能是受电影《东方快车》的影响，以为坐在这种舒服的车厢中，漫游自己的梦土，是一件十分浪漫的事。

长沙位于北京到广州的京广铁路线上。京广线是中国最繁忙的一条铁路，上京的人众多。软卧车厢一般只有一节，比起硬座车，票可能更难买，早就被广州各个党政单位预先订光了。一般外国旅客，也要通过中国旅行社一类的国营单位，才能买上票，而且还得付出一笔可观的“订票服务费”。我后来才知道，像我那天自己去火车站买到软卧票，可以说非常幸运，也可算是个例外。很可能因为这班76次车，的确像那位售票员所说，刚开通，还没有什么人晓得，所以才给我买上。

广州火车站有一个母婴候车室，专供带有小孩的家长使用，很文明。我持软卧票，也被安排到这个候车室等待。下午4点半，开始检票上车。我们都优先上，不必和其他旅客争夺。

一走进软卧车厢，感觉的确不同。服务员温文有礼，走道上铺着红地毯，冷空调扑面而来。每个“卧室”里有四个床位，分左右、上下铺，中间有一张小桌子，上面摆着一瓶塑胶花和一壶热水。一直到火车开行时，这个“卧室”里还只有我一个人，另三个卧铺还空着没人。我想起一位美国小说家（也是一位“火车迷”）说的：在中国，乘坐这种软卧车，如果四人共用的卧室中只有你一人，那是一种“天赐的福气”！

火车离开广州站后不久，经过华南一大片一大片绿油油的稻田。这种绿色，让人想起一位诗人所说，“绿得可以滴出水来”。下午5点多，金黄色的夕阳斜照进来。卧室里静悄悄的，自成一个安宁的小世界。我一面喝茶，一面欣赏窗外的风景，开始感受到那位美国小说家所说的“天赐的福气”。可惜，我这种“福气”并不持久。火车开行后约半小时，便有一位经理级的人物，进来和我分享“福气”。他是“先上车后补票”的。

他是长沙某烟厂某部门的经理。我又天真又好奇地问他，为什么他不像我那样，自己去火车站买票，而要先上车后补票？原来他的“级别”还不够。虽是经理，可是还没到可以买软卧票所需的“职级”。火车站的售票员要查证件，他没有这种证件。不过，火车开行后，没卖出的空置卧铺，可以由列车长自行处理出售。而软卧车的那位乘务员，是他认识的一位老同乡，所以他先用硬座车票上车，再去找同乡帮忙补票。

这位经理姓张，看样子很精明。他一眼就认出我穿的衬衫是什么牌子。可能是这件衣服的口袋上，有两个三角形的小标志。可那也并非什么名牌，在香港满街都是。但这位经理居然这么留意这些细节，倒是出乎我意料。他还认出，我的长裤是定做的。经他这么一说，我开始醒悟，我这一身在香港原本属于极普通，甚至可能还不“合格”的衣着，在内地则变得太好了，跟周围的环境不配搭，一眼就让人认出是外来者，在旅行中可能反而会招来许多不便。从此，我决心在这方面多多“改善”。

夜里，睡在舒服的软卧上，度过我在内地的第二个晚上。临睡前才发现，内地的软卧或硬卧铺，都没有布帘。如果像马来西亚的二等火车卧铺，前面有块布帘可以拉上的话，那更会给这些旅人的临时睡窝，增添不少温馨和隐私，也更符合那位美国小说家的“福气”论。火车经过十多个小时的运行，第二天一早开进了长沙站。

## 五

我这次“暖身行”的第一站，选择长沙，主要因为长沙离香港不远，而且我也想看看马王堆汉墓。1972年，这里出土了帛书《老子》和其他珍贵文物。然而，马王堆最有名的，恐怕还是那具历两千年还未腐烂的西汉女尸。但我对这女尸，其实没有什么兴趣。在湖南省博物馆里，我也只是远远地对这具摆在玻璃柜中的古尸，“瞄”了一眼，不想走到面前看。对我来说，观看古尸并非一件有趣的事。我的兴趣，倒是在马王堆的文物出土现场。

在普林斯顿当研究生时，第一年为了找题目写博士论文，阅读了大批中国大陆的考古报告。印象最深刻的一点是，国内的古墓，其实绝大部分都被盗劫过。在这些考古报告里，最常见到的一句话是：“可惜该墓早年被盗，出土文物只有……”如果一座古墓还没有被盗劫的话，那往往便会有大批珍贵的文物出土，轰动整个考古界。可是，没有被盗的古墓，毕竟不多。最有名的两个例子是：河北满城的西汉中山靖王刘胜夫妇墓，有金缕玉衣出土；河南安阳小屯殷墟的妇好墓，有大批商代青铜器出土。马王堆汉墓一号，也是少数未被盗的古墓之一，所以才有那么多的文物面世。

马王堆的考古报告，早已经出版。但这些考古报告，都着重于描述出土文物本身，而对发掘现场，只是一笔带过。马王堆的出土文物，目前在长沙市中心的湖南省博物馆中展出。一般游客，到此一游便也了事。可是，博物馆毕竟不是马王堆。马王堆还在长沙市郊约四公里的地方。这个文物出土地点，反倒是我更想先去看看的。

于是，抵达长沙后，一早便乘了一辆出租车，先去寻访“真正”的马王堆。天下着雨，车子经过市郊的泥泞路，走了约半小时，来到一座小山前。山脚下有一个不起眼的告示板，写着“西汉古墓”四个字。这便是被当地人称作马王堆的地方了。两千多年前，西汉诸侯长沙丞相利仓和他的夫人及儿子，便埋葬在这里。1972年，军队在这里做射击演习时，无意中发现。巧合的是，河北满城的刘胜墓，最先也是由于军队挖掘防空壕而发现的。

而今，马王堆一片寂静，甚至连游人也不来了。当年发掘的现场，已盖起了一座建筑物加以保护。走进这建筑物，可以见到底下三个大墓的遗址。墓室的结构也清晰可见。据考古报告说，一号墓从封土顶到墓底，深达20.5米，超过六层大厦的高度。当年发掘时，不知何故，竟将整个山头挖走，从山顶往下挖，以致造成如今一个深达六层楼的大坑，确是壮观。

从马王堆回来，才到省博物馆去看出土的展品。一号墓没有被盗，所以出土文物大都来自此墓。二、三号墓都被盗过。那两个巨型木棺椁上，都留下了盗墓洞口。棺椁的木材极厚，外椁那层厚达一尺。当年盗墓人恐怕也费了不少功夫，才锯成那几个方形的大洞。

至于那具两千年不腐的女尸，据我远远“瞄”一眼所见，

长沙马王堆三号墓出土的木棺椁

看来很干枯的样子，面形扭曲，黑兮兮的，和传说中所谓的“栩栩如生”，好像不符。不过，据出租车司机说，当年他在省政府里做事，负责载一位显要人物到现场去视察。当时他所见到的女尸，确是“红润”的。可能是当年的考古技术和经验都不足，尸体出土后，随意暴露在外面，没有妥当地处理，以致每小时都发生不同的化学变化。现在，隔了快二十年，当然更不如当年的“红润”了。

## 六

离开长沙以后，我决定再往北走一小段路程，到岳阳去。岳阳距离长沙不远，乘火车两个多小时可到。我买了一张硬座车票，想和内地老百姓一起挤挤火车。这班火车从长沙始发，所以连硬座车都对号入座，不必争先恐后。硬座也挺舒服的，比起内地长途汽车的座位，宽松许多。

从长沙到岳阳，中途在汨罗停靠。这是传说中诗人屈原沉江的地方。火车开进汨罗站时，我第一次见到的，不再是书本上的汨罗，而是写在站牌上的汨罗。不久，火车离开汨罗站后，经过

写在火车站牌上的“汨罗”

一座铁桥，桥下便是汨罗江了。远远望去，江面并不很阔，江水静静地流去，水天一色。江上有三五只古老的小舟停泊。江边草地翠绿，有人在垂钓。这里到处是水绿色的风景，悠闲恬静。绿油油的稻田，散布在许多大大小小的湖泊之间。越接近岳阳，小小的湖泊也越来越多了，因为洞庭湖就快到了。湖边都长满高高的芦苇。

在长沙，我住在主要招待港澳同胞和外宾的芙蓉宾馆，每晚九十元外汇券。到了岳阳，出了火车站口，便见到前面有火车站招待所，很简陋的样子。我决定试一试，想看看内地不同等级的旅馆，到底是怎么一回事。这里一个床位只要八元人民币。那晚我的室友是一名六十多岁的老人，从湘西来岳阳出差的。

房里有蚊帐，有彩色电视，还算干净。厕所是公用的，但有抽水设备。整个来说，我觉得住在这种专门招待内地同胞的旅馆，也还不错，可以体验到更真实的内地生活。如果包房的话，那更舒服。这以后，我有时会专挑这种地方住宿，想更深入看看内地同胞的生活，甚至还住过比招待所还低一级的小旅社。唯一不便的是，这一类旅馆，有时会严格按照当时的有关规定，拒绝招待我这种从香港来的同胞。

据说是诗人屈原沉江的汨罗，水天一色。

岳阳那年已升为市，但在市面上所见，明显还很简朴，还没有感染到外头花花世界的繁华。这里可能因为地理位置的关系，游客多来自国内，几乎没有什么国外的旅客会来。然而，在历史上，岳阳可能并不如此冷清。范仲淹的名篇《岳阳楼记》，不就说这儿“北通巫峡，南极潇湘，迁客骚人，多会于此”吗？但现在，在长江三峡旅游，许多时候已经不须在岳阳停泊。岳阳的光辉历史，只能到文学史上去找寻了。

“昔闻洞庭水，今上岳阳楼。”杜甫当年是登过岳阳楼的。然而，如今的岳阳楼，已不再是唐代或宋代的了，据说是清代重修的，但重修的部分是哪些，不得而知。我常觉得，国内这些“重修”的古迹，都修得很“新”，好像完全重建的样子。岳阳楼看来也非常“新”，整体结构、式样和颜色，都和武昌的黄鹤楼很相像。

小时候，我看过一部电影，背景便是洞庭湖。一艘大帆船，在暴雨中航行在洞庭湖上，摇来晃去，给我十分深刻的印象。在美国，那些专做老美生意的中国餐馆，几乎都有一道菜叫“洞庭虾”。当然，这些虾不可能是从洞庭湖中来的。菜名只不过反映了这些中国餐馆的湖南渊源罢了。所谓“洞庭虾”，其实是面粉油炸美国大虾，再加上酸甜酱。在美国五年，我也吃了不少“洞庭虾”。所以，到岳阳的第二天，便决定去游洞庭湖，以及湖中的小岛君山。

从岳阳楼高处往下望，山下的洞庭湖上，有几只小舟在漂浮着，风景秀丽，正像范仲淹所说，“衔远山，吞长江，浩浩汤汤”，而且“波澜不惊，上下天光，一碧万顷”。然而，走到湖边，却是另一回事。如今的洞庭湖，已受到严重的污染。在码头附近，一家小卖店的外墙上，有一个用红漆写的大字告示：“沿湖是

岳阳楼的一道城门

岳阳民巷里打牌的民众，老太婆慈祥地笑着。

穿着蓝布衣的老人，在巷子里闲坐晒太阳。

血吸虫易染地带，无防护设备严禁下水！”后来，在开往君山的船上，遇见几个君山的小学生。他们说，有一些同学已感染到这种血吸虫病，双脚发肿，不易治好。

在岳阳，我觉得还是那个小火车站最简朴可爱。它的外墙和柱子，漆上一种很罕见的泥黄色，非常耐看。站前广场上，人来人往，可是又不太拥挤，让人感觉到一种小城特殊的逍遥生活情调。

我游过岳阳楼和洞庭湖后，准备乘坐晚上161次的快车到桂林去。下午没事，我坐在广场前看人。

# 种柳柳江边

桂林 · 柳州 · 梧州 · 西江



一

161次快车从武昌始发，经广西，一直开到广东的湛江。这时，我已经买了一本《全国铁路列车时刻表》。这本书由中国铁道出版社出版，编得真好，里面列了全国所有火车班次的时间和经过的站名。书厚达三百页左右，拿在手上便让人觉得很有些分量了，而且每年四月出一个新版，资料不断更新。对我这种“火车迷”来说，想乘火车走遍整个辽阔的中国大地，这无疑是一本必备的旅行“圣经”。从此，我可以自己来安排行程了，不必靠旅行社，也不必到火车站去查看时间表了。比如，甚至在出门之前，人还在香港的时候，我已经可以从这本书中知道，可以在宁夏回族自治区的银川，选搭哪一班火车去呼和浩特，在什么时候可以抵达，而抵达呼和浩特之后，又可以转乘哪一班火车，到下一个目的地山西大同。

第一次知道这本书，是在香港买到一本“国外版”。国外版在各个火车站名后，都附加了英文拼音，显然是为了方便不懂中文的老外。但后来仔细查对，发现国外版是个简化的本子，不如纯中文的国内版来得完整。此书由铁道部自己下属的出版社出版，资料由部里的运输局提供，没有什么比这更权威的了，而且每年四月出一个新版，正好配合每年四月一日起实行的新火车时刻表。往后几年，我越来越依赖这本书来筹划我的旅程，而且发现它的资料的确可靠。所以每年暑假回内地，到广州后的第一件大事，往往就是去买一本该年最新版的《全国铁路列车时刻表》。此书每年的印数，据书后的版权页所载，高达一二百万本。它很可能是全中国最畅销的一本书。

看了这本书，才知道我的下一个目的地桂林，最好乘搭161次火车前去。这班火车将在晚上8点26分从武昌开抵岳阳，然后在路上运行一整个晚上，第二天早上9点31分抵达桂林。在岳阳时，我便想买一张软卧票，好在火车上睡一晚。但在岳阳火车站却买不上票。售票员说，这是一班“过路车”，岳阳不是始发站，所以不卖软卧票，连硬座票都不对号入座。于是，我只好买了一张硬座票，准备效仿长沙那位张经理，上了车再设法补软卧票。

161次火车准时到站。我走到软卧车，向列车长说明来意。想不到，他非常友善地说，没问题，他可以马上给我一个软卧铺位，叫我先进去坐，他待会儿就来给我补票。后来，这位列车长指着那卧室四个空着的铺位说：“这四个铺位，其实就是预留给岳阳站的。不过，他们大概想保留给党政单位，免得临时有什么高级干部要出差，没有卧铺，不好办事。所以，他们干脆跟你说没票了。”

火车开行后不久，又有一位经理级人物，进来这卧室和我分享“福气”。他是海南岛某工厂的经理，也是上车后才去补软卧票的。又过了半小时，突然有四个年轻小伙子闯了进来，声音很大，衣着新潮，很放肆，看来像个体户。他们也说要补软卧票。这时，火车上的列车员和厨师，都跑进来和他们聊天，仿佛和他们很熟络。那名胖厨师，还大拍马屁，频频问他们想吃什么。“我可以去弄。”他说。

原来，这四人是到处去收中药、卖中药的“倒爷”。他们经常乘坐这班火车，和列车员及厨师都混熟了，常有香烟孝敬，当然也可补到软卧票。不过，铺位不够，他们暂时挤在我们这里，等下一站长沙过了，预留给长沙站的铺位确定没人要了，他们再过去补票。后来和他们谈起，他们说，这样在各地贩卖中药材，每个月可以有整千元的收入。这等于当年国内一位大学教授月薪的三倍多，难怪他们可以坐坐软卧，享享福。

在火车上安睡了一晚，第二天清早抵达桂林。我住的旅馆，在市区北面的独秀峰附近，从窗口望出去，可以见到奇伟的峰顶。走出门外，就是明王城。当年北伐，便是从这里会师出发的。午饭后，乘坐了市内一辆破公车，到芦笛岩和七星公园去，度过一个逍遥的下午。

第二天一早，乘船游漓江。几天前下过大雨，上游的黄泥冲下来，漓江的水变得黄澄澄的。然而，沿岸的山很翠绿。一个个山峰，像膨胀了好几倍的驼峰，伏在那儿。远远望去，有时又像远古遗下的恐龙巨牙，倒竖在草地上。青青的河畔，偶尔有几头水牛在吃草。

漓江上的游船分成两种等级：一种只招待国内同胞，收费低；另一种招待国外旅客，收费高，依照国外标准，而且要收外汇券。我原想乘坐国内同胞那级，但售票员要查看证件，买不上票。有趣的是，在我们那艘只招待国外游客的船上，竟有两位从广州到桂林出差的某单位干部，而且他们身边都有位漂亮的当地“女伴游”陪着。他们说，因为这艘船的设备比较好，还有丰富的午餐供应，而招待国内同胞的船上，只有盒饭吃。至于费用，他们说，可以向单位“报销”，不必自己花钱。

游船经过几个小时的漂流，下午到了阳朔。游人全都挤在码头附近，等候车子来载他们回桂林。小贩紧张兮兮地四处兜售纪念品。有一名渔夫，提着那只帮他捕鱼的鸬鹚，兜人拍照，每次要收两元。我沿着小巷走到市里去。有几个老外，在光线微弱的小店里，看书写信。他们仿佛是有意坐在那儿，让人观赏的旅游景点。

桂林是个典型的热门旅游城市。街上随处可以见到游客，专做游客生意的野味餐厅也特别多。傍晚，在繁忙的中山路上，第一次见到那么多打扮入时的桂林女性，穿着高跟鞋，骑自行车。

## 二

从桂林到柳州，我乘坐115次直快车。这班火车，是从西安始发，最终开到柳州的。唐元和十年（815年），柳宗元被外放到柳

桂林市区里的独秀峰

漓江岸上的小山，像沱江恐龙的骨板。

州，也是从长安出发，在路上走了三个多月。但如今，这班火车只要两天两夜就到了柳州。我之所以选择115次，正因为它从西安开来，在我的想象中，仿佛穿过时间隧道，从唐代的长安开出来一样，带给人许多历史遐思。

然而，即使不是如此，我也会选搭这班火车的，因为它在早上9点左右到达桂林，中午12点左右即可开到柳州，正好配合我的时间表。从桂林到柳州，行车只要短短的三个小时，距离约一百八十公里。柳宗元在《寄韦珩》一诗中，说柳州在“桂州西南又千里”，那是诗人惯有的夸张笔法，不可信。在桂林上车，我买的是硬座票，不对号入座，成了一名“过路”的旅客。但桂林是个旅游大站，下车的人不少。我上了列车后，还是轻易找到一个座位。

这时，正逢大专院校刚放暑假，火车上几乎都是回家的年轻学生。在我旁边，有几个西安美术学院的学生。他们用小刀切开一个大西瓜，然后用刀尖挑着瓜肉吃。吃完以后，把瓜皮往座位下一甩，或者往窗外一抛。天气炎热，不少学生在喝啤酒，喝完随手把瓶子往窗外一摔，发出清脆的摔瓶声。这一切仿佛是很自然的举动。

到了柳州，乘一辆机动三轮车，到柳州饭店投宿。柳州市面上相当现代化，高楼密集，和桂林不相上下，比岳阳市“先进”得多。市内有一条柳江，把柳州市区切成两半。后来慢慢发现，内地许多内陆城市，都是傍水而建的。市内都有一条河，缓缓流着。

一千多年前，柳宗元第二次被外放，到柳州出任刺史，度过四个不快乐的年头。他在《寄韦珩》一诗中，形容自己刚到柳州时，这里“阴森野葛交蔽日，悬蛇结虺如蒲萄”。那时，整个柳州看来还是一片原始森林。我这次到柳州去，主要也是为了看看柳宗元当年生活过的这片土地，想感受它一千年后的气氛，呼吸它一千年后的空气。

而今，柳州市当然早已见不到森林了。柳宗元当年曾登上柳州城楼，怀念故友刘禹锡等人，写下有名的《登柳州城楼寄漳汀封连四州》诗，但如今的柳州市是没有城墙的。这座柳州城楼，不知何时早就拆除了。市里现在只留下一个纪念柳宗元的柳侯公园，就在我住的饭店不远。中午吃过饭后，我独自一人走了五分钟，到公园里去寻访柳宗元的踪迹。

园里到处是杨柳依依。我不禁想起柳宗元在《种柳戏题》中的名句："柳州柳刺史，种柳柳江边。"现在，恐怕也要动用那么多个"柳"字，才能形容园里垂柳之多。垂柳边有几个大湖，游人在湖上泛舟。园内有一座柳侯祠，祠外有一座柳宗元的衣冠冢。再不远，还有一座今人雕塑的柳宗元巨大石像。

柳宗元年轻时官运极佳，从清贵的正字官出身，三十多岁就当上令人称羡的郎官（礼部员外郎），原本前景一片光明。不料他听信王叔文的话，卷入"二王八司马事件"，从此被贬到永州和柳州长达十多年，就这样结束了他的一生。我后来研究过所谓的"永贞革新"，对他的遭遇是充满同情的。

## 三

从柳州，有火车通往西南方广西壮族自治区的行政中心南宁。在唐代，南宁一带被称为邕州，是南方边境很重要的一个军事据点。柳宗元的顶头上司——桂管观察使裴行立，当年便驻守在邕州。然而，我暂时还不想到南宁去。我想把这段充满历史联想的行程，保留到将来。希望有一天，中越边界重开后，我可以从北越的河内，乘火车北上南宁，再沿着唐代的滇越通道，乘火车往西北的云南省去。

其实，一千多年前，河内本属于唐代的岭南道，当时被称为交州，也就是汉代伏波将军马援征服的交趾。唐室有好几次进攻现属云南省的南诏，便是从交州出兵的。难怪，曾经统治过越南的法国，它20世纪初期的好几位汉学大师，如马伯乐（Henri Maspero，1883—1945）、伯希和（Paul Pelliot，1878—1945）等人，对马援将军以及安南（越南的古称）与广西和云南的交通路线，都那么感兴趣，发表过不少的专书和论文。他们的兴趣，看来不只是学术研究那么单纯。

南宁通河内的铁路，早在20世纪初即建成，法国人还参与其事，但自从中越边界多事以后，就一直关闭着。所以，我决定还是先到梧州去。不过，从柳州到梧州，也没有铁路。我只得乘搭长途汽车了。这是我回内地以来，第一次乘坐汽车旅行。

柳州到梧州的班车还不少，甚至还有一种晚上开行的“豪华旅游车”。但晚上行车，看不到沿途的风景。我还是选搭了清早7点的那班普通班次汽车，和其他乘客挤一挤。

车上没有我想象的拥挤。一排三个人的座位，远比火车的三人座窄小，但我那排只坐了两人，反倒宽敞舒服。不过，国内百姓穿得简朴，我又一次自觉自己穿得太“好”了，太引人注意，决心下回来，一定要好好“改善”。

从柳州到梧州，沿途都是山区道路，一边是山，一边是水。车子乘渡轮越过柳江后，整个早上，便几乎一直沿着一条河的右岸，在弯弯曲曲的小路上奔驰。这一带的风景，非常秀丽。小河旁边，经常出现翠绿的小沙洲，牛群在草地上吃草。或许因为早上刚下过一场雨，天气清凉，空气清新，没有人烟的污染。到了中午，司机把车开到路边一家无名的餐厅，让大家下车吃饭。

这家无名餐厅，显然是司机相熟的一家人开的。司机和跟车的径自走进里边的一间“雅座”。一名看来像店主女儿的女孩，马上过来敬烟、上茶、摆好筷子，再过一会儿，便端上几样热腾腾的炒菜。我们十来个乘客，则挤在破陋的厨房门边，点菜买饭。

我见到菜单上列了密密麻麻的五六十种菜名，有糖醋鲤鱼、清炖全鸡、鱿鱼、海参，等等，心想内地乡下也吃得不错啊。但后来才知道，那是婚宴菜，要预订的，平时不备。平时有的，便是几样时蔬，清炒或炒肉，不然就是面条或包子，而且价钱不便宜，动不动要三四块钱，照内地的标准是很贵的了。店主人显然想把我们这些路过的旅人，狠狠地“砍一刀”。怪不得，车上另外三十多个乘客更聪明，早有准备。他们都走到树下乘凉，或者打开自己的小提包，取出自己带来的干粮充饥。

## 四

下午5点多，车子开抵梧州港附近。正好有一班船，将在晚上7点左右，沿广东的西江，开往广州。梧州是华南的蛇仓，畜养各种各样的蛇。香港人爱吃的蛇，不少来自梧州。但我对蛇有天生的恐惧，梧州又没有我特别想看的地方。我决定当晚就乘那班夜船，回广州去。

我到得太迟，只剩下最低一级大统舱的船票。我想，试一试内地大统舱的滋味也不错。果然，那滋味是很令人难忘的。一走进船最下一层，便有一大堆乱七八糟的味道，冲鼻而来：有床铺的发霉味，有尿味，还有鸡粪味。原来，在这大舱的走道上，不知是哪一位乘客，摆放了一笼笼的小鸡，准备运到广州去贩卖。

大统舱的卧铺，分上下两层，密集在走道两边。而所谓卧铺，只是在一块硬木板上，铺一张发黄的草席，真是名副其实的“硬卧”。

当晚，印象最深刻的是这艘船上的买卖活动，简直比资本主义国家的市场，还要活跃和频密，而且很有创意。船在傍晚开行后不久，播音机就传出一段清晰动听的粤语广播：

“各位旅客，大家好！晚饭时间到了，我们船上的全体工作人员，已经为您准备好了盒饭。今晚的晚饭有排骨饭和焖鸡饭，每盒只卖两元。凡是需要用饭的旅客，请您准备好零钱，我们的工作同志，很快就会把盒饭送到您的面前。请注意，请准备好零钱，在您的铺位上等待，盒饭马上就送到！”

这真让我感到很新鲜。不久，果然有三四位工作人员，提着篮子，来到大统舱，四处推销。他们都很和气，很卖力地在推销盒饭，十分敬业。我也买了一盒。

卖完盒饭后不久，广播又来了，这回卖甜品——番薯糖水。又一阵热闹忙碌。到了晚上10点多钟，又卖消夜——猪肉粥和炒面。一整个晚上，播音机几乎没有停过，不停地在推销食品，或牙膏等日用品。偶尔停下来时，则播放香港的粤语流行歌曲，娱乐旅客。

打听之下，才知道原来这艘船施行集体承包制，多赚的钱，员工可以分到奖金。难怪他们都那么卖力地为游客服务。

西江是条内陆江河，没有什么波浪。大船行驶在江上，平稳极了，甚至经常感觉不到船在移动。那晚，我就在西江上熟睡了一夜，第二天一早抵达广州的大沙角码头。

# 仙人的糕点

梅县 · 潮州 · 汕头



## 一

我终于回“家”了。或者，更准确地说，回到我祖先在广东梅县的老家了。我不是在梅县出生，而是生在马来西亚，但我母亲倒是在梅县出生长大的。1948年，十六七岁少女时代，她才“出番”，下南洋嫁给我爸爸。小时候，我常听她提起，她下南洋出嫁时所乘坐的那艘大船，是如何如何的巨大。“比一个足球场还大。”她说。我听了不禁十分神往，心想有一天，我长大了，一定也要乘坐那么大的船。

我母亲的梅县老家，原本还有她的祖母，但这位我从来没有见过的外曾祖母，在“文革”末期逝世了。现在只剩下母亲的一个侄儿，我该称他为表哥的，还留在梅县，一家人住在祖屋里。

母亲已经整整四十多年没回家了，有一种“害怕”回家的复杂心情。她总是推却说：“太远了，太偏僻了，都不知道有没有车回去。”所以，我这次梅县行，就是要先回她的老家，先给她

“探路”，打听好回家的交通和住宿细节，第二年夏天才“带”她回家。

那时我在香港教书，跟梅县的表哥写过几封信。但我准备独自一人旅行，兴之所至，有时会在一个地方多留几天，说不准什么时候可以回到梅县。所以，我告诉他，不必来车站接我。我到了梅县后，自己会想办法回乡下。

梅县位于广东东部，属于山区，当年还没有火车通到那里。我这个“火车迷”回祖家，却得乘坐巴士了。那年七月初一个炎炎夏日，清早6点钟，我便在广州市的越秀南车站，跳上了一辆十分破旧的长途巴士，回梅县去。一坐上巴士，已经可以感觉到回乡的气息了。乘客几乎都是梅县的客家人，讲的都是客家话，而且完全是我熟悉的那种口音。司机只穿着一件背心，打着赤膊，不时大声地喝骂，要乘客往后面挤。他骂的也是客家话。至于跟车卖票的，和乘客当然更是说客家话。

这班车清早6点开行，在路上跑了整整十四个小时，才在傍晚8点抵达梅县汽车站。然而，那是夏令时8点，梅县还没有天黑。下了车，见到车站对面有一家梅州旅店，决定先在那里过一晚，明天再去找我表哥。在办理住宿登记时，那名女服务员和我说客家话，我第一次觉得真的好像回到了家。

旅店前面，有一对个体户夫妇，用一辆流动推车，开了家小食摊。他们除了卖炒面等简单食品外，还有炒菜。我点了客家人最典型的两道菜：酿豆腐和红烧肉丸。这里是梅县，该是客家菜中最道地的了。我发现居然和小时妈妈煮的那个味道，非常相像，吃得很满足。

其实，这次来梅县，能不能找到我表哥，我自己是毫无把握的。我只有他一个十分简单的通信地址——梅县畲坑镇新化村三堂屋。这样的荒村，连街名和门牌都没有。我从小就听妈妈说，这是很偏远的一个村庄。她说她1948年下南洋时，走了半天的路，才从住的村里走到畲坑的墟上。而从畲坑墟到梅县的县城，又还有“好几天的路程”。在我幼年的印象中，要走几天才到得了的地方，确是难以想象的遥远。



## 二

第二天一大早，我打听到梅县有不少个体户开的面包车，穿行于县城和畲坑墟之间。但是，从墟上怎么去新化村，就没人晓得了。大家都说，那恐怕是没有车去的，得走路进村。我想起我妈妈的话，得走上半天的路，不免有些担心。但最后还是决定坐这种面包车去畲坑墟，打算到时再看着办吧。

梅县到畲坑墟的面包车不少，班次频密，人满即开，每人车费四元人民币。车子开出县城后，沿途可以看到一片片的水田，刚好在收割期间，一家大小都在田里忙着。这一带的风景秀美，到处是小桥流水人家。

大约一小时后，到了畲坑的墟上，乘客都下了车。所谓墟，就是镇上居民买卖交易的地方，有卖菜的、卖肉的，还有卖各种农产品和百货的，人来人往，很热闹。那名个体户面包车司机，很会做生意，愿意载我一人继续往前走，进新化村，但要多收三十五元人民币。

进新化村的路果然不好走。凹凸不平的黄泥路，车子颠得很剧烈。走到一半，引擎过热，司机停在一条小溪边，取水倒进车的水箱。沿途，不少村民用脚踏车，载着他们自己的农产品，到村外的镇上赶墟去。他们对我这个乘面包车进村的海外“番”

客，都不免感到好奇，常停下脚来观望一会儿。

黄泥路两旁，尽是稻田。七月初，正是收割季节。田里摆放着一束束刚割下的稻穗。有些收割比较早的田里，现在已经有水牛在犁田，甚至在插秧了。新化村里，四面都是高山，稻田就位于中间的盆地。或许正因为这些高山的缘故，村里并非一望无际，而是山峦起伏，确是“柳暗花明又一村”，风景翠绿。在初夏早晨的阳光下，给人一种很古老的感觉。

进村以来，我就频频张望，找寻我表哥的三堂屋。约莫走了半小时，司机指着前面右边一堆古老房子对我说：“那就是三堂屋！看到没有，它有三个屋顶，上堂、中堂、下堂，所以叫三堂屋。这村就只有这间屋子有三堂，最大的。”

我猛然想起，小时候母亲常跟我描述这间屋子，说它的柱子如何如何巨大，双手也不能环抱。又说它到处都有画龙雕凤，颜色如何如何鲜艳。而且，房间又是如何如何的多，以致她小时和小朋友玩捉迷藏时，只要躲进其中一间房，半天都没人可以找到。

不久，车子停在一家小卖店前。司机说，没路走了，三堂屋就在右边拐个弯就是。我下车向小卖店老板打听表哥的住所。他一听到表哥的名字，马上说，他认识，而且立即派他的一个小

三堂屋前的水田，夏天收成后有人用水牛来犁田。

孩，去三堂屋里叫人。

十分钟后，我从来没有见过的表哥来了。他赤着双脚，一副乡下种田人老实的样子。我和他说客家话，他有些惊讶，以为我在海外出生，早已“番化”，不会说客家话了。我随着他，沿着一条不能通车的小泥路，慢慢走回我母亲出生成长的那间祖屋。

这间祖屋，是我从未见过的外曾祖父在清末盖的。年代久远，大家已经说不上是哪一年盖的，只说至少有一百年历史了。远远就可看出这房子的古老，恐怕至少有半个世纪从未粉刷维修过。我们从右门进去。那门外的墙上，有一条长长的裂缝。一跨过高高的门槛，走进屋里，仿佛走进一部古装电影的布景。里面的色调是暗褐色的，随处堆放着杂物，布满蜘蛛网，连清早折射进来的阳光，也感染上一层幽幽的古老暗影。

我最先见到的，是摆在右门口边的一张方形木桌子，以及桌子四周的四条长板凳，就像武侠片中，英雄好汉喝酒吃饭用的那种方桌和凳子。这种摆设，我小时还在祖母家中见过，但恐怕已有三十年没见了，想不到，如今却在母亲的老家重逢。

这间三堂屋，是典型的传统客家民居，基本结构和北方某些

我外祖父建的三堂屋

地方的民居也很相似。一进大门，两边是厢房，中间是庭院和天井。这里如今除了我表哥一家外，还住了五六家和我们完全没有亲属关系的人。1949年后，三堂屋被政府收归。这些人家便由政府分配到这儿来，情况就和电影《日瓦戈医生》中日瓦戈医生家的遭遇一样。我想起日瓦戈医生那个耸耸肩、苦苦一笑的无奈表情。

我对这祖屋非常好奇。我表嫂给我倒了一盆热水，让我洗过脸，稍为休息后，我便迫不及待地央我表哥的十五岁儿子，带我到屋里四处去看。屋前，有一个空旷的晒谷场，还有一个大池塘，养着不少草鱼。我们从右门出去，绕过晒谷场，再从正门走进这三堂屋。一入正门，便见到几根大柱子，那必定就是我小时，母亲经常跟我说的双臂也不能环抱的柱子了。

正门中堂原本是祠堂，应当摆放祖先神牌位的，但如今空空如也，只用来堆放谷物，作打谷场使用。墙壁上，还留下了“文革”期间用红漆写上的两句大标语。在中堂通往厢房的走道屋檐下，我终于发现小时母亲告诉我的那些龙凤。原来那些是琉璃瓷砖，上面画着龙凤等吉祥图案。隔了一百多年，颜色竟还很鲜艳，只是这些瓷砖，而今不少已残破，没有维修。

这间祖屋，让我想起香港荃湾地铁站附近的那间三栋屋。这三栋屋从前是一家姓陈的客家望族所有，如今成了历史古迹，由香港政府属下的文物考古单位维修后，开放给游客参观。香港的三栋屋，和我们家的三堂屋，其实非常相似，简直是同一个建筑蓝图下的产物。我甚至怀疑，香港那家三栋屋，可能原本也叫三堂屋，但因为香港用粤语发音，所以“堂”字不知如何被转写成“栋”字了。

参观过祖屋以后，我随着表哥和姨妈，到我外曾祖母的坟去上香。我们经过许多水田，爬过几个山头，才来到外曾祖母的墓前。姨妈指着墓对面的一座青山说："那就是你妈妈少女时代常去放牛的地方。"站在半山腰的墓前，才发觉乡下的风景确实非常秀丽。回乡前，原以为乡下必定是又脏又乱的，但如今发现并不如此。我想，村里的青山和青绿的水田，起了很大的绿化作用。触目所见，都是绿色。而且村里没有现代工业文明的污染，空气十分清新。我不禁幻想，有一天流浪倦了，不想再到外头闯荡时，或许我会回来这里终老。

## 三

表哥知道我在南洋长大，特别请我喝他姐姐从海南岛带给他的咖啡，果然十足南洋风味，是我在内地喝到的最纯正的南洋咖啡。海南岛的咖啡，其实也就是早年印度尼西亚或马来西亚华人带回去种植的。这种咖啡，品种一般属于罗布斯达种，和西方及香港盛行的阿拉比卡种咖啡不同，而且焙烤方法也不同，是添加了植物油和白糖等物的。我在台北、香港和普林斯顿等地漂泊了十多年，早已喝惯了阿拉比卡种咖啡，想不到却能在我的老家喝到南洋咖啡，又勾起许多青少年的记忆。

中午吃饭时，有一道红烧肉丸，十分爽口，是从畲坑墟上买回来的。台湾新竹的贡肉，和梅县的肉丸很相像，极可能是当初从梅县地区传过去的。香港也有这种肉丸，叫猪肉丸，但一般在菜市场上买到的，品质都不好，不如梅县或新竹的好。不过，后来有一次，很偶然地在香港西环荷兰街一家潮州人的摊子，找到很像梅县老家的肉丸。从此，嘴馋时，想念客家人的肉丸时，我也会跑上老远的路，到西环去买这家潮州人的肉丸。其实，梅县和潮州比邻。在唐代，潮州刺史所管辖的范围，还包括如今梅县和附近许多客家地区。所以，客家和潮州不少文化和饮食习惯，想必是互相影响的。我这个客家人，在香港爱上潮州人的肉丸，也就不足为奇矣。

当初回乡，原以为在乡下，大概不会有什么好吃的东西。没想到，早上竟喝到那么纯正的南洋咖啡，中午又吃到那么鲜美的肉丸，我不敢再小看梅县乡下的吃食了。但更让我惊讶的是，下午还发现，乡下还有一样东西，不但好吃，而且还远胜其他任何地方的。那就是梅县鼎鼎有名的仙人板。

所谓仙人板，即港台新马所说的仙草或凉粉，那种夏天常见的黑色结晶体。这种用草本植物熬成的小吃，从前在夏天也偶尔会买来吃吃，但并不觉得有什么特色，或特别好吃。所以，吃过午饭后，当表哥说，要去买点仙人板来让我尝尝时，我心里还在想，这东西在南洋和中国香港、台湾地区多得是，有什么好吃的呢？

不料，我侄儿从村里的一间小卖店买回来时，单单那个架势，就有点惊人。原来他是用了一个盛水的大铁桶，去买仙人板的，这铁桶少说有五公升。他提着一铁桶黑沉沉的仙人板走进来时，我不禁被吓了一跳：这么多，吃得完吗？

可是，等我尝了第一口梅县的仙人板，那黑黑的结晶体溶在我舌面上时，我的心也快被融化了。那种柔滑、入口即化的奇妙的感觉，就像许多“第一次”的经验，永远叫人难以忘怀，永远还想一试再试。我从来没有吃过那么好吃的仙草。吃了这第一口，我知道这五公升的仙草，不但吃得完，而且等我回到梅县的县城后，必定还会自己去街头买来吃。

结果，我一人吃掉三大碗仙人板，而且不时向表哥一家由衷地赞美这“仙人之草”。不到半小时，五公升的仙人板，便被我们六七个人吃光了。后来，回到县城后，发现梅县街头，随处都是卖仙人板的摊子。我简直把这“仙人之草”，当作水喝，一口渴就去买来吃，也不知吃了多少杯了。而且我发现，不论在哪一摊吃，味道都一样好，一样润滑。连梅县本土的人，也把它当水喝。

我不禁对梅县的仙人板，感到十分好奇。为什么海外的仙草，味道平平无奇，而梅县的居然那么柔滑，那么令人难忘？问了许多摊主，但他们都说不上原因。有的说，是梅县所产的仙草不一样。有的说，是梅县的水特别好。也有的说，是梅县人的祖传手工与众不同。总之，不管怎样，我后来简直迷死了梅县的仙草。

离开梅县以后，有一次想念这仙人板，无以解馋，竟想到这“板”字该作何解，而对此字作了一番考证。在梅县街头，这种美食一般写作“仙人板”，但这个“板”字，让人联想到硬邦邦的木板，和美食扯不上关系，在这里显然没有什么意义。看来，这只是一个“假借字”，借用它的音而已。客家人把所有块状的甜点糕饼，都通称作“ban”。这个音的转写，有好几个，其中一个是“粄”字。《南史·卷四十一》里也用过此字的一个异体。“仙人之草”制成后，黑黑的块状，样子像极了糕饼，所以或许也应当写作“粄”。但“粄”字不常见，连内地最通行的商务印书馆版《现代汉语词典》，都不收此字，所以现在民间都只好把它转写为“板”字了。

换句话说，所谓仙人板，就是“仙人的糕点”。这是上天赐给仙人的美食！而梅县的老百姓，真是何其有福，竟可以天天尝到这种仙人的糕点！

我离去后，畲坑新化村的青翡山水，以及三堂屋的古拙，不时出现在我的思念中。而那美味的仙人糕点，在我的思念中，竟也慢慢蜕变成梅县的一个象征了。往后的两年，我又曾经两次回到梅县。当然，第二次是为了“带”我妈妈回家。但第三次，我可说并没有什么目的，几乎完全是因为太想念梅县的仙人板，而特地在那年游完福建后，从东北方的长汀、上杭，绕道跑回去吃的。而我发觉，这仙人的糕点，的确很能代表梅县，因为除了梅县，世界上再也找不到那么好吃的仙草了。

## 四

我到潮州去，最主要的目的，是为了追随我母亲的脚步，重访四十多年前她下南洋的路线。那年，她从梅县出发，经过潮州、汕头，然后乘大船出海到南洋，嫁给我爸爸。我也想这样走一趟。

大清早，我在梅县汽车站，乘了一辆长途客车，经过许多山区，前往潮州。在这段旅途中，我发现一个有趣的语言现象。一整个上午，车上的乘客都说客家话，大家好像都是客家人。但车子过了揭阳，进入潮州地区后，车上使用的语言，也跟着车子的行程，慢慢在转变。原先说客家话的乘客，现在也说起潮州话来，好像变成潮州人了。最明显的是那位售票员。他早上卖票时，一直和乘客说客家话，但中午过后，上车的乘客，越来越多是潮州人，他很自然地又改说潮州话。

我从小在马来西亚南部一个潮州人的聚居地长大，很小就学会潮州话。这时，我也用潮州话来和其他人交谈了。最妙的是，下午有一段时间，我和其中一个乘客，说了老半天潮州话，最后才发现我们两人，原来都是客家人。看来，梅县和潮州接邻地区，许多人都会说这两种语言，而且说得几乎一样好、一样流利。

潮州给我的第一印象，或者说“第一味道”，就是它的鱼腥味和海水的盐味。其实，车子进入揭阳后，空气中已经飘浮着许多鱼腥味，而且马路两边的商店，不少是售卖渔网或其他捕鱼工具的，可见潮州地区渔产之丰富。

我从小在一个靠海的小镇长大，早已习惯了这些味道。嗅到这些味道，我好像又回到那个离开了十多年的小镇了。

下午4点多抵达潮州后，在汽车站不远的潮州大厦旅馆部找到住处。房钱五十五元，收人民币，有空调和卫生间，很干净。放下行李，便到街上闲荡。经过一家小旅社的门口，发现一个“自行车出租”的小牌子。中国号称自行车王国，自行车的数目以亿计算，但我入境以来，倒还没有试过这种最平民化的交通工具，决定在潮州这里一试。

付了五十元人民币的押金，租了一辆自行车，租金每小时五角。我已经好几年没骑车了。上回骑车，恐怕还是七八年前，在美国普林斯顿当一名穷研究生时的事。没想到，隔了这么多年，竟然在潮州又骑上自行车。有了这辆车子，在市内活动确是方便不少，好像拥有一辆私人专用轿车似的。一整个下午，我便靠了这辆车子，游完潮州市内的几个名胜：开元寺、城楼。傍晚，骑车到韩江边上，欣赏横跨江上的那座宋代古桥，遥望对面的美丽青山。

晚饭时，在潮州大厦的附属餐厅，吃到了这次回内地以来最丰盛的一餐。我点了半只潮州卤鹅、一碟清炒菜心、一碗鱼饺汤。上菜时，才发现菜的分量都极大。卤鹅看来是只大鹅，半只也排满整个直径十寸的大盘。至于菜心和鱼饺汤，更是足够十人享用有余。后来才知道，像我那样一个人去这种餐厅用餐，是很少见的。所以这类餐厅没有所谓一人甚至四人的小分量。一人用餐，他们依然端上一个直径十寸的大碗汤，足够十人享用的。结果，那晚吃得好撑。卤鹅和鱼饺，都是最道地的潮州美食，但还是剩下一半没吃完。付钱时，想不到却只要人民币区区十四元，真是价廉物美。俗语说“吃在广州”，可是前几天在广州，却未曾吃到什么好东西。对我来说，吃该在潮州才对啊！

然而，对于这个“吃在潮州”的说法，我想唐代古文大师韩愈，可能会第一个反对。一千多年前，他写了那篇有名的《论佛骨表》，反对皇上信佛，宪宗皇帝看了十分生气，把他贬到潮州去。韩愈刚到潮州不久，曾经设了一顿丰盛的海鲜宴，答谢一位在路上帮过他不少忙的桂林道士元集虚，而且还写了一首很生动的纪事诗《初南食贻元十八协律》，记这个盛宴。他这首诗，似乎不怎么为人所知，但我觉得比起他那篇也写于潮州，经常被人提起的《鳄鱼文》，有趣得多，也更加有人情味。

诗一开头就描述这个盛宴上所吃的潮州海产：鲎、骨眼、蚝、蒲鱼、蛤和章鱼。但韩愈本人好像并不欣赏这些东西，还说：“其余数十种，莫不可叹惊。”结果，这一餐饭，他觉得“腥臊”，吃得面红耳赤，好不辛苦。最后，他还把一条蛇给放了，不忍吃，“开笼听其去”，也不盼望这条蛇会像传说中那样，将来衔一颗灵珠来报答他。

奇怪的是，韩愈既然不喜欢吃这些海鲜，那为什么又用这些东西来宴客呢？历代注韩诗的学者，好像从来没有提过这问题，也没有解答。照我看，答案可能有两个：一是潮州除了这些海产，恐怕没有其他什么像样的东西可宴客；二是韩愈宴请的那位桂林道士，是南方人，可能正好喜欢这些南方海味。韩愈只得委屈自己了。

第二天，我再次发觉到潮州物产之丰富，人民口福之佳。一早，一走到汽车站附近，准备乘车到汕头去时，便有好几个卖稀饭的妇女，来拉生意。“来啊，来吃粥啊。热的啊！”她们用潮州话说，“粥”念作“糜”，完全把我也当成“自己人”看待。一看她们卖的“糜”，除了咸菜花生一类的小菜外，竟然还有一锅锅的卤肉类：卤猪脚、卤猪肚、卤猪肠、卤猪头，等等，真是太丰富了，在华北一带恐怕吃不到。我虽是客家人，但从小在潮州人地区长大，早已深受潮州饮食文化的影响。这样丰富的早饭，对我的诱惑太大了。我情不自禁，在一家路边摊坐下来，慢慢享用了这一顿异常美味的潮州“糜”，好像回到我的“第二故乡”一样。



## 五

潮州和汕头的距离，只有大约半个小时的车程。在潮州汽车站附近，有许多个体户经营的小面包车，发往汕头。他们没有时间表，人满即开，非常方便。吃完早饭后，我便乘坐一辆面包车，到汕头去。

车子一开进汕头市区，便感觉到，这里的鱼腥味和海水的味道，比潮州的更浓烈了。毕竟，这里是个海港，有远洋客货轮从这里始发。而且，它也是海产品的集散地。街上经常可以见到那些售卖渔网和捕鱼用具的商店。

抵达后，先到汕头港的客运码头，买了一张“南湖”号的二等舱位票。这班船将在当天下午5点，起航开往香港。我正好还有差不多一整个白天的时间，可以在汕头市内闲荡。

再到新华书店，买了一张汕头市的地图，然后按照地图的指示，搭了一辆公共汽车，在市内逛。中午，在汕头经济特区附近的一家小食店吃中饭，发现汕头的“吃”，比潮州的更丰富。在那条街上，有十几家餐厅，而且家家都在门前，摆了一个大玻璃柜，里面装满新鲜肥大的白鲳、鳝鱼、带鱼、鱿鱼、花蟹、大虾等海鲜。那种海产富足的架势，即使在海产供应充足的香港和台北，恐怕也不多见。

这回学乖了，不敢点太多菜，只叫了一碟鲜鱿鱼炒空心菜和一碗鱼丸汤。鱿鱼空心菜的分量不算太大，我还可应付，但那碗鱼丸汤，好大碗，像是十人份的，有三四十粒鱼丸之多。汕头果然不愧是渔港，鱿鱼鲜美无比。至于鱼丸，那原是潮汕人的拿手好菜，一般要做到至少像香港潮州食家所说的“弹牙”，才算合格。我那天吃的，确是非常有弹性，非常“弹牙”。我不禁要感叹，吃的确应当是在潮汕才对啊。而在潮汕的这两天，也是我这回在国内旅行，吃得最满足的两天。只有我家乡的客家肉丸和仙人板，才可以与之媲美。

下午3点多，匆匆赶到汕头港，准备登上“南湖”号。倒不是急着回香港，而是急着看一看大船的样子。小时候，母亲经常向我形容她当年下南洋时，乘坐的那艘大船，是如何如何的巨大。我一直记得，她形容那艘船“比一个足球场还大”时，那种自豪满足的神情。可是，我活到这么大，却还一直没有机会乘坐大船。第一次乘坐大船，竟在汕头，也就是我母亲四十多年前，登上大船下南洋的地方，所以让我更觉得意义深远。

一走进汕头港，便看到“南湖”号，停泊在码头边。高高的烟囱在喷着黑烟，一副整装待发的架势。这果然是一艘大船，可以运载好几百人，看来比我母亲当年乘坐的船还大，绝对大过一个足球场。我从小听了母亲的描述，一直对这种“大过足球场”的大船，十分神往，现在总算可以圆了这个梦。办理出境手续时，汕头港的公安和海关人员，都不说普通话，而和上船的乘客说起潮州话来了。看来，这些工作人员都是当地人，和“自己人”当然很自然地便说起潮州话，不再是普通话了。语言学上有所谓“语码转换”这现象。就是说，一个人如果懂得几种语言，那他会在某些场合使用某一种“语码”，而在另一些场合，又“调换”使用另一种“语码”。而在这种“语码转换”当中，便隐藏着某种特殊的“信息”。我还没去研究汕头港的这种“语码转换”的“信息”是什么，但我懂得潮语，工作人员和我说潮语，我觉得是一种“尊敬”，把我也尊为“自己人”看待。但如果换成不懂潮语的人，比如说，一千多年前的韩愈，他听到潮语，恐怕就会觉得“排外”了。

上了船，找到二等舱的铺位。原来那是上下两层的床位，比起我在广西梧州乘搭的江轮上那个大统舱，舒服多了。放下行李，又急忙走到船上各处去参观。

晚上6点钟，在光洁明亮的大餐厅吃晚饭。我想起小时候，母亲跟我说过，她当年乘大船，船上是没有餐厅的。她们一行人，得自己在甲板上，围成一个一个小圈圈，大家动手煮饭烧菜，就那样挨过了好几十天才靠岸，好像难民逃难的样子。晚饭后，夕阳无限好。我登上最高一层的甲板，瞭望滔滔的南中国海，海水拍打着船的两侧，激起几十尺大浪花。我酒兴发了，开了一瓶好酒，在甲板的长椅子上，对着金黄色的夕阳和滔天的海浪独饮。生平喝酒，恐怕也是这一次最为痛快。一直到天全黑了，我微微醉了，才回到舱房去。今晚，我终于实现了十多年来的心愿，在微微的醉酒中，睡在我母亲四十多年前下南洋的同一个海洋上。

# 长安水边多丽人

西安



一

那年八月底，秋天快到的时候，我终于动身到西安去了。仲夏，从汕头乘大船回到香港后，我便在殷切等待秋天的来临，等天凉了，到西北和西北的大漠去。这一回，方才是我此行最重要的一段旅程。

我准备进入中国内地后，从广州乘搭两天两夜的火车，先到西安去。然后，再从西安乘火车，沿着河西走廊，到酒泉和敦煌。游过莫高窟后，到远在新疆的吐鲁番和天山以外的乌鲁木齐。从那里，我将再乘坐两天两夜的火车，返回兰州。接着，再沿着黄河的流向往北，到唐肃宗即位的灵武，即今宁夏回族自治区的银川。那儿，就是杜诗所说的“五城何迢迢”的起点了。

当然，要亲身体会“五城何迢迢”的滋味，更是非坐火车不可。银川过后，贺兰山就将在火车的左边窗口出现。火车将在唐代的丰州，如今的五原附近，和黄河一样做一个巨大的、几乎九十度的大转弯，往东直奔向呼和浩特去。那附近的武川，就是知名的北魏六镇之一的遗址，也是唐代许多大将军，包括它的开国主李渊，出身培训的地方。我会途经那儿到内蒙古的大草原去。

从草原回来后，又将继续乘火车到大同。那里便是北魏迁都洛阳、彻底汉化之前的国都——平城。从大同，我才上北京去。从北京再往太原，李渊起兵推翻隋朝的地方。最后，到洛阳，唐代的东都，《洛阳伽蓝记》的洛阳。

我选择这些地点，正因为这都是唐代军队在一千多年前最活跃的地方。他们曾经在这些地方驻守、屯田、作战，流血流汗。我想追随他们的脚步，一个人去走一回。我仔细计算过，全部旅程，如果全以火车来完成的话，约莫一万一千三百公里，也就是两万两千华里，正好等于走了两回“万里路”。

在等待秋凉出发的空当中，我对第一次的内地“暖身行”，做了一个全盘的检讨，想看看哪些地方要“改进”，哪些地方得注意，以便为我的第二次内地行，做好充分的准备。毕竟，西安即唐代的京城长安，整个大西北又是唐代的边防重镇。我这个念唐代文史的，不禁也有些紧张起来了。

首先，我想必须“改进”的，便是旅行的衣着。第一次回去，穿的是在香港一家百货公司买的普通短袖上衣，和一条在洋服店裁的长裤。但因为在广州开往长沙的火车上，被那位长沙经理认出上衣的外国牌子，和长裤的来源，我才惊觉自己穿得“好”了，和周围的风景不配，决心“改善”。

所以，回到香港后，准备秋天的第二次旅程时，我做的第一件事，便是到一家国货公司，买了两件内地出品的短袖上衣。内地外销到香港地区的这些成衣，向来以“式样老土、价格便宜”见称。香港一般爱时髦的年轻小伙子，是不穿的。穿的人，恐怕都是上了年龄的中、老年人，或者那些反洋派、“热爱祖国”的人士。可是，我发现，这种国产成衣，正好非常适合穿到内地去旅行。那样，不但很能和周围的环境相配，而且还很宽松、舒服。于是，我花了港币一百大元不到，买了两件，准备穿到长安去，融入当地的风景里。

还有，我那双“名牌”的运动鞋，也可以扔了，也在国货公司，买了一双上海出品的熊猫牌布胶鞋。这双熊猫牌鞋，其实很舒服，而且还勾起了我许多童年和少年的甜美回忆，因为在我们那个时代，一切还很简朴，没有什么名牌的运动鞋。在我整个小学和中学时代，大家一律都穿着这种价廉物美的熊猫牌。万万没想到，在我走到“人生旅程的一半”时，我又有机会穿回这种熊猫牌，到我青少年的“梦土”去。

最后，还有行李。我第一次回内地，“提”的是一个小行李袋，但这袋子是从前在美国念书时买的，质料特殊，拿到内地去，很轻易就被人认出是外来者。所以，我也在国货公司，换了一个国产的中型提包。说到行李，我不禁想起国外那些所谓的“背包客”。他们背着一个大背包，一个人走在街头，引人注视，以为十分浪漫。如果是在欧洲或美洲，这种装扮可能非常合适。但在中国内地，这样的装扮就十分“刺眼”了，而且和周围的环境完全不相容。事实上，恐怕还很危险和不便。

危险，因为背着那样的一个背包，走在内地的街头，尤其是在一些小镇，无疑等于告诉人家：“来啊！看啊！我是浪漫的‘背包客’啊！从国外来的啊，带着不少美钞和外汇券啊！”

不便，是因为国内的市内公车或长途汽车，经常都挤满了人，绝对没有地方让人摆放那样的一个大包包。好几次，在内地的公车上，见到那些浪漫的老外“背包客”，背着个大包包，无处放置，挤在人群中，弄得好不狼狈，而且那大包包还往往堵着其他乘客的路。这样不但给自己，也给别人带来许多不便。

所以，在国内自助旅行，我想是不宜“背着一个背包”的。最好的办法，莫如学当地的老百姓，“提”一个小包包。我后来慢慢发现，西方所谓“轻便旅行”这个观念，国内人们早已行之有年，而且还把这个观念，发挥到极致，远远把老外抛在后头。

一般老外的轻便旅行，免不了还得带几件替换衣服，几样个人用品，几本书。国内人们出门公干或旅行，则真是轻便得很，往往只带一把牙刷、一支牙膏、一条面巾和一个搪瓷大杯而已，装在一个黑色的上海牌或北京牌的小包包里。在大城小镇的街头，特别是火车站和汽车站一带，到处可以见到他们提着或“挽”着这种黑色小包包，甚至常常连一件替换的衣服也不带。所以，一般招待国内同胞的旅馆，都有间盥洗房，里面有一两排洗衣槽，让旅客自己洗衣。

那年整个八月，我就在一种又兴奋、又有点紧张的心情下，筹备我的第二次内地行。每天，都在翻查地图和《全国铁路列车时刻表》，计算里程。出发前一个星期，到香港的中国旅行社，买了一张从广州开往西安的软卧车票。

日子一天比一天凉快了。到了那年八月的最后一天，我终于提起我的提包，穿上我的熊猫牌，踏上往中国内地之路了。

## 二

从隧道走上来，一脚踏上广州火车站的第六站台，就见到那列苍绿色的272次火车，停在那里。列车中央的一个车厢外，挂着一块牌子，写着“广州—西安”。这是我第一次见到西安这地名，挂在一列火车上。

已经很久没有这种兴奋了。上回这么兴奋，恐怕还是年少时第一次乘火车，离家到外地工作的时候。那是我第一次出远门，十八岁出门远行，太年轻了。那年的兴奋，只怕还多过离愁。如今，在国外漂泊了十多年后，终于第一次到西安去，兴奋还是难免的。

我找到那节软卧车厢。一名穿着制服的中年女列车员，彬彬有礼地站在车门边，检查车票。“请上车。”她说。

“到长安的吗？”我随口问。

“长安？”她愣了一下。“哦，对！您是指西安吧。”

看来，我又把长安和西安混在一起了。出发前，我重读了向达教授三十多年前出版的那本名作《唐代长安与西域文明》，也重温了一些唐代史料，心里不免老是念着长安。在往后的几天，我依然经常把西安说成长安。

进了卧室，放好简单的行李，倚着窗子，观望站台上人来人往的热闹场面。这里有一种飞跃的、忙乱的生命节奏。甚至，还有人把小货车开到站台上去载货或卸货，横冲直撞，好不危险。空气中也凝结着一种期待。我的心没有一刻得以安宁：又是兴奋，又是紧张，又是盼望。我知道，这将是我一生中，少数几个难忘的旅程之一。

从广州到西安，乘飞机只要两个多小时就能到达，乘火车则要整整三十六个小时，将近两天两夜。但第一次去长安，就坐飞机，飞在高空中，沿途的风景什么也见不到，太没意思了。我这个“火车迷”，当然选择火车，而且两天两夜的火车，我这一生都还没试过呢。

下午1点多，火车缓缓开出广州站。在这个四铺位的卧室，只有我和另一位旅客。他五十多岁，温文儒雅，是西安武警学院的一位英语教授，和我的专业非常接近。他显然也经历过不少曲折。20世纪五六十年代，他是学俄语、教俄文的，但如今却教起英语来了。

这一回乘火车，我有了经验。先换上短裤和拖鞋，再把上衣脱了，只穿着一件背心，仿佛就跟在家中一样舒服自在。我把那瓶在广州火车站买的五粮液开了，坐在软卧铺位上独饮。绿油油的稻田，在窗外像一幅手卷般慢慢打开。五粮液果然是好酒，不比茅台差。

那位英语教授原来是到深圳去，探望在那儿工作的女儿。他说，由于他的“职级”达到规定，他这回到南方，来回乘坐软卧的费用，都可以向他的工作单位“报销”。否则，以他每月三百元的收入，那是没有办法的。

这位教授给我印象最深刻的，不是他对英语教学法的见解，反而是他对深圳和广州的吃的评语。他和唐代那位来自内陆的韩愈一样，完全不欣赏南方人的海鲜和水产，只觉得“腥臊”。最妙的是，他对广州粥的评语。

“广州人竟然把鱼啊、肉啊、猪肝啊，统统往稀饭里头搁！好腥！我受不了。我们早上喝稀饭，就是为了尝尝那米的清香味。现在他们把鱼啊、肉啊，都往里头搁，完全破坏了那种米香！”他说。

我这才第一次醒悟：香港和广州的所谓及第粥、鱼片粥，确是“搁”了不少鱼啊、肉啊的东西。这种吃法，确是广州一带特有，其他地方未见。就连潮汕的粥，也只另外配荤素小菜，并没有把鱼啊肉啊往里头“搁”。这以后，我在华北一带旅行，早上吃典型的北方早餐稀饭油条，若觉得味道“清淡”时，常常会想起这位西安教授所说的这一套“米香”理论。

第一天夜里，火车碾过铁轨的声音，好像催眠曲一般，伴我入睡。夜里，列车停在某个小镇，我有时会醒过来，觉得四周一片寂静，仿佛可以听到滴水的声音。再过一会儿，火车发出长啸，再次开动时，我又跟着入睡了。

就这样，火车在路上运行了一整个晚上，第二天一早7点多，开到了云沼梦泽的岳阳。上午11点左右，在武汉大桥上“渡”过了长江。到了下午2点多，火车便开入了河南省界。这是一个我从未到过的全新境地。我想起了一位名诗人所说：到了河南，见到那辽远如梦境的大平原，你才知道什么叫遥远！

河南果然是一大片一大片的大平原，给人十分遥远的感觉。没有山，连小丘也见不到。甚至树木也不多见，稀稀落落的，而且恐怕都是后人栽种的，并非原始野生的。吃过午饭后，我便倚着窗口，贪婪地吸收这一大片风景，那种“遥远”。

一整个下午，火车就奔驰在河南的大平原上。当初我之所以选择这列272次直快车，也正因为我翻查过我那本旅行“圣经”《全国铁路列车时刻表》，知道这列火车，会在下午穿过河南的大平原。这样我才有眼福，亲身去体会什么叫遥远。要不然，如果“错搭”了一列晚上才经过河南大平原的火车，那就黑漆漆的，什么也看不见了。

可是，河南毕竟是个很大的省份。火车才开到郑州，已经是下午7点半，天开始黑了。好在我已经饱览了一整个下午的平原。到了郑州，火车便从京广线拐了一个几乎九十度的大弯，改变行驶方向，进入陇海线，车次也改为273次。

过了郑州，火车往西开向西安，平原也比较少了。这时，天已经全黑了，火车也仿佛开进了历史，回到我的北朝隋唐时代。

越往前，就越接近唐的长安，我也有越来越多的历史遐想。郑州的下一站荥阳，不就是唐人小说《李娃传》中，那位花花公子的父亲的封邑吗？而这位荥阳公的真正身份，到现在还是文学史上的一个谜。20世纪以来的各家考据，还没有把他的身份考出。

列车到洛阳站时，快接近午夜12点了，然而我仍然一无睡意。我兴奋地跳下火车，走到站台上，四处观望。洛阳，毕竟是“洛阳纸贵”的洛阳，也是《洛阳伽蓝记》的洛阳。我在普林斯顿当研究生时，有一段时间，甚至还认真考虑过以“隋唐洛阳”作我的博士论文题目，所以我对洛阳一直有一种特殊的感情。杨衒之的《洛阳伽蓝记》，文笔之清丽，笔调之沉痛，历史感之强烈，也一直令我深深着迷。我一直认为它是中国最好的一本游记，远胜《徐霞客游记》好几倍，也是北朝留下的最好一本史书。

可惜，火车在洛阳站只停留十五分钟，就开走了。不过，我还会回来的。等到过大西北后，我会绕一个大圈，到北京去。从北京再往太原，然后从太原乘火车到洛阳，结束今秋此行。我这次内地行，以唐代的西京长安作起点，又以唐代的东都洛阳作终站，也不知是一种美丽的巧合，还是我自己潜意识下有意的安排。

在这条陇海线上，我一直处于兴奋状态，无法入睡。一千多年前，不知有多少军人、文人和赶考的士子，走在这同一条路上，到西京去。甚至连帝王到泰山封禅后，或者到洛阳过冬或“就食”后，回京也得走这条路。我躺在卧铺上，虽然很疲倦，却难以入眠。列车每到一站，我总是忍不住，悄悄爬起来，到站台上去张望一阵。

我就这样半睡半醒，经过三门峡、潼关、华山、渭南这些早已进入了正史和通鉴的城镇。第二天，一大早6点左右，火车终于开进了西安站。从小开始，一列长长的火车，慢慢开进站台的景象，不论是在现实生活中，或者是在电影上，总会给我带来一阵莫名的、激动的情绪。总觉得，火车进站是一个很感人的场面，充满各种张力和联想。好比意味着：战争结束了，出征的军人，终于逃过了浩劫，从战场上平安归来。又好比一个长年在北方当官的人，终于辞官不干了，回到了温暖的南方。

而我自己，终于在国外等待了那么多年后，来到我的北朝隋唐。经过三十六个小时的火车旅程，穿越过五个省份，我带着又兴奋又紧张的心情，拖着一身的疲倦，提起我那件简单的行李，走过西安站台和地下隧道，到出口处去。

晨曦中，西安火车站前的那个巨大的广场，早已人声沸腾，充满无比的生命力。在出口处，有开出租车的、替旅馆拉客的、卖茶叶蛋的，还有卖地图的，都挤在那儿兜生意。

“住宿吗？空军招待所，国营的，很近，带空调卫生间。”一个十多岁的小女孩，走上前来向我拉生意。这些拉客的，大部分是小女孩或中老年妇女，很少见到男的。她们好像都喜欢强调“国营的”和“很近”这两点。然而，我知道她们的所谓“很近”，其实可能是在什么荒凉的小巷里，交通极不便。

我停下来，跟一个老太婆买了几张西安市的地图，便继续往前走。其实，我早已有备而来，知道火车站对面，就有一家解放饭店，价钱和设备中等，正好适合我这种独自旅行的“零散客”。那年，我第一次去那儿投宿，每个标准二人间，只要外汇券八十元，在西安这种大都市，算是便宜的了。

我尤其喜欢这家饭店的地点。离火车站只有十几步的路程，不论是抵达或离去，都一样便利。而且，附近还有一个长途汽车站。所以，这以后，我每次到西安，或路过西安转车，都必住

"解放"。

我被分配到五楼去。解放饭店有一点倒和唐代的朝廷相像，那就是对外来的人采用"分而治之"的办法：外国人、港澳人士和海外华人，全都住到五六楼去，和内地的同胞隔开。难怪，我稍后才明白，为什么这家饭店五六楼的客房地毯上，异常干净，没有香烟头烧成的一个一个焦洞。

我五楼房间的窗口，正好面对着庞大的西安火车站，一座典型的仿唐建筑。它的屋顶装饰，并不是传统常见的龙凤，而是唐代建筑的象征——鸱尾。主色也并非传统常见的红色，而是古拙的苍绿色。站在窗前，面对这座宏伟、线条简朴有力的建筑物，我感到真的很有些唐代苍劲的气魄了。

## 三

到西安后，我做的第一件事，并不是马上去游玩，而是先睡个大觉！昨晚在火车上，荡漾在陇海线上深邃的北朝隋唐历史之中，一整晚没睡好，现在疲倦极了。清早到了西安，我已到达目的地，好比返航一个安全的避风港。我先洗了一个热水澡，把两天来路上的风尘洗去，然后换上一套干净的睡衣，把窗帘拉好，躺在这个"避风港"的"港湾"之中，熟睡了三个多小时。

睡醒时，才不过上午10点多。我先在房内，仔细"研究"刚才在火车站前，跟那位老太婆买的几张西安市的地图。中国历史上的都城，从远古的商代开始，恐怕就是"规划"的，而非自然聚居形成的。所谓"城"，就是建有城墙的地方。"城"甚至可以作动词使用。这种用法在《资治通鉴》中，最为常见。通常，统治者先选定一个地方，然后，像《资治通鉴》常说的那样"城之”——建起城墙、宫室和衙署——再把大批富豪人家和老百姓赶到那里去定居，有时甚至可能是多达几十万人的强逼迁徙。“城”便如此慢慢形成了。

当年，北魏的洛阳，就是在一个帝王的命令下，这么建成的。隋朝的大兴和唐朝的长安，也是如此。杜甫说，“闻道长安似弈棋”，一语双关，既指长安政局像弈棋般，不可捉摸——“百年世事不胜悲”，亦指长安街道，规划得像棋盘一样井井有条。尽管隔了一千多年，在我眼前的这张西安地图上，城里的街道依然似“弈棋”，交错组成一个一个方方正正的格子，像棋盘。然而，唐代的长安城，比起今天还留在西安的那座明代所建的城，还大了一倍有余。像有名的大雁塔，在唐代原是在城中南部，如今却已在明代城墙的外围了。

翻看地图，火车站和解放饭店在城北，而大雁塔正好在另一端的城南，遥遥相望。我不觉福至心灵，决定骑自行车去游大雁塔。想看看从城北到城南，到底有多遥远。

我在解放饭店楼下的小卖部，租了一辆自行车。骑在长安——不，西安——街上，似乎可以感觉到，唐代那些大诗人的幽灵，还飘浮在空气之中。我一边骑车，一边欣赏两旁的街景，觉得这样骑车游西安，恐怕正像从前骑马经过长安一样逍遥惬意了。九月初秋，暑气已消，天开始凉了。不少秀丽的现代西安女性，穿着高跟鞋，在路上骑车姗姗经过。可惜这时不是三月，否则，简直可以用杜诗“三月三日天气新，长安水边多丽人”来描述。“肌理细腻骨肉匀”一句，用来描写现代西安丽人，依然还是非常恰当、非常贴切的。

骑车到大雁塔，我才确实领会到，唐代长安城之大。从我住的解放饭店出发，一直到大雁塔，只需经过一条马路。这条路又宽又长又直，两边种满了梧桐树。如今，它长约八公里，分成三段，分别称为解放路、和平路和雁塔路。我骑了快一个小时，才来到和平路的尽头，也就是明代所建的和平门附近。但这还只是走完了一半的路程！从和平门到大雁塔，还有几乎一个小时的骑车路程。当然，我悠闲地骑车，目的在欣赏街景，并不急着赶路，骑车速度比较慢些。但在唐代，这条长约八公里的路，如果步行的话，恐怕至少需要四五个小时。换句话说，单单从城北走到城南，就要花费半天的时间。

我登上大雁塔顶楼，向北瞭望整个西安市。在大雁塔上，我来时的那条大路，更显出它的笔直和修长了。我望不到它的尽头，只见到它慢慢消失在两边梧桐的绿叶丛中。往南瞭望，则是一大片的农田。东南面，就是唐代有名的曲江池遗址，杜诗所说“长安水边多丽人”的“水边”了。如今，它早已干涸，变成了农田，再也见不到“水边”了。

在大雁塔上瞭望，我更证实，今早一抵达西安时我的一大“发现”，那就是在西安城中，是绝对见不到山的。连远山朦胧的影子也难以见到。刚抵达西安火车站时，我想起老师刘子健教授好些年前对我说的那一番话，连忙往南一看。可是，哪有终南山的影子！这终南山离西安城，至少还有三十公里路。即使在天气晴朗的日子，恐怕也是望不到的。至于唐太宗皇帝远在醴泉县的坟墓昭陵，更是在七八十公里以外，在长安城中更不可能望见。

奇怪的是，唐代的诗人们写起诗来总喜欢说，他们当年如何如何登高瞭望昭陵，好像真有那么一回事。比如，公元850年，杜牧即将离开长安，到湖州去出任刺史，就曾登上大雁塔附近的乐游原，写下那首《将赴吴兴登乐游原一绝》，里面就有一句“乐

当年杜甫、岑参等大诗人登临过的大雁塔

游原上望昭陵”，好像要跟太宗皇帝辞行，依依不舍的样子。杜甫和许多其他唐代诗人们，也都写过类似的诗句。看来，唐诗中这些“望昭陵”的举动，都只是一种象征的姿势，求精神上之寄托而已。长安城中是绝不可能望见昭陵的。

我之所以那么关注山跟西安的关系，很可能是一种“职业病”，因为我在普林斯顿大学所写的那本博士论文，就是研究《唐代的军事与边防制度》的。而山和防御，关系太密切了。其实，我这次来西安，其中一个目的，也是要解开一个困扰了我几乎十年的“谜”：那就是，在西安城中，是否可以见到周围的那些名山？

从书本上得到的印象，历史上的长安似乎是个被群山包围着的城市。比如，最常见的一种描述，是说长安位于“关中”，四面都是天然的屏障：南有属于秦岭一部分的翠华山和终南山，北有北山山脉的嵯峨山，西有周人祖先的发源地岐山，东有杨贵妃避冬的骊山。从地图上看，这城市四周也确是被山环抱着，看来十足像个山城。唐人诗中那些“望昭陵”“望乾陵”的诗句，更经常给人一个印象，仿佛站在城中，就可以见到这些名山似的。

在国外，当然没有办法解开这个谜。我甚至翻查过美国国防部属下一个国防地图绘测单位所出版的《航空导航图》

“夕阳无限好，只是近黄昏”——乐游原遗址。

（*Operation Navigation Charts*）的中国部分。这是当时美国公开出版的最详细的中国地图，但也并非什么机密，可以用邮购方式在美国的政府出版物销售处买到。这地图有部分的资料，还是在“冷战”期间，美军用高空侦察飞机和人造卫星来探测所得的数据。由于是给飞行员使用的地图，所以它对高山的处理，是很仔细的，甚至连城市周围那些高耸的工厂大烟囱，也都清楚标示了出来。在这地图上，最接近西安城区的，南有翠华山，东有骊山，高度都超过一千米，而且看来都邻得那么近。虽然，我知道这些山和西安的确切距离，可是，没有亲身的体验，我依然不能确定，在西安城中是否可以见到这些高山。

然而，今早一走出西安火车站，在广场上抬头一望，便已经解开了那困扰了我十年的谜了。我几乎可以肯定，西安城中是见不到这些山的。现在，登上大雁塔，登高望远，更可以证实这一点。

看来，这几座山距离西安城区，其实都太远，连最近的翠华山、骊山，都远在至少三十公里外。所以，它们在历史上对长安的防卫价值，可能并不如我当初想象中的那么重要，而且可能也没有历代史家和诗人所咏赞的那么险峻。如果说长安有山险可守，都不免是一种史家的滥调。事实上，回想起来，唐代的长安城就曾经被人攻破了好几次。安禄山来过，黄巢也来过，甚至连“外国”的吐蕃军队都曾经攻进去过，掠夺了好几个星期才退兵。难怪，隋唐皇朝要在城四周围，建起一道长长的城墙，来作为第一道防线了。

那天一整个下午，我就一个人骑着车，在城中四处游荡。游过大雁塔后，沿着小寨路东行，再北转入充满历史联想的朱雀大街，到小雁塔去。当年，玄奘从天竺取经回到长安时，唐太宗曾命人在朱雀大街上设盛典，迎接他的归来。

西安小雁塔，比大雁塔更古拙可爱。

在西安市内骑车，我更深深感觉到，这个城市地势之平坦，骑起车来几乎不费什么气力。城里不仅没有山，连小小的斜坡都没有。后来更发现，除了市区以北的唐大明宫废墟一带，以及东南部唐代的乐游原遗址区外，整个西安市内的大街小巷，简直平坦得像一条条飞机跑道一样。

怪不得，当年李商隐“向晚意不适”时，要“驱车登古原”，登上地势比较高的乐游原去散散心，去捕捉“夕阳无限好，只是近黄昏”的斜照余韵。现在，终于明白了，为什么他要“驱车登古原”。为什么他会用了一个“登”字，来描述他的行程。因为，他走过的路，正好是长安城中罕有的上坡路。这样一想，仿佛可以见到，一千多年前，李商隐在夕阳下，赶着车，“吃力”地登上乐游原的样子。那一年，他已年过四十，丧了偶，心情想来确是“不适”的。

## 四

每天早上，西安火车站前的广场和解放饭店门前一带，都有不少国营和个体经营的旅游车，在兜生意，拉客到东、西线去观光。那些拉生意的妇女，手里拿着手提扩音机，不断在重复她们那一套广告词：

“来啊，东线一日游啊：兵马俑、秦始皇陵、骊山华清池、西安半坡。每位十元，包去包回啊。车子马上就要开了！请各位同志们，赶快抓紧时间，买票上车啊。请抓紧时间，买票上车啊！”

至于西线一日游，她们的广告词也差不多一样，只是把旅游地点改为“乾陵、永泰公主墓、茂陵、咸阳博物馆”而已。在这么多叫喊声中，以秦始皇的兵马俑，声势最大、最响亮。早上走在广场上，随时会被人拦着问："兵马俑，去不去？"兵马俑不仅变成了西安的象征，也成了这些旅游团一个最重要的"卖点"。这恐怕是秦始皇留给咸阳后人最好的遗产，一棵取之不尽的摇钱树。

这些旅游车的对象，主要是国内同胞。车子老旧，但车费也极便宜，确是物有所值。我试了东线一日游，和四十多名国内老百姓，挤在一辆大客车里，去看了秦始皇帝的兵马俑和杨贵妃当年出浴的洗澡池，发现这种国内旅游团还真不错。很"文明"，很有原始的旅行情趣。

这种国内团，最让我欣赏的，就是它没有导游，没有所谓的"地陪"。生平旅行，最怕导游给我"讲解"那些名胜古迹的历史，也最怕他们重复那些捏造的"美丽传说"。所以，我宁可独自走遍整个中国大地。现在可好了，这种旅行团没有导游和"地陪"，大可安心自由活动。

买了票，走上车去，票价跟内地老百姓的一样。这时，有几名红发碧眼的老外，也想加进来，享受和中国人一起去旅行的乐趣。可是，司机一看他们的样子，马上说要收"外宾价"，比国内同胞的票价贵一倍。争执了一阵。最后，老外可能觉得受了"歧视"，决定不参加了，赌气走了。司机也懒得理会他们。

车里除了司机和乘客外，就没有其他人，连跟车的都没有，更不必说导游了。车子每到一处，司机就宣布，大家有多少时间去游玩，什么时候该回来等细节。然后，大家就高高兴兴地下车，各走各的路，不必被导游赶着走，像赶鸭子似的。这正是我喜欢的旅行方式。

然而，从东线回来后，我却没有去参加西线游。因为，我也想步唐代诗人们的后尘，去"望昭陵"，和杜甫一样去"谒昭陵”。但由于昭陵远了些，不顺路，所有西线游的主办者，竟都索性不理了，不去了，只去唐高宗和武则天合葬的乾陵。可是，在唐代诗人和后代研究唐史者的心目中，昭陵的地位是绝对高过乾陵的。到了长安，怎可不去“谒”昭陵呢？我决定自己找一辆出租车去“谒”昭陵，回程再顺道去“游”乾陵。

我在解放路一带一面闲逛，一面寻找出租车去昭陵。从唐代开始，长安就是个“胡化”很深的城市。贞观初年，平定突厥后，迁到长安的突厥人，据《唐会要》说，有“近万家”之多。今天在西安，恐怕还有不少人是他们的后裔。甚至，唐代的帝王和好些诗人们，都有胡人的血统。唐太宗的大儿子承干，不就喜欢在宫中说突厥语，穿突厥服吗？至于唐史上有名的“番将”，那更是以突厥人为主干的。于是，这种胡汉交织的唐代文化，又自成它粗犷、豪迈的一面，和南宋以后江南的汉文化，给人的儒雅、文弱的形象，很不相同。如今，走在解放路上，西安“胡化”之深，还是处处可见的。

解放路两旁的小巷里，有不少回民和回民经营的小吃店。阿拉伯文刻在它们的招牌上，或者写在店门口的那块布幔上，随风飘扬。店伙计头缠白巾，或头戴白帽，在烹煮牛羊。而伊斯兰教正是在唐代传入中国的。而且，那还是唐代大将高仙芝（又一位番将），于公元751年，在西域吃了阿拉伯人的一场败仗以后的结果。

走在解放路两旁的那些小巷，闭上眼都可以嗅到一股浓烈的牛、羊味。最能代表西安的美味小吃，便是牛羊肉泡馍。嗅到这种味道，我的“乡愁”竟也要被它勾起来了。因为我从小在马来西亚的新山市长大，中学放学后，常去吃那里印度人卖的羊肉汤，而西安的羊肉泡馍，竟有几分像我中学时代常吃的那种印度羊肉汤。或许，西安羊肉泡馍的做法，原本就是师承自印度回教师傅的。

我终于在解放路一家集体承包经营的小旅行社，找到了一辆出租车。在那里办事的一位妈妈型中年妇人，说她的先生是开出租车的，可以载我去“谒”昭陵，收费一天人民币两百元。我和她约好，第二天一早7点钟，由她的先生曹师傅，来解放饭店门前接我。

杜甫当年“谒昭陵”，不知是怎么去的？骑马，骑驴，还是步行？隔天早上起来，想到我今天也将循他的脚步去昭陵，心里就有一种悠悠的历史感。吃过早饭后，在饭店门前等曹师傅的车，想起杜甫“诗史”的美名，不禁感叹。他确是用诗来咏史，替历史作见证的。一千多年来，任何到昭陵去的“好事者”，恐怕不免都要想起他来了。

## 五

甚至到20世纪90年代的今天，唐太宗的昭陵依然是很“神秘”的一座帝王陵墓。最神秘的是，这陵墓连它的照片都不容易见到。我真怀疑，世界上有多少人，见过昭陵的照片。在香港，临出发到西安前，我曾经想找一张昭陵的照片来看看，但翻遍了旅游资料，甚至查了昭陵的考古探测报告，竟然连一张都找不着。到了西安，也没有找到昭陵的照片。相反的，乾陵的照片多得是，宛然变成了唐代陵墓的一个代表。

当然，这种神秘感，反而更使我想到昭陵去看看。最初对昭陵发生兴趣，是十多年前，在研究所专攻北朝隋唐史，刚开始研读《新唐书》《旧唐书》和《资治通鉴》这些基本唐代史料的时候。当时，读到太宗朝那些人物的列传时，经常会发现他们死后，都“陪葬昭陵”，而且照史书的描述来看，这是一种无上的荣耀。“陪葬昭陵”这几个字的字面意义，当然不难理解，但“陪葬”的方式是怎样的，却难以想象。

于是，那天早上，乘着曹师傅的小面包车，我终于来到了昭陵。曹师傅年约五十，高高胖胖的，经年在外开出租车，皮肤都晒黑了。他的教育程度看来不错，至少念过高中，谈吐用字，都很有水平。可能因为他自己是个体户，所以他对国内的“大锅饭”制度，颇为不满。他批评有些工厂工人：“制造出来的东西，全是废品！”

他这辆小面包车，后头有两排座位，可坐六人。车子漆上深红色，我感到不解。一问之下，才知是因为“红色最好”。曹师傅有点自豪地说：“有人结婚，都喜欢请我这辆红车，去载新娘呢！”听他这么一说，不觉感到好笑。原来我今天是乘了一辆新娘车，去“谒昭陵”的。

车子停在昭陵博物馆门前。“昭陵到了。”曹师傅说。博物馆旁有一通极高大的李勣碑，碑后是隆起的李勣墓，高约十米。登上这墓冢的最高处，才知昭陵的范围极大，辽阔而静寂，如今

昭陵博物馆边的李勣墓和神道碑。墓后有三座小山。

李勣神道碑的碑头，刻的是螭首。

全是一片片的农田。农田上，散布着一座座隆起的墓冢。我终于解开了从前的迷惑，明白那些便是昭陵的陪葬墓了。原来陪葬的形式便是如此。只是把这些功臣，都葬在陵墓区内，让他们在一片秀丽的风景环抱下，长陪太宗。

但昭陵呢？昭陵在哪里呢？“在九嵕山，”曹师傅指指北面一座奇突的高山说，“离博物馆这里还有好几公里呢！”

“车子到得了吗？”我试探着问。

“路不好走，不好去。”曹师傅说，不很热心。

于是，先到昭陵博物馆去。这里摆满了从昭陵陪葬墓区运回来的墓碑和墓志：房玄龄、温彦博、尉迟敬德、阿史那忠、孔颖达等人，全都是我从前在《旧唐书》《新唐书》和《资治通鉴》中见过的人物。如今，站在他们高大的墓碑前，甚至可以用手去触摸冰凉的碑身，我仿佛也在触摸着历史。

一转身，猛然见到一个似曾相识的物体，摆在展示柜内。西安火车站的屋顶上，左右两边，不就是这东西吗？后来落成的陕西历史博物馆，所有建筑屋顶上，更全部采用了这种装饰，像一只勇猛的老鹰——鸱尾。原以为火车站上的鸱尾，虽根据文献，但

唐代经学大师孔颖达的神道碑

陕西历史博物馆各建筑物屋顶上都有这种唐代的鸱尾，草地上的石马来自某座唐陵。

仍属现代人想象的作品。万没想到，唐代的鸱尾，居然还有实物在昭陵的一个废墟上出土传世。这鸱尾塑造得强劲有力。那弯弯的鹰喙部分，充满线条张力。比起后代屋顶上常见的龙凤装饰，鸱尾更显得淳朴，也很有中亚的风味，很可能是突厥遗风，唐代“胡化”的结果。

我终究忍不住，央求曹师傅载我去九嵕山，一探昭陵的真面目。

“我也没去过，”他说，“不过我看您好像是搞研究的，我们就去看看吧。”

但昭陵在哪里呢？清代的金石学家毕沅，在乾隆年间出任陕西巡抚时，曾经四处寻访汉、唐帝王的陵墓，并且立碑为记。像汉武帝的茂陵和唐高宗的乾陵前面，都有毕沅在两百多年前所立的石碑标记。游客来到这里，好比放下心头大石：“没错，这就是茂陵。”“啊，这就是乾陵。”然后，他们站在这些石碑前，拍照留念，表示到此一游过了。

但我们来到九嵕山脚下时，完全见不到那通熟悉的毕沅碑，也见不到任何显著的陵墓遗迹或废墟，更没有任何翁仲和石狮等大型雕刻。这里，只有农田和农舍。曹师傅停车问了好几位当地农人，他们都指着九嵕山顶说：“昭陵就在上头。”

曹师傅很够义气，干脆把车子开上九嵕山。路是狭窄的黄泥路，不好走，沿途经过许多梯田和窑洞。看来，山上如今还住了不少人家，不知他们是否是当年唐太宗的守陵人的后代？越往上，梯田越少，几乎没有什么树木，但山坡上长满了苍翠的绿草，远远看去，如地毯般柔软，有牛羊在吃草。

车子走了整整半个多小时，才开到约三分之二的山腰上，无路可去了。站在九嵕山上往下望，风景绝佳。前面的山脚下，便是著名的渭河，缓缓流过这一大片关中平原。这里有山有水，环境清幽，确是第一流的风水，难怪当年唐太宗要选择在这里安葬。

在山腰上，仰望那尖突的主峰，觉得它好孤单寂寞。我决定爬到这主峰上去。我提着一瓶水和相机，请曹师傅在山腰上等我，然后就独自往主峰上爬了。这儿一片寂清，连种田的农人也见不到，更不要说游客了。

我一边沿着一条小路爬山，一边感觉到，在选择陵墓地点上，唐太宗比唐高宗和武则天高明许多。他的墓，建筑在这座海拔1188米的九嵕山上，确是遗世而独立。即使在交通便利的今天，游客也难以到达，索性都不来玩了。大家全都挤到高宗的乾陵去。比起昭陵，乾陵低矮得多了。然而，我想太宗是宁愿死后清静的。要不然，他当年也就不会选择这座如此高的孤峰，来作他的“长生殿”了。

爬了几乎一个小时，才登上主峰。唐太宗便长眠在这主峰深处。据《唐会要》的记载，他的墓室深入山峰南面达“七十五丈”，约230米，可见当年凿山工程之浩大，难怪营建了整整一十三年。如今，这主峰南面，已经毫无任何陵墓遗迹，亦无任

唐太宗的昭陵，就建在这座九嵕山的山峰顶上。

九嵕山的主峰。唐太宗便长眠在那山峰内。

何标记，表明这儿是一座唐代皇帝的墓。只有一大片绿茸茸的柔软青草，覆盖着峰顶。也不知何人，在峰南的一小片平地上，种了一小亩的油菜，和一丛丛的秋菊。这里不像帝皇墓园，倒有一种田园的恬静。

在唐代，昭陵当然是十分神圣，不可侵犯的。像我那样爬上去玩，或像那名农人，在太宗的坟头上，种菜种花，恐怕都是“欠砍头”的。杜甫曾经两次路经昭陵，但我想他并未曾登峰，也不可能登峰，所以他写的昭陵，只能远远从山下低处取景：

陵寝盘空曲，熊罴守翠微。
再窥松柏路，还见五云飞。

提到昭陵，许多文献资料都说它开了“唐代帝王依山为陵”的先例。当然，汉代已经有依山为陵的例子。唐太宗只是第一位采用这种葬法的唐代皇帝而已。然而，“依山为陵”这句话，其实并不好懂。唐代的史料，如《唐会要》等书，一直没有解释什么是“依山为陵”。所以，我从前一直有一个疑问：依山为陵，那么墓室到底在山顶上、在山腰，还是在山脚下？似乎这三者都可能。

甚至现代的考古报告，对“依山为陵”的葬法，也是语焉不详的。等我登上了九嵕山顶，才明白什么叫“依山为陵”了。几乎可以肯定，太宗的墓室，应该是高高在山顶上的，在海拔一千多米之上，而不是在山腰或山脚下的。而且，攀登了九嵕山后，我更能领会，当年下葬时，要把他的灵柩运到那么高、那么陡的山上去，这工程是如何的浩大和艰难。

从昭陵回来后，重读《唐会要》的记载，从前不明白的，现在都可以懂了。原来，当年还曾经“架梁为栈道”“绕山二百三十步”（约四百米），才能抵达墓室所在的玄宫门。无疑，这更证明墓室应当是建筑在山峰顶上的。而且，在高宗朝，旧守陵使阎立德曾经上疏建议把这栈道拆掉，为了使墓室“固如山岳”。史家在记录这件事时，有一妙笔，说高宗“呜咽不许”。一直到长孙无忌等大臣，引用了《礼记》的权威，重新上表，高宗皇帝才只好勉强答应了。从此，“灵寝高悬，始与外界隔绝”。

从前读这一段记载，一直不明白，为什么高宗要哭哭啼啼地“不许”拆栈道。拆了栈道，太宗的墓室，像阎立德所说的那样“固如山岳”，不会有人来盗，不也是好事吗？有什么好哭的呢？现在才知道，原来这墓室建在这么陡峭的高山上，若拆了栈道，那么就连高宗这个孝子，也不能上山来谒拜他父亲的灵寝了，怪不得他要哭哭啼啼。明白了事情的曲折，我觉得这不仅是史家的妙笔，而且还很写实，很能刻画高宗的心思。

三年后，我有机会到河北的满城县，亲身走进西汉中山靖王刘胜夫妇的山顶墓室，更能肯定唐太宗的墓，应当也像刘胜夫妇墓一样，是建筑在山顶上的。刘胜夫妇墓是汉代“依山为陵”的一个好例子，而且又经过现代考古学家的科学发掘。他们的墓室，正是建在满城县城西南，陵山东麓的山峰顶上。或许正因为建得这么高高在上，这对夫妇的墓室，才从来没有被人盗过，而出土了大批珍贵文物，尤其是那件名闻中外的金缕玉衣，和那盏长信宫灯。然而，陵山没有九嵕山那么高，从山脚下往上爬，只要二十多分钟就可到山顶，大约只有九嵕山三分之一的高度。

现代人可能受了“地宫”一词的影响，以为皇帝的墓室必

唐高宗和武则天合葬的乾陵

乾陵的外国君长雕像，所有头部都被后人砍掉了。

乾陵的无字碑

定是在地面底下的。北京市郊明代万历皇帝的定陵，近年来开放给游客参观后，可能更使得大家以为，皇帝的陵墓正像明代定陵那样，是深入地面底下好几百米的。从前我也有这种错觉。昭陵和中山靖王墓，终于让人明白“依山为陵”是怎么一回事，也令人想起四川三峡一带那些高悬在绝壁上的悬棺。这些山峰上的陵墓，如果有一天能够重见天日，像刘胜夫妇墓那样，必然是极为诡异又壮丽的景观。说不定，在现代旅游工业的“推磨”下，或许有一天，真的会有什么单位，在九嵕山脚下，架起登山缆车，方便游客去游昭陵。那时，唐太宗恐怕就永远得不到安宁了。

## 六

在西安，似乎没有多少人晓得唐代的大明宫在哪里。我问了好些人，都说不知道。那些市内一日游的团队，也不到大明宫去。甚至连开出租车的曹师傅，也不知道大明宫怎么去，不愿载我去。“没什么好看的。几个大土堆！”他安慰我说。

但他可能不知道，这“几个大土堆”，在一千多年前的堂皇富丽。早在1957年到1962年间，中国科学院考古所的专家们，已经对大明宫作过详细的勘查，而且还试掘了一部分遗址。考古报告也早已发表。十年前，我还在研究所念书时，就已经读过这份报告了。但没想到，长安的许多后人，却不知道大明宫在哪儿。

我只好自己来想办法。打开西安市的地图，发现地图上倒是标出了大明宫的遗址所在，在西安北郊。除此之外，就没有任何指示了。不过，那地方看来离我住的解放饭店似乎不远。我决定自己骑自行车去。

于是，在一个初秋的午后，我等到下午5点多，阳光没那么猛烈时，在解放饭店的小卖部，租了辆自行车，独自去寻访唐代的大明宫。

出了明代所建的城墙北门，沿着太华路一直往北骑。这一带，有不少工厂和民居，还有一家医院。越往北走，农田越多。骑了半个多小时，才来到一个叫马旗寨的小农村。从地图上看，这里离解放饭店只有五英寸，但实际上要大约三公里，可是还完全见不到什么大明宫的遗址。然而，这一带从前倒是属于唐代皇城的一部分，可以想见唐代长安城之大。

我按照地图的标示，过了马旗寨之后，才右转入一条地图上没有标上名字的小巷。这是一条黄泥路，两旁有大片的玉米田。青青翠翠的玉米枝干，在初秋的微风中轻轻摇晃。从考古学家所绘的复原图看来，大明宫北门之一的玄武门，其位置便大约在我右方这片玉米田中了。

越往里走，路变得越来越窄，出租车真的恐怕很难开进来，怪不得曹师傅也不愿载我来。又骑了二十多分钟，依然不见有什么大明宫的踪迹。我担心迷路，查看地图，发现走的路应当是对

唐大明宫遗址，而今是一大片农田。

的，至少方向没错。前面不远，应当就是麟德殿的遗址，那是唐代大明宫主要的宫殿建筑之一。

然而，地图上看来不远的地方，却似乎遥远得很。当时忘了，地图上的一寸距离，实际上等于大约半公里。不久，果然见到右手边出现一个大土堆。我赶紧把车子转入一条田间的小路，往那里骑去。

这土堆高达二十多尺，在一大片玉米田中隆起，显然是一座人为建筑的废墟。有几个小孩，爬到土堆上头去追逐。有一名农人荷锄走过。

“老师傅，请问这是不是麟德殿的遗址？”我问。

“哦，不是。这是三清殿。”他指指前方一个有围墙的地方，“那边才是麟德殿。”

这三清殿的废墟，前面并没有任何标志，也没有任何围墙，只是孤零零地立在玉米田中。我也随着那些好玩的小孩，爬到土堆上头去。那里长着一些杂草。在夕阳下，登高望远，所看到的景物都染上一层温馨的金黄色调。

站在这一片废墟上，想起从前唐代的皇帝们，在面对忧患的艰难时刻，经常都会在殿中登高“北望昭陵”，或“北望献

大明宫三清殿，如今只余下一个土堆，立在秋天的玉米田中。

陵”，祈求这两位创业先帝的启示，寻求精神上的安宁。然而，这显然只是象征性的举动，因为在长安这一带，也不能清晰见到昭陵或献陵。我到的那天，正是万里无云的好天气，但也只能见到一些不知名的远山朦朦胧胧的影子。

麟德殿遗址倒是建起了围墙保护，并且有一个管理所。我来到的时候，已是下午6点多，参观时间已过，空无一人，静悄悄的。幸好，有一位管理员住在那里。他特别通融开门让我进去看。

中国科学院的考古专家，曾经在这里做过重点试掘，但发掘现场现在都用泥土重新覆盖着，加以保护，要等将来条件比较好的时候，再来发掘。而今，这一片废墟的杂草丛中，依然散弃着许多唐砖碎瓦。地面上，也分布着好几十个排列整齐有序的巨大柱墩。这些柱墩都很新，不像唐代遗物。“那都是现代仿造的。”管理员说。

唐代宫殿给我的联想，倒和皇帝无关。我经常联想到的，反而是唐史上一位悲剧人物——牛李党争中的李德裕。这可能是因为他写的一首诗，非常生动地刻画了他和朝廷的关系，而且还写到了他在宫中工作到深夜的情景：

大明宫一宫殿遗址，在夕阳的余晖中。

内宫传诏问戎机，载笔金銮夜始归。
万户千门皆寂寂，月中清露点朝衣。

我骑车离开麟德殿的废墟时，心中想到的，正是一千多年前，李德裕半夜离宫回家时，“月中清露”沾湿了他的朝衣这个悲凉的意象。当年，他坐镇武宗宫中的金銮殿，亲自替唐室指挥了好几场重大的战事，包括平定泽潞节度使刘稹的叛乱，经常弄到半夜才能回家。这首诗，便是他在公元814年，刘稹叛变期间写的。

然而，武宗死后，宣宗上台，李德裕便失势了，最终更被贬到遥远的海南岛去。他曾在一篇短文中，形容自己在那里“幽独不乐，谁与晤言”。最后，这位功臣便这样老死在海南岛了。

唐代的宫殿在唐末历经几次浩劫和大火，如今只剩下这几个大土堆，孤零零地立在初秋的玉米田中。但李德裕当年在宫中，写给前方将领和回纥酋长的那一批官文和书信，却逃过浩劫，流传至今，仍然保存在他传世的文集《会昌一品集》里，永垂不朽。这本文集让我们清楚知道，他当年是怎样在宫中指挥战事的。比起堂皇的宫殿，文章确是“不朽之盛事”啊。唐代的宫殿早已不存了，唐代的诗文却是战火无法摧毁的。

## 七

离开西安前，没能见到唐诗中经常出现的终南山，我觉得终究是一大憾事。王维不就说自己“中岁颇好道，晚家南山陲”吗？这“南山”指的便是终南山。我决定再租曹师傅的车一天，去攀登最接近西安的翠华山。或许，到了那里就可以见到终南山了。

我们在晨曦中出发。车子沿着城南一条小路，走了快三十公里，才渐渐可以见到一点远山朦胧的影子。高大笔直的白杨，竖立在路的两旁。农人赶着驴车，以缓慢的步伐，向着麦田走去。空气中飘着一股清淡的驴粪味。

西安城南这一带，已可以见到一些高高的黄土台塬。收割后的麦草，堆成一个一个圆突突的隆包，林立在台塬上，有一种成熟的金黄韵味。像梵高的画。

翠华山脚下一带，便是唐代著名的风景区樊川和韦曲，早见于王维和杜牧的诗中。现在，这里依然景色秀丽，随处是小桥流水人家，还有一两座水磨坊，一些养蜂人家，一些林场。

曹师傅把车子停在山脚下一家小食摊前等我。我提着水壶，走过一座小桥，便沿着一条小路，独自登山。山上流下的小溪，在小路的右边流着。一大早，我是唯一的登山者。四周寂静，只有溪水流过岩石的声音。半路上，有一对老年兄弟，赤着脚，赶着两头牛，回山北的老家去。“老师傅，请问终南山是哪一座？”我趁机打听，好像当年王维“隔水问樵夫”那样。

在清晨的阳光下，通往终南山的乡间小路。

终南山脚下晨曦中的农田和农舍

"就是那一座。"其中一人指指最高的一座山峰说。山被云雾环绕着，一副"云深不知处"的样子。"这两头牛是你们的吗？""对，刚在山下买的，带回山上去耕田。"牛拖着笨重的身体，可是爬山的速度一点也不慢，比我还快。慢慢地，这两个老人和他们的两头牛，便离我越来越远了。后来，我偶一抬头，竟再也见不到他们了。他们仿佛突然走进云雾中，消失了。

我为了欣赏山路两旁的风景，边爬边停，一个小时后才爬到半山那座小天池处。这个高山小湖，现在用来发电。湖边的水坝上，有一座小型的发电厂。

又爬了一个小时，经过十八盘路，终于爬上了顶峰。然后，转个弯，突然又有一个高山湖泊呈现在我眼前。湖水一片黛绿，早晨的太阳从左边照过来，湖面泛着微微升起的烟雾，偶尔有水鸟飞起。有一群小羔羊，从湖的右岸列队走过来。湖后面，又是几座高山。我终于见到那座最高的终南山了！它苍绿的顶峰，在白云中若隐若现。阳光、湖水、白云和山影，交织成一幅光影不断变化的画。我幻想自己划着一叶轻舟，划过寂静的湖心，转个弯，隐入一座山背后，航向永远的终南山去。

翠华山上流下的潺潺溪水

翠华山顶上的一个高山湖泊和远方的终南山主峰

# 入西域记

兰州 · 酒泉 · 敦煌 · 柳园 · 吐鲁番 · 乌鲁木齐



## 一

西安火车站的购票人龙，永远那么长，永远不会移动的样子。现在回想起来，我那天下午要离开西安到兰州去，上午才去买票，而且还想买软卧票，真是天真得很。毕竟，我在资本主义社会养成的一些习惯，还没有完全改过来。当时，乘坐国内火车的经验还浅，而且前几次买票都还顺利，便以为软卧车没什么人坐，不必急着去买票。

清早一走进西安火车站的售票厅，才发现人龙很长，而且也见不到任何出售软卧票的窗口，但我还是不以为意。前一晚，已翻查了我那本旅行“圣经”《全国铁路列车时刻表》，知道第二天下午2点40分，会有一列275次火车，从西安始发，开往青海的西宁。我正好可以乘坐这班车到兰州去。

我想起可以先上车后补票这回事，于是先买了一张硬座车票。然后，把行李寄存，便到西北大学的历史系去，拜访了两位研究唐史的同行专家，又到英文系去找了一位研究庞德的教授。中午吃过饭后，才回到火车站，准备告别西安了。

走上第五站台，那列275次车早停在那里等待。我找到软卧车厢，问那位站在车门前的女列车员：

“请问我可不可以补一张软卧票？”

这位女同志，长得很文静，清清瘦瘦，年纪有三十多岁。她听了，也不答话，只是嘟嘟小嘴，把头微微一倾，示意我上车。有些神秘。

火车准时开了。这一节软卧车厢，没有几个乘客。我那间卧室只有我一人。

过了一会儿，清秀的女列车员走进来问：

“你自己去补票，还是要我帮你补？”

她问得有些奇怪。记得上回在岳阳站上车补票，那位列车长是坐在卧室中给我开票的，并不存在谁去补票的问题。我想，可能这位女同志只是列车员，并非列车长，身上没带票，所以要去其他地方补。于是我把钱交给她：

“请你帮我补吧。”

她回来时，把零钱交还给我，并且给了我一个小小的号码铁牌子。

“票我替你保管。”她说。

我知道，软卧和硬卧票在上车后都由列车员保管，快下车时才发回，而那个小铁牌子就是凭证。所以，我也不以为意，收好牌子，便靠在窗上欣赏外面的风景。

我庆幸自己又一次享受到软卧的舒适。还以为，这可能是因为在那年九月初，火车票价上涨了一倍以上，没人乘搭软卧了。万万没想到，这几乎是我此行的最后一次软卧了。这以后，逐渐发现软卧的许多“奥秘”，而随着这些新发现，软卧也从此离我越来越远了。

一整个下午，火车沿着渭河南岸行驶，横切过关中大平原。傍晚到了宝鸡附近，才开始出现一条条光秃秃的黄土台塬。有人形容这些台塬和台塬上密密麻麻的窑洞，像人造的玩具，不很真实。一片远古的泥黄色，干巴巴的，好像整个世纪没有下过雨了。

晚上10点左右，到了天水，才有两个人拉开我那间卧室的门走进来。他们也是先上车后补票的。提着大包小包，好像个体户，出门办完货回家的样子，也不多说话，把东西摆好便倒头睡了。

深夜中乘火车穿过中国大地，有一点兴奋又有一点伤愁。伤愁恐怕是因为独自旅行，奔驰在这一片辽远美好的土地上，没有人可以分享其中的欢乐。这样的心情最好喝酒了。我打开那瓶在西安买的西凤酒，香醇的白干把我熏得微微醉了，又一次在睡梦中，睡在中国的土地之上，奔向兰州的黄河。

大清早5点半，女列车员就把我们叫醒。“兰州，兰州快到了！快点起来吧。”我发现她不是昨天那位清秀的女列车员。换了另一人，可能是换班了。她替我们整理好铺盖，便来替我们换回车票。我这才发现，我那张票上，始发站那一栏，写着天水而非西安，票价也比我付的少。我以为是弄错了，拿了别人的票。

“恐怕弄错了吧。这张票不是我的。我是在西安上车的。”

那女列车员看了看铁牌子。“没错，你是下铺一号。这张票是你的。我怎么知道你哪儿上车的。你是跟谁补票的？”

“上车补的，跟昨晚那位列车员补的。”我说。

“那你去找她。”说完，她便走了。

我开始意识到是怎么一回事了。看来，是昨天那位清秀的女列车员耍的伎俩。她收了我西安到兰州的车费，却补给我一张天水到兰州的票，中间的差价便入了她的口袋。我想起她文静的样子。

想不到，过了一会儿，她竟走进卧室来了。大概是刚才那位列车员通知她的。

“请问你的票要不要报销的？”她问。

“我不属于什么单位，不能报销。”我说。

“那就没关系啦。”她开始露出一点羞涩的笑容，“这样我们的收入不就可以增加一些吗？”她很平静地说。

显然，她也知道我明白这是怎么一回事。而且，她知道，我其实并没有损失什么。我付了钱，现在火车不是把我送到目的地了吗？我看着她那羞涩的笑容，也觉得不便再追究下去了。

“哦，那就没什么了。”

隔了许久，每当我想起这件事，想起这位“女同志”那羞涩的笑容，和她那句“这样我们的收入不就可以增加一些吗”，总觉得这一切好像都那么自然，仿佛每天都发生一样。没错，这样她的“收入”确是可以“增加一些”。最触动我内心深处的是，她说这句话时，语调是那么的平静，那么的自然，好像在说着一件稀松平常的柴米油盐事。而且，她真坦率，没有掩饰什么。“这样我们的收入不就可以增加一些吗？”或许，正是她那出奇的坦率，和她用的这些如此“奥妙”的字眼，使我没有再追究下去。

## 二

清早6点多出了兰州火车站，无意中回头一望，一座光秃秃的山就像秃鹰似的盘在空中，瞪着我看。山上一根草、一棵树也没有。我第一次见到如此光秃的山。这座皋兰山，好像一件奇怪的物体，硬生生地闯入兰州市。如此接近市区，仿佛是兰州城建成后，它才闯入的。

十多年前，在美国普林斯顿，当刘子健老师跟我说，西安南部被终南山包围着时，我想象中的景象，正像今天在兰州所见到的。当然，这种高山包围城市的景象，在西安是见不到的，不料却在兰州碰上了。

“来啊，洗脸啊！洗脸吗？”

兰州位于大西北，用的却依然是北京的夏令时。清早6点多，天还黑得很。我看不清她们的脸，却可以听见她们在喊：“洗脸啊！洗脸啊！”

终于，我见到了。她们一字儿排列在火车站前的广场上。十来个老年妇女，站在那儿。每个人面前的地上，都摆放着一个洗面盆，旁边一个热水瓶。她们手拿着面巾，向路过的旅客招呼：“洗脸啊，洗脸！”

她们应当都是个体户，可年龄、衣着、站立的姿势、拉客的方式，却出奇的相似。甚至，她们所用的“生产工具”（面盆、热水瓶和面巾）花纹图案都一模一样，好像是同一个牌子的。而且，她们的热水瓶，都摆在面盆的右边，好像有一种默契。她们站在那里，像一支受过训练的军队。

不久，从火车站涌出的人群当中，就有几个旅客，在这些老妇人面前蹲下，就地洗起脸来了。看来，她们的生意还很不错。那盆水好久也没换，面巾也不必换。一个洗完，另一个又接上来，很自然的样子。比较讲究的，便从随身携带的那个北京牌黑色小包包中，取出自己的毛巾来。

后来，在西北的好几个火车站前，比如西宁和格尔木，我也见到同样的场面。甚至，两年后重游西安，也在解放路上见到有人在街头出售洗脸水——一种罕见的商品。

太早了，兰州火车站对面好几家宾馆和招待所，都还没有开门营业。我走到火车站旁的一家小食摊，吃了一碗热辣辣的“正宗兰州牛肉拉面”。然后，把行李寄存，跳上一辆7路公车，在市内、市郊转了一圈。

下车后，步行了好长的一段路，到白塔山去。终于，我第一次见到黄河了。就在山脚下，古老的黄泥色，向东流去。

从白塔山走下来，穿越黄河铁桥回火车站。黄河看得更真切了，就在桥下。翻滚的黄河水流得很急。有几根树枝，在河上漂啊漂，一会儿就在一圈圈的漩涡中沉没不见了。从这里，如果有羊皮筏子，倒是可以漂流到中卫去。那儿离杜甫所说的“五城何迢迢”中的“五城”起点不远了。

黄河铁桥建于清末。曾经见过一张20世纪30年代的照片：一大群羊，整整齐齐地列队经过铁桥。如今，它已年迈，桥墩不胜负荷，禁止机动车辆通行了。我站在桥中央，呆呆望着黄河之水，幻想有一头羊的浮尸，浮在水面向东流。好一会儿，才沿着庆阳路慢慢走回兰州站。在路上，几个回民妇女，蓝布衣、白头

兰州黄河铁桥上所见的黄河

巾的装扮，在清扫街道。兰州的确比许多其他内陆城市干净。

但我和兰州似乎没有什么缘分。后来曾经三次路经兰州，然而三次都没有停留一宿，只是在市区转了几个小时就走了。这一次，我原本打算住一晚再走的，但见到了黄河，回到火车站后，突然觉得心满意足了。兰州好像已经没有其他地方可以留恋。临时决定，在当天，乘搭上午11点19分到站的143次列车，到酒泉去了。



## 三

我终于尝到在国内挤火车的滋味了。143次列车从西安始发，开往乌鲁木齐。在兰州站买票时，只能买到硬座票了，而且是不对号入座的。我开始感到有些不妙。果然，这一列车开抵兰州时，全车爆满，还有不少站立的旅客。我提着两个兰州名产白兰瓜上车，只能勉强在车门边，找到一个立足点。穿着蓝布衣的乡下农人，老是想往门边推挤。他们随身带着一袋袋的谷物、长豆、花椒，甚至母鸡，好像去赶集，又像刚从集上回家。有的累了，半躺在地上睡觉。

我把随身那件行李，塞到一个硬座底下，便走向第九车厢，找列车长去，看看能否补到一张卧铺票。软卧是别想了。上车前我已问过。列车员说："都满了，都满了。"我最大的希望是补一张硬卧，否则就得站立几乎二十个小时，站着度过漫长的一夜，才能到酒泉。

第九车厢上的列车长席前，永远围着那么多人在补票。两名办事员，或许见惯了，一点也不急躁。一个收钱，一个慢条斯理地开票，很有涵养的样子。补票的人，多是乡下农夫。他们可能是在某个小站上车，还没买票，或者没买票被查出来的。大家挤成一团，没有排队。谁的手伸得最快，谁就最先补到票。

看看这光景，不知什么时候才会轮到我。还是再过一小时后回来看看。午饭还没吃。我取出随身携带的水果刀，把一个白兰瓜切了当饭吃。这瓜甜美多汁，和美国的白蜜瓜有些相似。在闷热的车厢里，有缘吃到这种兰州名瓜，确是一大享受，也是很大的安慰。

一小时后，再回去第九车厢看，补票的人还是那么多。两小时后，还是没办法。后来遇到列车长，他说："还在点算空的硬卧铺，迟点再来看。"直到三个多小时后，我才补到一个硬卧。后来才知道，在国内火车上，这也是很够幸运的了。稍后，我从乌鲁木齐返回兰州，就连硬卧也补不上了，在硬座上坐了两天两夜，度过了一段将近两千公里的难忘旅程。

下午，火车开始进入狭长的河西走廊，一大片、一大片荒凉的戈壁滩。偶尔有一小群牛羊，在比较肥美的草地上放牧，像风景明信片上的画面。祁连山脉一直在火车窗口的西南边上出现。那么近，仿佛伸手可以触摸。远古的长城废墟，点缀在戈壁滩上，像牧民遗弃的羊圈。

初秋穿越这一片风景，所有色彩都是低沉忧郁的。甚至连下午的阳光也仿佛酷热不起来。这里一棵树也没有，无法衡量秋叶的颜色。我泡了一杯茶，默默坐在窗前，想起一千多年前，经过这条走廊到西域去屯田的唐代士兵，和他们的死敌回纥及吐蕃军队。他们当年所见到的景物，恐怕和我现在所见的，一模一样。

列车在一片金黄的夕阳下，奔向武威，又在一片黑夜中到站。汉代曾经在这里屯田，居延汉简也在此出土。我走到站台上，买了一袋子小笼包当晚饭。

晚上11点多，列车员催促大家就寝。灯全熄了，只留下走道上一盏小小的夜灯。硬卧一点也不“硬”，和软卧一样，都是一张棉褥。其实，硬卧少了软卧铺上的那张靠背，床上的空间反而比软卧的大一些。

我补到的硬卧，在最上铺，离车顶极近，令人觉得窒息。辗转难眠，我起来坐在走道的小凳上，看着火车在黑夜中驶过狭长的河西走廊，在两座高山的峡谷中穿过去。最动人的时刻，是火车在徐徐转大弯的时候。可以见到火车头前的大灯，射向戈壁滩上的铁轨。前面几节是硬座车厢，一个个小小的方形窗口上，依然亮着灯光，有人影。硬座车是不熄灯的。在戈壁滩的黑暗中，有一盏牧羊人的灯火，幽灵般地在空气中飘浮着。火车转过大弯后，它就消失了。

列车在半夜2点多驰过张掖站。这儿便是陶渊明诗所说的“谁言行游近，张掖至幽州”的张掖。睡在下铺的一名年轻的出差军人，夜里起来上厕所，见我睡不着，竟主动地把他的下铺，和我换上铺。终于，张掖以后，我又一次在火车上，睡在沉沉的中国大地上，在睡梦中奔驰在西北的大漠上。夜里气温越降越低。风在紧闭的车窗外吹着。我把火车上的毯子都盖上了。

清早7点16分抵达酒泉，天还很黑。火车站建在茫茫大漠中一个无人烟的地方，四周全是戈壁滩，离县城至少还有十公里。一辆公共汽车，斜斜切过一个大戈壁滩，缓缓地把旅客载进县城。穿过南关的城楼时，天都快亮了。我在北大街的县汽车站下车。

一走出站门，第一个印象是，酒泉出奇的干净。马路上打扫得一片纸屑、一块果皮也没有。连路两旁的黄泥地上，也收拾得干干净净。或许，其他内陆城市太脏了，一到酒泉这个清洁的塞外小镇，感觉和对比便分外强烈。或许，这是因为酒泉多回民。

穆斯林对洁净的要求，在城中处处表现得特别明显。

后来读易君左的那本1954年初版《祖国山河》，发现四十多年前，他在1947年夏，初到酒泉时所见到的酒泉，也是十分干净的。他写道，“酒泉虽只有几条大街，但清清楚楚整整齐齐干干净净”。看来，这个大漠上的绿洲小城，很久以来就是这么洁净的了。

晨曦下，路两边那一排古旧的矮小老店屋，一点也不显得破落，反而一尘不染的样子，有一种动人的简朴魅力。几个回民妇女，在路边摆卖瓜果蔬菜。我沿着这条北大街往南走，再转个弯，拐进一条小巷，到酒泉宾馆投宿。

或许旅游旺季已过，宾馆冷冷清清的，格外寂静。一走进客房，祁连山就在窗口上，仿佛被窗子框了起来，像一幅画挂在那儿。房里的摆设像20世纪三四十年代的：古拙的书桌、旧式的玻璃橱，老式竖立的衣帽架，令人兴起一种怀旧的心情。地上铺着地板，厚沉沉的，散发出一种木质的温馨气息。

从西安西行以来，我已经坐了两天两夜的火车，没洗澡。一大早，宾馆还有热水供应，再迟些就没了。我赶紧去洗了个痛快的热水澡。然后，又像刚抵西安那样，先睡它三个小时的“早觉”，补充两夜来在火车上不足的睡眠。

九月中的酒泉，已经很有些秋意了。睡醒时，有一种秋高气爽的舒畅。我决定去看嘉峪关，从县汽车站搭公车去。

站在嘉峪关高高的城墙上，见到一列载货的蒸汽火车，喷出白烟，驶过关外北面的大漠，往西域奔去。火车走后，那条白烟仍久久不散，像一根柱子一样浮挂在空中。真是个“大漠孤烟直”的景象。

嘉峪关游人不多，寂寥得很。驻守在关外附近的一连解放军，集体乘坐了七辆大军车来玩。年轻的军人，大概难得有一天的假期，好像一群出门远足的小学生，蹦蹦跳跳。

中午，在一棵树下的小吃摊前，等班车回酒泉，吃了一碗关外的麻辣凉面皮。有几名解放军也在吃。面皮做得像个圆鼓鼓的白色大年糕，足足有四五寸厚，直径两尺左右。摊主用一个特制的小铁器，随手在上面轻轻转个圈，就有一条条的面皮被刮了下来，再淋上一些油和调料。大家都吃得津津有味。

酒泉是个理想的中途栖息站。这干净的小镇，只有东、西、南、北几条大街。镇太小，连公车也不必要了。下午，我租了一辆自行车，在温暖的秋阳下，不到半小时，就绕完小镇一周，觉得好悠闲自在。从酒泉公园回来，时间依然多得很。一整个下午，我便在镇上逛一家又一家的国营商店，补充旅途上的一些必需品。

我先到东家去买了一条“祝君早安”的洗脸毛巾，又到西家去买了一卷卫生纸，再往南门市场，买了一瓶山西汾酒，最后才到北关车站去，买了明天早上到敦煌的班车票。这真有些像古乐府诗中所写的，当年花木兰代父从军前所做的事，只是她买的东西和我买的不太一样。她是“东市买骏马，西市买鞍鞯，南市买辔头，北市买长鞭”。

傍晚，回宾馆的餐厅吃饭。偌大的一个餐厅，只有一桌坐满人。

“请问您几位？”服务员迎上来问。

“一个人。”

“那不如包餐吧，一个人十元。”她笑着说。

“好，那就包餐。”我在那一桌人对面坐下。看样子，那似乎是一位厂长，在宴请一批十几岁的少年男女工人吃饭，庆祝什么似的。菜一道一道地上，有洋芋焖肉、青椒炒肉、红烧牛肉、蒜苗炒肉、排骨花生汤，还有主食大米饭和馒头。馒头堆得高高的，像座小山。

包餐来了。我发现，我吃的正和对面那桌的一模一样，只是分量少一些，盛在一个一个比较小的碟子里端上来。原来这就叫“包餐”，像台湾所说的“和菜”。十元人民币吃了四菜一汤，用香港的消费标准来说，太便宜了，而且这是酒泉最好一家宾馆的餐厅，师傅的水准恐怕也是酒泉市最好的，吃得我非常满意。晚上回到房里，摸摸肚皮，把那瓶山西汾酒开了，对着窗外星月下的祁连山，一个人自酌独饮。

## 四

一直觉得，敦煌的地理位置很奇特。远在唐代，它就好像偏离通往西域的主要驿道，有点寂寞地孤立在西南一角。可是，从瓜州（今苦峪城附近），却又有驿道通往敦煌。旅客从东面来到瓜州，有两个选择。他可以经常乐县（今安西），折北往伊州（今哈密）出塞，完全不必经过敦煌。但他也可以沿着另两条南北驿道，到敦煌去，再从敦煌西面的玉门故关出塞。然而这样一来，好像绕远路，路程比较长。所以，玄奘当年到天竺取经，走的便是第一条路。他就没有到过敦煌。

事实上，今天的敦煌，依然偏离主道，既不在兰新公路上，也不在兰新铁路线上。乘搭火车，顶多只能到柳园站，便需转换班车，往南走一百二十公里，才到得了敦煌。这样的转换太麻烦了。所以，连我这个“火车迷”去敦煌，也不坐火车了。坐火车也到不了敦煌。

酒泉有定时班车直达敦煌。我前一天已买好了票，说是豪华空调旅游车，票价人民币十八元，比普通客车的贵几块钱。上车对号入座，很有秩序。车子是扬州车厂出产的旅游车，高背座椅，确比普通客车“豪华”许多，也干净许多。这以后，我见到扬州车，都比较有好感，也比较放心。

7点半准时开车。沿途是看不尽的祁连山和戈壁滩。原以为，到了西域，路必定不好走。但建在戈壁滩上的兰新公路，却出人意料的平坦宽畅，而且经常是笔直的，很少拐弯。中午在玉门镇停车吃过午饭后，下午经安西，5点左右便抵达敦煌了。

敦煌用的是北京时间。下午5点，阳光依然十分猛烈。如果中国有时差，敦煌这时应当才下午2点左右。县里没有公车。我在宾馆租了一辆自行车，骑到城南去看鸣沙山和敦煌故城。回到城里吃过晚饭，晚上9点钟了，天才开始暗下来。

晚上回到我住的飞天宾馆，有一名中国台湾同胞，在三楼的服务台，“教训”那名服务员。

“你们这是什么服务态度！客人等了十几分钟，还没拿钥匙来！”

那位年轻的女服务员，也不答辩，脸上没有表情，把钥匙掷

敦煌市郊的沙丘

整丘的沙好像大海，和蓝天连成一线

给那名台湾旅客，便转身到柜台后的小房去。

这样的场面我见多了，好像也越来越麻木了。通常，责骂服务员的，绝大多数是国外或境外的旅客。内地同胞往往出奇的有耐心，出奇的容忍，不太生气。我第一次回内地，也常常生气。第二次再来，面对这种场合，我发现自己也变得越来越有耐心了，仿佛逐渐被“同化”了，不再轻易生气了。毕竟，这些服务员的待遇，每月可能还不到人民币两百元，生活刻板，职位别无选择，心情恐怕是很郁闷的。怎么还能对她们苛求“服务态度”呢？

第二天起了个大早，在县汽车站乘了一辆专线车，到莫高窟去。其实，莫高窟我最想看的，倒不是壁画。这些书上都有了，画册也不少。十多年前，我在普林斯顿大学的考古艺术系图书馆，也见过罗氏夫妇在20世纪40年代拍下的那一整批详细照片。我最想看的，倒是那个藏经洞第十七窟，当年斯坦因（Mark Aurel Stein，1862—1943）与伯希和（Paul Pelliot，1878—1945）偷窃经文的地方。

正巧，敦煌文物研究所的人员，最先带我们一行人去看的，便是第十七窟。洞室很小，很低矮，又不透光。原本应当是漆暗一片的，现在装上了一个小灯泡，方便游人参观。敦煌那一大

敦煌石窟沉浴在清晨的阳光中

批稀世文书，便从这里流出来，像花果飘零那样，散落到世界上好几个国家的图书馆。我见过一张照片：法国汉学家伯希和，当年躲在里头，点着蜡烛，工作了几天几夜，把最好最有价值的东西，一件一件地挑选出来，劫运回法国。给他这么一挑，剩下的就只是些佛经抄本，没有太多版本价值的。

如今，洞里一片安详寂静，静得可以听见自己的呼吸。里面空空洞洞的，只留下悟真和尚的一尊塑像和一通石碑。洞里如今的安详与寂静，与伯希和当年在里头点着蜡烛，疯狂挑选文物，形成的对比太强烈了。一直到离开第十七窟，往其他洞窟去参观时，我仿佛还可以见到，伯希和的幽灵，还点着蜡烛，在那洞窟里"工作"，依依不舍离去的样子。这意象恐怕也将永远玷在敦煌的历史上，洗不净了。

## 五

中午从敦煌乘班车来到柳园时，才下午3点多钟。从北京开往乌鲁木齐的69次特快列车，要到晚上8点14分才到站。无端端多出整整五个小时，在柳园这个荒凉的小镇，不知该如何打发。然而，我也知道，这种无端端多出来的时间，往往是独自一人旅行最佳的时刻，因为那等于无端端捡到了多余的"自由"时间，可以更加逍遥一些，也可以更深入地去看看一个小镇。于是，我先买好了一张到吐鲁番去的硬座车票，再把行李寄存在火车站内，便到镇上去逛了。

柳园是个典型的"火车拉来的市镇"，显然特别为了到敦煌去的旅客而建。镇上的居民，十之七八属于铁路局的员工。像中国许多小镇的火车站一样，柳园站也建得很有特色。低低矮矮的单层建筑物，呈长方形，为了配合铁轨，建在一个高墩上。建筑物的外表漆上一种很奇特的绿色，不像中国惯有的颜色，倒让人想起了欧陆或北美某些小镇的火车站。

我在唯一的一条大街上行走，突然被路边一个小摊子上的葡萄干吸引去。

“吐鲁番的葡萄干，很好吃。”摊主说。他是维吾尔人，留一把山羊胡子，戴一顶瓜皮小帽。

一大袋一大袋的葡萄干，分成几个等级，发出诱人的金黄或翡玉色泽。最上好的一级，也才不过两块多钱一斤。我忍不住买了一斤。边走边吃，果然很好吃，甜中带点甘甘的滋味，和美国加州的产品很不一样。但没想到葡萄干是那么轻的东西，一斤有好大的一袋。我后来一直吃到乌鲁木齐，吃到北京，吃到洛阳，还没有把这一斤吃完。

在镇上走了不到一小时，便把大街两旁的商店都逛完了。它们的生意都很冷清，售卖的物品也大致相同。最显眼的，经常是那几十个搪瓷漱口大杯，整整齐齐地摆在架上。在比较大的国营商店里，老百姓最喜欢背着手，痴痴地盯着玻璃橱中的物品，往往看得入了神，许久许久，一动也不动，仿佛在仔细欣赏一件稀世的古董。几个售货员则坐在那里，聊天，打毛线，或者看报。大家互不干涉，相安无事。

不知从什么时候起，我发现，我也感染了内地同胞的这种购物习惯。我也喜欢上这些国营商店去“欣赏古董”，像香港人所说的，去“八”一“八”，觉得真是旅行中的一大乐事。售货员不来招呼，再好不过。这样一来，大家就有更多的时间，更多的闲情，去慢慢观赏物品，慢慢比价钱了。

对我来说，内地的好些商品，有时真的是古董。我想，我那么喜欢去“八”，恐怕是因为这些商品，常常会勾起我童年和少年时代的美丽回忆。比如，这次在柳园的国营百货商店，我就见到一盒盒上海出产的“英雄牌”钢笔，真有如睹故人般的喜悦，因为在几乎整个小学和中学时代，我在学校写字，用的就是这种中国内地的“英雄牌”钢笔。在20世纪五六十年代，这是中国销到国外赚取外汇的商品，售价极其便宜。当时，中国香港地区和东南亚许多国家和地区的穷学生，用的恐怕都是这种中国钢笔。想不到，隔了二十多年，我竟然在大西北的边陲小镇，见到我年少时用来写字的工具，而且款式还一模一样，一样老土可爱。二十多年没变。

可惜，当时不知怎地，我竟忘了买下这一种“英雄牌”钢笔，留作纪念。现在回想起来，仍不免觉得是一大憾事。我想，下回有机会一定要去买一支“英雄牌”。否则，再过几年，这种笔就要被淘汰掉了。

下午5点多，无所事事，提前吃晚饭。火车站对面只有一家餐厅，像是铁路局员工合开的。六七张小木桌和长板凳，疏疏落落地摆在一个大厅里。地上什么也没铺，还是原始自然的泥沙地。仿佛走进了中古世纪，或古装片的一个拍摄场景，一切全像是道具摆设。我在门前的柜台，翻看那本沾满油渍的“菜谱”。几乎全都是蔬菜炒肉的，没有鱼。点了莲花白炒肉，外加一碗蛋花汤。买了餐票，从大厅后墙上的那个小窗洞，把票子传到厨房去。

在内地行走，碰到各地吃的用语的不同，有趣又有点混乱。台湾所说的“菜单”，到了西北一带，全变成“菜谱”。卷心菜变成“莲花白”，有些地方干脆叫大白菜，极易和台湾的大白菜搞乱了。长豆和豆角的分别，许多地方也不一样，有时甚至正好完全相反。所以，点菜时得问服务员：

“长豆，是不是这么长的？”还得比个一两尺长的手势。要不然，极可能吃到我不喜欢吃的短豆角，即我们家乡所说的“乌龟豆”，或美国人所说的“法国豆”。至于四季豆？“对不起，没听过！”

菜来了，得自己去后墙那小窗洞处领取。我的莲花白炒肉加了不少花椒。蛋花汤黑乌乌的，加了不少黑醋。原以为，只有湖南人吃辣。跑遍几乎整个中国大地后，才发现中国的吃辣区分布极广。连云南、四川、贵州、湖北、山西、陕西乃至整个大西北，炒菜、煮面都喜欢加进许多辣子。

吃完晚饭，还不到下午6点。在候车室等车，写了几张明信片，拿到火车站对面的小邮局去寄。晚上8点多，69次特快车终于到站了。这是一列“过路车”，我买的硬座票当然不对号入座。我原准备上车再补一张卧铺的，但列车到了柳园，许多旅客都下车转往敦煌去了，硬座车上的位子多得很。在我那节车厢，只有寥寥十几个乘客，座位却有整百个，每个人几乎可以占有五六张位子。于是，有人索性倒在那些三人座的长椅上，把它当睡铺了。

我看位子多得是，也懒得再去补卧铺了，准备就在硬座上睡一觉。在我对面，坐着一位20世纪50年代移居新疆的干部。五十多岁，爱聊天。谈起来，他热情地告诉我怎样去游乌鲁木齐的天池，还在我的记事簿上写下：

“从乌市火车站坐8路车，到黄河路口，青少年宫下车，找去天池的班车。”

后来到了乌市，我果然就凭着他提供的这点珍贵资料，自己找到班车去游了天池回来。凌晨1点多到了哈密，站台上仍然闹哄哄的。铁路局的员工，推着小车在叫卖香烟、啤酒、饮料，还有哈密瓜。这回进新疆，在九月中，正好赶上了葡萄和哈密瓜的季节。但那位干部说：

“哈密的瓜不行。要买好瓜，还得到吐鲁番或乌鲁木齐去。”

然而，站台上卖瓜的叫卖声太诱人了。“一块钱一个。”我终于忍不住，伸头伸手出车窗外买了一个，取出随身带着的水果刀切开一尝，平淡无味，恨不听他的话。这时，干部又有话说了：

“买哈密瓜，要看它表皮上的那些裂痕。裂痕越多越密，瓜就越甜。”

细看刚买的那瓜，光溜溜的，的确没有什么裂痕。往后到了吐鲁番和乌鲁木齐，我都谨记着他的话，果然吃到又甜又脆的好瓜。

半夜两点过后，我伏在硬座的小茶几上，朦朦胧胧地睡了。凌晨醒来，手臂都麻木了。整个车厢的人东歪西倒地熟睡着。车顶上的风扇，不知何时都关了。看着列车奔过漆黑的戈壁滩，过了一会儿，我又沉沉睡去。

## 六

清早抵达吐鲁番，乘了一辆毛驴车，到吐鲁番宾馆去投宿。赶车的维吾尔年轻小伙子叫沙立，一见毛驴跑得慢，就往驴身上抽一鞭，口中不断在喊：“嗨啊！嗨啊！嗨啊！”

吐鲁番尘土飞扬，路两旁种着高耸的白杨，似乎也阻挡不了什么风沙。一到宾馆大门，有伊斯兰式的蓝白圆顶，也有中国传统的红色柱子，高高矗立在广场上。付了钱，沙立用生硬的普通话问我：

“去不去，游高昌故城？交河城？我的朋友开出租车，可以载你去。”

“多少钱？”

“租车一天两百元。”

“让我想一想，等我办好住宿再说。”

“好，我在门口等你。”

吐鲁番宾馆看来长期住着不少外国人。办理住宿登记时，见到一叠英国、德国、法国和美国寄来的航空信，给住在宾馆里的老外。外国人来中国玩，好像都喜欢吐鲁番和西藏这些有所谓“异国情调”的地方，好比中国人游欧美，喜欢去唐人街一样。大家都在寻找彼此熟悉的东西。

一个很年轻的日本人，十七八岁的高中生模样，手里把玩着一把新疆小刀，用生硬的英文问我，要不要参加他组织的一个临时旅游团，去高昌故城等名胜。他说，租车太贵，他付不起，要找十几个人，租一辆小面包车去，大家平分费用。

看样子，吐鲁番很少有国内游客，没有西安等大城市那种“一日游”的组织。还是秋凉了，国内游客都不来了？然而，这个日本人太年轻了，我对他没有什么信心，不晓得他的旅行团是否真的可以组成。后来还是找回那位赶车的维吾尔少年沙立。

“这样好吧，”他给我出主意，“你今天下午先去看交河故城、苏公塔、葡萄沟、坎儿井，我朋友收你一百二十元。明天一早，再去看高昌故城，那里比较远，回来顺路去看阿斯塔那墓、火焰山和柏孜克里克千佛洞。中午12点左右就可以回来了，也是一百二十元。怎么样？”

我犹豫不决。

“你看，现在才9点多，”沙立又跟我出主意，“不然我先载你去巴扎转一圈。中午你吃了饭，先睡个午觉，下午2点钟我朋友就来带你去交河城，怎么样？”

他给我安排得倒很周到。“好吧，就这样办。”

又坐上沙立的驴车，到几条街外的巴扎去。“巴扎”跟马来文的“巴刹”同一意思，指的都是市场，也同一语源，都源自波斯文。这里随处飘扬着印度和中亚音乐，竟有些马来西亚那些马来和印度巴刹的气氛。

午睡后，沙立的朋友果然在宾馆的门口等着。“我叫小马，回族。”他自我介绍。他年纪很轻，不到二十岁，开着一辆老旧的波兰制小轿车。

交河故城浴在一大片明亮无比的阳光中。黄泥色的废墟染上白花花的骄阳，发出一种奇异的亮光。一片空寂。除了小马和我外，没有其他游人。我一直走到故城街道的尽头。城北，有一条小河静静流着。河岸两旁种着白杨。

在葡萄沟，小马帮我选了一大串“红珍珠”，只要一块钱。他把葡萄拿到附近的一条小溪去冲洗，然后我们俩人分吃了。我来得正是时候，吐鲁番的葡萄熟透了，一串一串地从架上垂下

吐鲁番市郊的交河故城遗址

交河故城中一座神殿的遗址，依然宏伟。

来，伸手可以采摘。当年，柳宗元初抵柳州，发现原始树林上悬挂着的蛇，正像葡萄一样："阴森野葛交蔽日，悬蛇结虺如蒲萄。"这意象很妙，唐代的其他诗人当中，好像还没有如此高远的想象。如今看着这些倒悬的葡萄，我觉得它们倒真像柳宗元诗中的真蛇一样，挂在那里，随风轻轻摆动。"红珍珠"无核，甜美多汁，又清脆。吃完后，又央小马去买了一大串绿色的马奶子葡萄，带在车上吃。

第二天一大早，在前往高昌故城的途中，小马把车停在一个葡萄村中一家维吾尔人的小吃店前，买了两个维吾尔族当主食的大饼"馕"。他和那位卖饼的维吾尔族妇人有说有笑，看来相熟。"这家的好吃。昨天你请我吃葡萄，今天我请你吃。"他回来时说。

我小心翼翼地接过大饼。这饼直径足足有一尺，热腾腾、黄澄澄的，刚出炉，香气扑鼻。一口咬下去，烤脆的面饼随着奶油溶在舌面，真是入口即化。那天一早，宾馆的餐厅还没有开市，我早点还没吃就上路了。现在吃下这块饼，我摸摸肚皮，觉得自己幸福极了。

高昌故城比交河故城更为壮观。晨曦中，一名满面风霜的

柏孜克里克千佛洞

维吾尔族老头，赶着他的两头骆驼，往废墟的大街走去。还有一名维吾尔族妇人，头上系着一条红色的头巾，驾着马车，驰过故城平静的沙地。尘土在她车后扬起。我后来在火焰山下，也见到这种古老而简陋的马车，在一大片红砂岩的色彩中，往西驰去。

## 七

吐鲁番站有火车通往乌鲁木齐。然而，为了看看汉唐古驿道的风景，我还是决定改搭长途汽车前去。这辆车颇残破，坐满了人。车上有几个老外。他们的大背囊太大了，无处可放，弄得好不狼狈。吐鲁番和乌鲁木齐两地相距约一百五十公里，半路上已经可以见到天山的雪峰，挂在车窗外，好像浮在戈壁滩上。车子行了将近五个小时，在下午5点多才抵达乌市。

一到乌市不久，我那件在香港刚买不久的长袖毛衣就不见了。抵达时，见到街上的人已经都穿起秋装了。于是，从宾馆出外时，也把毛衣带上。不料，等我挤上那辆开往火车站的公车时，才发现披挂在肩上的毛衣不见了，不知被谁顺手“拉”去了。

一辆小驴车，途经吐鲁番近郊的火焰山。

从吐鲁番前往乌鲁木齐途中所见的天山雪景

九月中的乌市，早晚很有些凉意了。幸好我还有一件无袖的羊毛背心，可以暂时应付着。但新疆以后，我就要沿着“五城何迢迢”的路线，到内蒙古的大草原去，那里的气温肯定在零摄氏度以下。那件毛衣原本就是为内蒙古准备的，没想到却在乌鲁木齐弄丢了，真不知怎么办才好。而我为了旅行轻便，连一件外套也没带。然而，转念一想，拿我毛衣的人，恐怕比我更需要它来过冬吧。

我垂头丧气地走在街头。突然一抬头，见到路边堆积着哈密瓜，又肥又大，像一条一条的小乳猪。摊主刚好切开了一个瓜在零卖，粉红色的瓜肉，晶莹欲滴，十分诱人。我要了半边，摊主也懒得称，手掂了掂就说：“算五毛钱好了。”这半边至少也有一公斤。

咬了一口，又脆又甜又多汁，远胜在火车上买的那个瓜。遗失毛衣弄坏的心情，这才好转起来。傍晚在华侨饭店的餐厅吃饭，发现每张餐桌上都摆着一小碟小月饼，才想起今天是中秋了。两岁的棠儿和她妈妈都远在美国，而我一人独自在西域。大节日，餐厅人手不足，我点了三样菜，只来了一道冷盘。等了半个多小时，其他的菜还是没来，最后取消算了，回客房去，把刚买的那半边哈密瓜吃了当晚饭。

第二天早上6点钟起来。太早了，还没有公车和出租车。我从华侨饭店步行了半个小时，到青少年宫，找车上天池。半路上，见到老百姓提着篮子在排队，买刚刚出炉的油条和烧饼，香气四溢。我还没吃早饭，也凑上去想买。排了一会儿，才知道要粮票。那年，粮票恐怕早已经在中国其他内陆城市绝了迹，没想到乌市还在使用。我当然没有粮票，不肯定可不可买，走了。后来才知道，没粮票，再多补一点钱也是可以买的。

火车上那位乌市干部给我的资料没错。青少年宫公园门前，每天有班车到天池。这次回到中国内地，经过一番大力的“改善”，我的衣着已和国内同胞无异了，一样老土，查票员也看不出来，没说什么。车上还有两名日本人，衣着也和国内同胞相似，而且他们都没有背着老外喜欢背的那种大背囊，很低调，看来很懂得在中国旅行的窍门。我起初也以为他们是中国人。直到查票员问他们去哪里时，他们不会说中文，才露出原形来，得补买外宾票。

这天池，比起西安翠华山上的天池大得多，但却没有那么幽静深邃，那么耐人寻味。翠华山的天池，仿佛藏在深山人未识，而新疆的天池，已经有游艇在池上航行了。池中央，映着博格达峰的冰川倒影。哈萨克族人，骑着马在云杉林间的小路上来回奔跑，炊烟从他们山下的帐包升起。班车要到下午4点才回返乌市。我坐在天池边，吃茶叶蛋，看了一整个下午的碧蓝湖水。

# 五城何迢迢

银川 · 平罗 · 五原 · 呼和浩特 · 武川 · 希日穆仁



## 一

五城何迢迢？
迢迢隔河水。
——杜甫《塞芦子》

又到兰州，又见兰州。我从乌鲁木齐，坐了两天两夜的火车，跑了将近两千公里的路，在一个寒冷的黎明又回到了兰州。

当初入西域，几乎全乘火车去。回程时心想，如果飞机票好买，就乘飞机回兰州。我先到华侨饭店的中国旅行社去探听。职员说："机票紧张，不好买。"一听，心想算了，还是坐火车回去。或许，我一直在逃避飞机，心中迷恋的依然是火车。其实，乌市的民航局售票处可能还有票卖，我也懒得去问。

翻查了那本随身带着的《全国铁路列车时刻表》，终于选上了172次直快车。这列车从乌鲁木齐始发，开往河南郑州。行前的一晚，去火车站买票，售票员说："软卧、硬卧全没了，只有硬座。"

"好的，硬座也行，请给我到兰州的一张。"

第二天清早，172次列车非常准时，在早上9点35分开出站台。中国的列车，在始发的时候几乎都十分准时，简直分秒不差，值得表扬。但我走过硬卧车厢时，却见到铺位上几乎空无一人。怎么昨晚售票员就说"没了"呢？

正巧有一名善良的妈妈型女士，也乘这班列车回她河南的老家探亲。她的丈夫是列车上的厨师，正在想办法给她补一张卧铺。她给我"开窍"：

"这些空的铺位，可能是预留给吐鲁番站的，也可能是保留给什么单位的，临时又没用上。你再等一会儿，应当可以补一张卧铺的。"后来遇到一个列车员，她也叫我等一等。

等了半个多小时，没有动静，还是走回自己的那张硬座位上。硬座车厢倒不拥挤，还剩下不少座位。在我后面，正巧就是列车长席。邻座有四个年轻的小男生，斯文有礼，初中刚毕业，在一位长辈的陪同下，到陕西渭南的铁路局专科学校去受训。这位长者穿着铁路局的制服，和蔼可亲。其实，他们的路程比我更遥远，要足足三天三夜才到得了，可是他们却完全没有补卧铺的念头。我决定学学这些乘客，就在硬座上度过两天两夜。

早上，列车经过盐湖，白白晶亮的盐池在戈壁滩的大太阳下闪耀。下午1点钟抵达吐鲁番。这一段路倒是我没走过的，因为我来时是乘搭长途汽车的。在吐鲁番站停靠时，又买了两个哈密瓜，留在车上吃。下午，戈壁滩看厌了，走到硬卧车厢的盥洗间去，用一根塑胶水管，洗了个冷水澡。洗完回到座位，喝新疆啤酒，吃花生，不久便又到了晚饭的时刻了。火车上的时间似乎过得很快，不难打发。过了哈密以后，天才开始慢慢黑下来。

忽然，车上的播音机响起了那名女播音员受过训练的悦耳声音：

“各位旅客，本次列车的硬卧和软卧都还有空的铺位。凡有需要铺位的旅客，请赶快抓紧时间，到列车长席办理登记补票手续。列车长席在第九车厢。”

一般，卧铺总是要千般拜托，走后门，拉关系才能搞上。谁料这班列车的铺位，竟卖不出去，弄得要主动推销！这是我第一次在国内火车上见到这种事。但我已决心在硬座上度过两天两夜，一点也不心动了。

那班小男生，也早有备而来。晚上，他们打开两张草席，铺在硬座位底下，再徐徐把身体钻入座位下，面朝上平躺着，睡了。真的很有创意，连座位底下这么小的空间都能充分利用。不知会不会有窒息感？不知睡得安稳否？看来全无问题。整整两夜，这班小男生便轮流在座位下睡了。夜里上厕所，走过其他车厢，发现不少大男人，也用这种方法睡觉。甚至有一位老太婆，也如此睡，睡得很香甜的样子。

半夜里，列车开过河西的大漠，车里的气温越降越低。我的长袖毛衣不见以后，只剩下一件毛背心，夜里常常被冷风吹醒。睡睡醒醒，反而难受。索性不睡了，起身去洗了个脸，坐看火车奔过黑暗的大碛，和车上的众睡相，直到天明。

第二晚，播音员又在推销卧铺，看来生意清淡。这一晚，我更能耐了，更不想补什么卧铺了，也睡得更少。然而，坐在长途火车上，我倒是没有看书的习惯，好像生怕看书时，错过了窗外的风景。我喜欢火车这样永远不停在奔跑的感觉，就像少年时代，夜里坐在公车上，希望公车永远不停在开行一样。或许这就是火车那么吸引我的一个原因。经过这一回从乌鲁木齐到兰州无休止的两千公里长途奔驰后，我想以后恐怕再也没有什么更艰苦的火车旅程，可以难倒我了。

不料，到了兰州，我这一段旅程竟还无法结束。

早上5点多，天还未亮，出了兰州站，又见到那一班妇女，在兜售洗脸水。我走到火车站前的那家小吃店，又吃了一碗"正宗兰州牛肉拉面"。兰州拉面在全国各地都很有名，甚至远在泰山脚下，都有人在卖兰州牛肉拉面，还特别标明是"正宗"的。一大早，有这么一大碗热辣辣的牛肉面吃，真是一大享受，而且在兰州吃，肯定假不了。稀里呼噜地把面吃完，很满足，只嫌牛肉放得太少，只有可怜兮兮的薄薄几片，浮在汤上，不过瘾。再叫了一笼五个小笼包，趁热吃了。然后，打算到火车站对面的一家宾馆去睡个好觉，再继续我的下一段旅程。

这么早，宾馆的服务员还在睡大觉，没人办事。大厅黑漆漆的。我去敲柜台后面那道小门。"早上9点钟再办住宿。"里面一个充满睡意的女声应道。我也无处可去，就在大厅的沙发上坐了下来。不知不觉中，竟睡着了，而且睡得很沉，好像沉入一个无底深渊，轻飘飘的，耳边还有莫扎特的音乐，身体像一根羽毛，在太虚中浮着，说不尽的舒畅。直到半小时后，又有一名旅客在敲打那扇门找服务员，才把我吵醒。

一看表，早上7点钟不到，还得等两小时才能办住宿。随手翻看我那本《全国铁路列车时刻表》，才发现兰州到包头、包头到北京的铁路线上，有一列44次特快列车，很快就要在早上8点33分开出兰州站了，我正好可以赶上这班列车，到我的下一站银川去。心想，不如傍晚到了银川再睡吧。看来我和兰州，除了牛肉拉面外，就没有什么缘分了，第二次过门而不入。

于是，我赶紧提起行李，快步走到火车站去买票。

## 二

44次列车从兰州始发，沿着黄河大河套，经包头开往北京。我将在傍晚6点22分抵达银川，不必买卧铺了，所以只买了一张硬座票。检票进站时，大家都很有秩序地排队。毕竟，兰州是始发站，大家的硬座票都对号入座，不必争先。这一段旅程，晨早出发，傍晚到站，很有“未晚先投宿”的境界。这以后，我乘火车畅游中国大地，总是尽量安排在当天午夜之前到达目的地，省了买卧铺的烦恼。

上了列车，还有不少空位。选了个靠左窗的位子，准备迎接黄土高坡的到来。果然，列车离开兰州站不到半个小时，一座座的黄土高坡，就在窗外隆起，像变形的黄色怪兽，一座比一座高，而且那么接近，仿佛随时会倒塌下来，把路过的列车活埋了。列车在高原下的河谷穿过。窗外的黄土地那么荒凉，没有一根草，一棵树。这是我见过最悲壮的黄土高坡。

一头驴子，被人绑在一排窑洞前的一根木柱上，在猛烈的太阳底下暴晒。四周空无一人。驴子一动也不动，在一大片黄泥色的背景下，沉默地站着，仿佛一座雕像，站在那里已经有一千多年了，又仿佛在进行一种仪式，一种惩罚。隔了许久许久，每当想起黄土高坡，我都会不期然地想起这头驴子，在那年秋天的太阳底下暴晒。

下午3点，列车到了中卫。杜甫所说的“五城”的起点，就在这儿了。唐初在这里派驻了一支军队，总共五千名军人和战马，在黄河外的沙漠上，筑起了丰安军城。如今，丰安军城的遗址早已不存，恐怕已经掩埋在一大片黄沙之中。但中卫城里，只怕还住着不少当年这些军人的后代。他们的先祖，曾经在这儿屯田，世世代代替李唐守边，防止吐蕃和回纥越过黄河，直驱长安。虽然唐代已经废除了北朝世袭的军户制度，但这些守边的人，一代一代地屯田耕战，过着一种别无选择的生活，命运其实也跟军户差不多。

列车经过中卫时，瘦瘦长长的黄河，在右窗远方和火车平行了好一会儿，时隐时现，不久便再也见不到了。下午5点多过了青铜峡站，不远就是唐代的灵武。当年，安禄山攻入长安，玄宗仓皇奔蜀逃命。他的儿子肃宗，来到灵武即皇帝位。今天的列车已经不到灵武了，只是穿越黄河外的沙漠，在暮色中开入灵武以北不远的银川。那便是“黄河百害，唯富一套”的“塞上江南”。火车开进站台时，穿过绿油油的稻田。

我乘了一辆小面包车，到银川旧城的宁夏宾馆去投宿。一路上，水田取代了我看了足足三天的戈壁滩，让人眼前一亮。

“没有普通客房了，住套间好吗？”女服务员问。

“套间？”像我这样独自旅行的人住套间？我在想。

一头驴子，站在黄土高坡的太阳下暴晒。

“六十八元外汇券一晚。”服务员马上又补了一句。

才六十八元？真是太便宜了。“好，那就试试套间吧。”

套间是一房一厅一卫生间。厅里有一套20世纪五六十年代的老式沙发和一张大书桌，古雅简朴，令人怀旧。这种套间恐怕是招待高级干部的。我后来在青海的西宁和格尔木这些边陲城市，也住过这种套间。

入西域以来，吃到的大米饭都不好，碎小而多沙粒。银川号称“塞上江南”，我带着期待的心情，在宾馆外一家餐厅，叫了一碟莲花白炒肉，再要了四两大米饭。米饭来时，看样子就不错，洁白而粒大。一咬下去，柔软而有弹性，确有江南风味。晚饭后，回到宾馆，把三天来西域的尘埃洗尽，很早就睡了。当晚，是我三天来第一次睡在床上。我睡得很熟很沉。第二天一早起来，感觉自己好像换了一副筋骨一样。

起床时，还在迟疑要不要到银川附近的西夏帝陵去玩。但我不研究西夏史，又亟欲早点走完这迢迢的五城，最后还是决定回到银川火车站，改乘170次直达快车，到我的下一个目的地呼和浩特去。

## 三

170次是从银川始发的唯一一列火车，开往北京，将在晚上11点半开抵呼和浩特，所以也不必买卧铺了。我开始体会到始发列车的好处：票容易买，而且又对号入座，不必去挤。上车前，先去买好了一只烧鸡，几瓶啤酒，准备坐一整天的火车，跑完杜甫的五城。

列车在早上10点多准时开出银川站不久，贺兰山便一直停留在车子的左窗上了。远远望去，低低矮矮的，青褐色，就像在地图上所见的模样。一个多小时后，到了平罗站，那就是杜甫五城中的第二城——定远军城了。停车五分钟，我走到简陋的站台上去。这儿四周已见不到银川那种青绿的江南风景了，只见到一片黄沙和单调的防风林。土地看来是那么干涸和贫瘠。那些守边人的后代，不知到哪儿去了。或许，他们有的还在看守着黄河外沙漠上这个小小的火车站。

接下来的三城，也就是杜甫在《诸将五首》第二首中所说"韩公本意筑三城"的三城：西受降城（今五原以北）、中受降城（今包头以北）和东受降城（今呼和浩特以北）。当年筑起这三城还真不容易。

唐初，驻守在北方的朔方军，和李唐的死敌突厥是以黄河为界的。黄河北岸，今包头以北的沙漠上，有一个叫拂云堆神祠的绿洲。突厥将入侵时，必定先到这神祠去"祭酹求福"，顺便在那绿洲上把战马养肥了，然后就大举越过黄河，骚扰唐室的北疆。公元709年，朔方军的大总管韩公张仁愿，趁着突厥倾巢而出，往西方出击他们的敌人突骑施时，奏请"乘虚夺取漠南之地，于河北筑三受降城，首尾相应，绝其南寇之路"。于是，朔

从火车左窗上所见的贺兰山

方军就在六十天内，匆匆忙忙地在黄河外的沙漠上，筑起了这三城，相隔各约四百里，从今天的五原北部开始，一直伸展到呼和浩特以北。从此，突厥就再也不能越过阴山来放牧了。这是唐初军事史上一件划时代的大事，也是韩公在北疆上所立的一个大功，所以隔了半个多世纪后，杜甫写诗时，都不忘记上这一笔。

然而，安史之乱后，杜甫写那首诗时，他的心情想必是沉重的，而且恐怕深深感觉到历史的讽刺。因为，韩公当年筑三城，他的“本意”，正像杜甫所说，原是为了“绝天骄拔汉旌”。天骄者，突厥也。但没想到，李唐在安史之乱中，却要依靠另一个天骄外族，即回纥的兵马，来救国消灾：“岂谓尽烦回纥马，翻然远救朔方兵！”

一整个下午，火车沿着黄河最北的那个大套，穿过乌兰布和沙漠，往东奔去。触目所见，尽是黄沙和干涸的土地。一种地老天荒的悲凉。一切静悄悄的，仿佛从远古开天以来，什么也未曾发生过。然而，对我来说，这一块连绵五百公里的土地，却充满了历史。这一列车仿佛是回忆的列车，载我回到北朝隋唐。北朝？没错，因为北魏六镇也在黄河这一套。

但而今，韩公所筑的那三城，早已被黄沙掩埋了，连遗址都

过银川后，贫瘠干涸的土地。

临河、五原一带的沙漠景观

找不到了。

傍晚，火车开到五原时，荒凉的景象令我吃了一惊。没想到五原会变得这么贫瘠。黄褐色龟裂的泥土，仿佛好几个世纪未曾下过雨了。在五原上车的一名干部告诉我，“十年动乱”期间，下放的知识青年最怕被派到这儿，因为，他说，“这儿除了风和沙，什么都没有”。或许他本人就是当年被下放到这儿的知青。我不忍心问。

真的什么都没有吗？果如此，那五原在唐代的地名“丰州”倒真是一大讽刺。丰州，物产丰盛之州，取其富足的意思。当年，李唐的屯田大使娄师德，不就在这一带大举屯田，养活了不知多少守边的军人吗？而且还有剩余，可以由黄河漂流到其他地方，接济缺粮的边卒。当年，武则天皇后不就对娄师德的这种大功，赞赏不已，还亲自给他写了一封信，大大嘉奖了他一番吗？这封信的片段，今天还能见到，就收在《旧唐书》和《新唐书》的《娄师德传》里。曾几何时，丰州竟变成干涸的五原了！我坐在列车上，看着周围一点绿色也没有的风景，不禁摇头叹息。

列车离开五原后，不久就可以见到阴山了。太阳即将西沉，夕阳把阴山和天边染成一大片诡异的橘红色。像血的颜色。我跑到列车的最后一节车厢去，喝着银川啤酒，想象汉代匈奴和唐代突厥的骑兵，如何越过这些山脉，来“拔汉旗”。然而，火车疾驰过沙漠，阴山快速往后退，最后都消失在黑夜中了。

九月初秋，白昼越来越短。晚上8点多到包头时，天已全黑了。晚上11点多，列车几乎是正点到达呼和浩特。我终于走完了杜甫五城的全程了，圆了我十年前的一个梦。“五城何迢迢？”杜甫当年自问，又自答：“迢迢隔河水。”今天从兰州到呼和浩特的这段铁路，几乎全程都建在黄河外的沙漠上，也确是“迢迢隔河水”。

## 四

从北朝隋唐回到20世纪的呼和浩特，我马上面对一个很现实的住宿问题。出了火车站，已经是午夜了。火车站附近，见不到有什么宾馆。而我所知道的一家宾馆，还在几公里外。这么晚了，不知如何找车去。我站在街头想办法时，一名二十多岁的年轻女性走上前来问：

“住宿吗？很近，才五块钱。”

才五块钱？“什么地方？”

“很近，走几步就到。”

“我从香港来的，没问题吗？”

“没问题，你跟我来。”说完，她主动帮我提起小行李。这么晚了，就跟她去看看吧。不久，她带我走进一条又窄又黑的小巷里，两旁都是民居。这样的地方怎么会有旅馆？又转进一条巷子，更黑了，几乎摸不着路。我不禁想起《水浒传》中，那些误投黑店的故事。误投黑店的旅客，被老板娘孙二娘杀了，尸首剁制成馅，做成人肉包子。要不是这名年轻女性，样貌看来还善良，我真想回头不去了。

路真是太黑了。她竟从衣袋里掏出一根蜡烛，点了起来，在前面引路。

“快到了吗？”“就快了。你看，前面有灯光的地方就是。”

果然，前面一家民居前，挂着一盏灯笼。走上前去，门上有一块木制的小牌子，用红漆歪歪斜斜地写着“双莲旅社”。原来是一家个体户，把自己住家的一个空房，改成客房出租。

客房十分简朴古旧，有三张铁床，墙上贴满那些颜色鲜艳的明星海报。我看看房里收拾得倒还干净，决定试一试。

“好，那我就包房好了。”这样夜里可以睡得安稳些。

“那你先在这里办一下住宿登记，我去打水给你洗脸。”服务还不错。

这时，一个年轻瘦小的男子走进来，看来像是做丈夫的。

“你在香港工作，那你在内地有没有户口？”他问。

“我老家在广东，广东梅县。”

“那你就填广东梅县的老家地址吧。”这一办法倒是不错。否则，按照相关部门的规定，这种小旅社是不能接待我的。

中秋过后，呼和浩特越来越寒冷了。夜里，我把那床又厚又重的棉被盖上。一宿无话。第二天一早，年轻的老板娘给我打了一盆热腾腾的洗脸水，又告诉我怎么搭班车去内蒙古的大草原。

我走到附近的汽车站一问。“今天到草原的班车已经开走了，明天早上6点钟再来吧。”一名女办事员说。

我转到内蒙古饭店去。那里中国旅行社的一名女同志很热心地说：

“现在是九月中，天冷了，已经没有什么人去大草原了。不过，您要去，我可以给您一人找辆车，外加一名导游，来回一趟，包草原的食宿，原本要四百五十元外汇券。但现在秋天没人去，可给您打个八折，就收您三百六十元。怎么样？”

说得我好心动。秋天到冷清的大草原去，该是另一番风味。

“好，就这么办。”

“咦，”这名女同志好像发现了什么，“您就穿得这么单薄去草原？恐怕不行啊！昨晚的天气报告说，草原上是零下三摄氏度。”

这才想起，那件长袖毛衣在乌鲁木齐丢了后，我只穿着一件毛背心。

“我有一件毛衣弄丢了。”

“那好，我们内蒙古的山羊绒是很有名的，还销到欧美、香港。您可以在宾馆的小卖部买一件。”

“山羊绒？”

“就是香港人说的什么茄士咩啊。”

茄士咩（Cashmere）确是毛衣中的精品。料子像丝一样轻柔柔的，很保暖，价钱也很高。在美国五年，我一直在研究所当穷学生，买不起这种茄士咩。没想和中国的茄士咩，却似有缘。宾馆小卖部的柜中，摆放着好几件。有一件鹅黄色的，春天的颜色，正好是我的尺码，很难得。要价四百六十七元人民币，一点也不便宜，比我去大草原玩一趟还贵，也可见山羊绒身价之高。

一摸料子，柔柔软软的，很有弹性，垂坠性也好，触感更是绝佳。再试穿上，很合身，无限温暖，我舍不得脱下了。于是，女售货员替我把毛衣上的标签牌子剪去，我就穿着这件内蒙古东胜出品的国产山羊绒，到希日穆仁大草原去了。东胜位于唐代的中受降城以南，突厥与回纥骑兵从阴山南下，得经过那儿。后来，这件毛衣伴我度过了好几个香港的寒冬。每次穿上，都会想起那年秋天，我弄丢了一件普通的长袖毛衣，却得到了一件内蒙古产的山羊绒毛衣。

## 五

呼和浩特通往希日穆仁大草原的路，就是当年昭君出塞的路，也是通往北朝隋唐史的要道。这一条路上，发生的战事，数也数不清。尸首暴露旷野，热血流过。如今，路上只有我们那辆车子，往北方开去，出奇的安静。

出了呼市不久，便是大青山，进入阴山山脉了。这大青山的海拔在一千米以上，可是山势却不高，像一个一个大馒头那样，堆在那里。难怪匈奴、鲜卑和突厥骑兵，可以轻易越过这些大馒头，到山南来放牧。

突然，车子到了武川，北朝隋唐史书和《资治通鉴》上常见的一个地名。北周的不少将领，在这里度过了他们的青少年时代。当年，唐高祖李渊在这里待过，唐太宗李世民也待过。这里是北朝隋唐史上培育军人的温床。

武川县汽车站就建在通往大草原的大路边。路两旁有一排小商店，站前还有一排水果摊，贩卖着青青的苹果和红红的西红柿，典型的小镇风光。一条大街，几间商店。低矮土筑的民居集中在附近的一个小村里。我请司机停车，在水果摊买苹果。

毕竟，这里曾经是历史上战事频繁的一个边城。空气中仿佛仍然飘浮着阵亡军人的幽灵，战马的嘶叫和喘息。任何人来到这儿，仿佛都不自觉地会被那种无影无形的历史感笼罩着。卖水果的老妇人，穿着蓝棉袄，满脸皱纹，慈祥地微笑着。

大青山低低矮矮的，像一个个大馒头。

内蒙古希日穆仁大草原上的绵羊

九月中，草原上果然冷冷清清，没有什么游人了。我只遇见一对年轻的日本夫妇，来摄影。夏天雨季过后，草原上的绿草也将枯萎，甚至只剩下草梗了。但远远望去，还是一大片的绿色，淡淡的绿色，望也望不到尽头。

十几个蒙古包，一字儿排列在草原上，没人居住。我一人分到一个大蒙古包，那原本该住上六人的。蒙古族女服务员，烧了一壶热开水，从老远的帐包提过来。我站在蒙古包前，看着她慢慢走过来。炊烟就在她的身后升起。

我们到的时候，正好吃午饭，吃手扒羊肉，用蒙古小刀把羊骨头上的肉刮下来，大碗喝着内蒙古著名的宁城老窖。饭后，我回到蒙古包里去睡了个舒服的午觉。下午醒来，到一个蒙古敖包上去瞭望大草原。又到一个牧民家去探访，看他们饲养的一群羊。喝酥油茶时，第一次尝到蒙古族人用牛乳酪做成的奶皮子。干干扁扁的，像干的豆腐皮，却甘甘甜甜的，风味绝佳。

前几天，一直乘坐火车赶路。难得今天在草原上，什么事也不必做。从牧民家回来，我坐在蒙古包前，喝着宁城老窖，望着这一片淡绿色的大草原，看了整整一个下午，好像从没有如此悠闲过。阳光透过云层散下来，淡淡的，没有什么力道。风吹来，

秋天的草原有一种淡远的韵味。

黄昏时，一头母牛带着一群小牛一字儿列队回家去。

送来草原上的秋寒，以及泥土和青草混合着清露的味道。

草原上的落日，是一大片罕见的橘红色。像什么人把浓浓的油彩打翻了，泼到天边去，流成不规则的抽象图形。一头母牛，带领着十来头小牛，一字儿列队走过我的蒙古包前。奇怪，见不到牧牛人。这群牛似乎认得路，日落时会自己回家去。

晚饭吃涮羊肉时，又见到那奶皮子。只有小小的一碟子，很珍贵的样子。司机、导游和我三人抢着吃，一会儿就没了。大家反而对那一大碟切得薄薄的羊肉片，兴趣不大。我尝了几片，觉得清淡，有点羊臊味。那晚倒是喝了不少宁城老窖。

回到蒙古包时，夜已经很黑很冷了。零下二摄氏度。草原上黑漆一片，连星光也没有了。我穿着内蒙古产的山羊绒毛衣，感觉确是温暖无比。再把铺盖打开，铺在地上，盖上了两床的棉被，在微微的醉酒中，躺在内蒙古的草原上，紧贴着大地睡了。半夜里，下起大雨来了。我被雨打帐包的声音吵醒，静静地躺在温暖的被窝里，听了一会儿雨声和风声。然后，我又沉沉地睡去了，睡在祖国的大地上。

落日把整个草原的天空染成橘红色。

# 谁谓河广

大同·北京·太原·运城·盐池·洛阳



一

我乘坐158次直快车，从呼和浩特来到了大同。这班车从包头始发，经北京，开往江苏的常州，真是很罕见的一条路线。那天早上，从大草原上回来，吃过午饭，正好可以赶上这趟在中午12点半到站的列车。呼和浩特到大同，只有二百八十五公里，我将在傍晚6点左右抵达，原本是不必买什么卧铺的。可是，从草原上回来，到中国旅行社去取票时，那位热情的女同志却说：

“这班是过路车，怕没位子，所以给您订了张软卧票，舒服一点。”

舒服倒是挺舒服的，我一人独享一间卧室。但这么短的车程，却要六十一大元，外加十元的订票手续费，而且全都要收外汇券。然而，酒泉以后，我就和卧铺无缘了，而且这一趟也是我此行的最后一次卧铺了。

通往大同的铁路上，风景仿佛一幅长手卷，慢慢展开，让人一路浏览下去。秋天了，车窗外的主色调，是古老悲伤大地的那种黄土褐色。叶子已经落尽，枝丫变成抽象的雕塑。没落下的秋叶，金红色的，在简朴的主色下，分外抢眼。更叫人惊喜的是，偶尔还有常青的林木，在这大片萧索中出现，几乎又令人以为是冬尽春来了。一条小河在远远的麦田后流着。

卧室中只有我一人。四周寂静，没有人来打扰我欣赏这如此多娇的山河。但不管怎么说，我都只是一个过客。只有这里的农民，可以长年生活在这自然美景之中，和大地紧紧相依为命，过简朴的日子。这不也是一种福气吗？一种我无法享有的福气。下午，火车离开了内蒙古，进入了山西省界，我猛然想起了在酒泉买的那瓶山西汾酒，还没喝完。对着如此美景，只有酒，只有那种微醺的轻飘感觉，才能带引人升华，和这片风景交融。过去几年来，我独自一人走完了中国大地上的几乎所有铁路线。最美丽难忘的，还是这段前往大同的旅程。

大同就是北魏迁都洛阳以前的都城平城。第二天，我乘车去寻访城郊的云冈石窟。那几座大佛，盘坐或立足在山脚下已经将近一千五百年了。永远那么慈悲地笑着，石头雕成的笑。

在大同，住宿在云冈宾馆。这宾馆的收据，后来竟成了我

云冈石窟第二十窟的大佛

游人在云冈大佛前显得渺小。大佛头雕着慈祥的微笑。

考据云冈的“冈”该怎么写的重要依据。台湾和香港的旅行文学和旅游资料，几乎没有例外地把这地名写成“云岗”。这其实是错的，但错多了却好像就变成对了。《辞海》等辞典只收“云冈”，没有“云岗”。我想最好莫如依照当地的写法。在云冈时，见到当地的商店招牌一律都用“云冈”。这“冈”字亦非“岗”的简体字。那宾馆的收据上也清楚印着“云冈”。

## 二

从大同，准备上京去。九月底，快接近国庆日，各地已经在严格控制上京的人口。买火车票时，得查看护照或介绍信了。可能也因为这种管制，上京的人突然剧减。我轻易买到了90次到北京的特快车票。夜班车，晚上10点42分开行，第二天一早6点多抵京。上车后，才发现位子多得是。大家都把三人或二人的硬座当睡铺了。

读唐史的人上京，最先想到的，恐怕不是故宫、颐和园这些属于明清的遗物，而是白居易的《长恨歌》，还有那位乱唐的“轧荦山”安禄山。毕竟，当年的安禄山之乱，就在今天的北

云冈第十八窟

京附近爆发开来。《长恨歌》的前半段，不就有“渔阳鼙鼓动地来，惊破霓裳羽衣曲”这一句吗？这渔阳，指的便是今天的北京地区。甚至，当初安禄山从西域到这里来出任范阳节度使时，他走的路恐怕也和我上京的路线大致相同。我们都是从漠北往东上京去的。

一早抵达，北京笼罩在一片大雾中，一连几天都没消散。雾里看故宫，多了一种凄迷的美。然而，北京除了出了个乱唐的安禄山之外，就没有什么唐或唐以前的遗物了。看来，我只得把时间花在吃喝和逛街上。

吃过了全聚德的烤鸭，和前门的小吃，逛完了王府井的商店和琉璃厂的书店，我再到西山去玩了一天。无意中，竟走进了曹雪芹的西山故居。

在少年“强说愁”的时代，我已经知道了西山的大名。那是在曹禺的剧本《北京人》里，见到那位生长在北平书香门第的曹文清，如何把“秋天逛西山看红叶”，列为他四季的四大目标之一。但到了“心情微近中年”时来西山，这儿小桥流水的秀丽景物，却已再也不能让人触景伤情了。可惜不到深秋，树叶尚未变红。然而还是秋高气爽，北京西郊大专院校的男男女女，带着书本和饭盒，

北京颐和园里，竟还有一座元代耶律楚材的雕像。

圆明园废墟

北京天坛

双双对对地来到这儿的草地上读书野餐，很让人想起台大校园春天里满园杜鹃花怒放的时刻。在杨绛的小说《洗澡》中，未婚的姚宓和已婚的许彦成，不也曾在那年秋天，悄悄私约来西山玩吗？

我在位于西山的北京植物园里四处闲走，突然见到一个小小的路牌，写着“曹雪芹纪念馆”几个字。顺着路牌，走过一座小桥，见到一排几间低矮的、深褐色的木造老式平房。走进去，才知道是雪芹晚年的故居，现在改成纪念馆了。在某一间小屋的墙上，据说还曾发现雪芹亲笔写的一首诗。

这排房舍，就在西山脚下，深秋想必笼罩在如火一般红的红叶林中。房子后面，竖立着六七通高大的清代古碑，刻着汉文和满文。碑额仍然完美无缺，十分罕见。雪芹晚年在这一片清幽的风景中写作，还有一名仆人服侍，虽说“潦倒”，恐怕还是远胜许多现代作家的。

## 三

从北京，我沿着安禄山当年进军长安的一条旧路，到太原去。我依然乘坐火车，为了一睹太行山的风采。389次列车，将从

北京西山脚下的曹雪芹故居

北京西山秋天的景致

历史上兵家必争的井陉，穿越过太行山，载我到太原去。

井陉的山势果然险峻。铁轨建筑在高高的山谷之上。转弯的时候，我坐在尾部的车厢，可以清楚看到火车头喷着烟，像一条青绿色的大蟒蛇，吃力而缓慢地爬过高高的桥墩。

在寒风细雨中看了一整个下午的太行山，火车终于在晚上8点半，开抵太原站。这段旅程，全长约五百二十公里，走了十个小时，算快的了。当年，安禄山的叛军，在路上走了好几个月。

出站时，太原仍在下雨。胡乱吃了晚饭，倒头便睡。第二天一早到市郊的晋祠去时，才发现太原地势之平坦。原以为这个太行山中的城市，必然是丘陵起伏的。没想在市中心抬头一望，什么山也见不到。从宾馆的高楼往下看，巨长的市内公车缓缓开过笔直的大路。自行车疏疏落落的，显得渺小。整个场景，令人想起北京长安东街一带的广阔和平坦。

太原，唐的北都，也是李渊起兵推翻隋朝，誓师出发的地方。于是，我又买了火车票，准备沿着唐师当年南下之路，到我此行的倒数第二站运城去。我买的是583次。列车上了“5”字头，便是十分缓慢的慢车了，不过有一个比较好听的正式名称，叫普通旅客列车，简称普客。回内地以来，一直没有机会乘坐这

太行山上高高的桥墩和铁轨

种普客车，不知它是什么样子。所以，离开太原的前一晚，我翻查那本《全国铁路列车时刻表》，发现明早10点40分会有一班普客开往运城时，就决心坐这一班车了。

甚至，为了赶上这班车，我匆匆结束了那天早上的晋祠之行，仓皇赶回火车站。到站时，这班车只剩下十分钟就要开了，而我还没有买票。本想先上车后补票的，不料那名检票的女服务员严守闸门，不肯放行。“去去去，快去买票再来。”不巧，售票窗口又有一条人龙。不得已，只好使出其他乘客常用的绝招，硬生生地插队去买票。“真抱歉，我那班车快开了。”

总算在最后五分钟买好票，冲进站台，跳上火车。一会儿，列车准时开出。喘过气来，才有机会仔细看看这普客的内部装饰。车厢古色古香。所有的设备几乎全都是木造的：木造的座椅、木造的行李架、木造的窗子。细雨一直在窗外下着，给车厢内木制品的深褐色泽，更增添一种寒意中的温馨。如果把这列车好好保养，把木质的纹路都擦得晶亮，简直就是一列浪漫的古董火车啊。

木造的火车座，完全没有一般快车上的那层深绿色的坐垫，真的是名副其实的“硬”座。列车上人不多，我那一座常常只得我一人。慢车上的乘客绝大部分是短程的，中老年人居多。他们穿着深蓝色的棉袄，上来时把挑着的行李放好，默默地坐下，然后带着一种愁苦的表情抽着烟，几个站后，又默默地下车去了。像我那样从始发站太原，一直坐到终点站运城去的，恐怕不多。

乘坐这种古董火车，得有一种闲静的心情。窗外秋天的细雨，正好让我慢慢培养这种心情。太原到运城的全程是四百一十二公里，这趟车得走上足足十一个小时，才能在今晚9点40分抵达。然而，今天我不赶路，十一个小时就十一个小时吧。

天冷了，我穿上在内蒙古买的那件山羊绒毛衣。再泡了杯茶，握着温热的茶杯，默默望着湿漉漉的麦田和煤矿场不断地在窗外的雨中流失，有一种悠远的感觉。我想起两岁的棠儿，离我远在地球另一端的美国。慢慢地，我觉得自己也很有些中年听雨的心情了。



## 四

列车终于在晚上将近10点，一片雨声中开入运城站。火车站前不知在搞个什么大工程，挖了一个一个的大坑，没有灯光，连路也不好找。一名穿着铁路局制服的中年妇女走上前来问：

“住宿吗？铁路局招待所，国营的。”

“远不远？”

“很近，就在火车站隔壁。”

于是便跟她去看。只剩下一个三人间，破破旧旧的，每床只要五元。我懒得再走了，就在这里投宿。这招待所连公用的浴室都没有，只有一间盥洗室，供人洗衣洗脸，不能洗澡。但我用房里的那个搪瓷洗脸盆，竟也去洗了个冷水澡。

运城这一带，真是一片很古老的土地。尧舜的传说在这里生根，周人的发祥地，据某一些学者说也在这里。这里更有全国最大的关帝庙。不过我到运城去，并不是想看这座庙。最想看的，倒是运城的盐池。

这盐池恐怕从远古开天辟地以来就存在，为先民提供了生命中不可缺少的盐。如今，它依然是中国最大的盐池之一。我第一次知道这个盐池，是在《资治通鉴》里，读到河中及河东两大节度使，在中晚唐以后，经常为了争夺这盐池而出兵开战。晚唐一段很长的时期，河中节度使便控制着这个盐池，甚至连每年应当上缴李唐王室的赋税也不交了。更妙的是，他每年就只送几车的盐到长安去，献给皇帝，也不知是当作一种上贡，还是一种嘲弄。李唐的国力给安禄山的“鼙鼓”那么一“动”，到中晚期以后早就不行了，所以对这位雄霸一方的节度使竟也无可奈何，一点办法也没有了。

当年在国外读《资治通鉴》，可能受了盐池中“池”字的影响，以为这只是一个“池”，像养鱼的池塘那样大小，没有什么了不起。心里不禁在想，一个“小小”的盐池，有什么好争的呢？竟而要出动军队，那更是不可理解，未免太动肝火了吧？太“夸张”了吧？

到运城的第二天一早，我站在这盐池边上一看，才知道自己错了，而且大错特错。这“池”简直就是个大海啊。真是读《资治通鉴》十年，不如来这盐池一行。

晨曦中，这盐池呈银白色，分割成一个一个的盐田，就像水田一样。对面，是朦朦胧胧的中条山。池中有一条长堤。运盐的大卡车陆陆续续地开过去，开往对岸，远看真像是战争中的装甲运兵车。这个池倒是不怎么宽，不过已经比兰州铁桥下的黄河宽得多了。而它也跟黄河一样，左右两边，是望也望不到尽头的。

运城盐池上的堤岸和远方的中条山

运城盐池上一方一方的盐田，像水田。

“你别小看这盐池，”开出租车载我来的林师傅，仿佛看出我的心事，“它的宽度只有两公里左右，可是长度却达八十公里！”

我完全相信这位林师傅所说，因为，他先前在车上告诉我，他就在这盐池“开了整整十七年的盐车”。盐池的几乎每一个角落，他都到过。这几年改革开放，他才自己出来自立，当个体户，开出租车。

“还好是我载你来的。”他说，“不然，这里是保安区，外人是不能随便进来的。即使是游客，也得先申报，由盐场派人来引导参观。不过你只一个人来，而我又是这里的老职工，待会儿若有人问起，打个招呼就行了。”

林师傅不愧是老行家。他告诉我产盐的过程，告诉我盐和硝的分别，还告诉我为什么有些盐田，远远看去，会呈现粉红色的光彩。但我心中惦记着的，还是《资治通鉴》上所说的盐池争战事，而如今我就站在这盐池边上，真是不可思议，仿佛在做梦一般，对林师傅的解说好像没有理解多少。

这盐池真是中国的大地之母，几千年来，不知养活了多少老百姓。一直到现在，它还是中国产量最丰富的盐田，供应整个内陆区的盐需求。“直属国务院管辖的。”林师傅说。

回运城市区的路上，林师傅又有话说了：“你们南方人大概都吃海盐吧。其实陆盐炒菜最好吃。”

这倒把我说得心动了。“那待会儿经过什么商店时，能不能停停车，让我去买包运城的盐带回香港？”

“可以，不过盐在运城是一种管制商品，本地人都得凭证件才能购买，外人是不卖的，怕被人倒卖。待会儿我们去一家相熟的店试试，看能不能帮你买一包。”

于是，林师傅把车停在一家小店前。我跟在他后面走进去。

“他从外地来，只要一小包盐，带回去做纪念的。”

女店员起先一阵迟疑。“你知道，按规定得凭证购买的。”林师傅又用山西话跟她咕噜了一阵。最后，显然看在林师傅的面上，她卖了一小包运城精盐给我，一块钱人民币。

我宝贝般地把这一小包盐带回香港。然后，选了一个悠闲的周末，上菜市场去，买了一斤上好的菜心，回家用这运城陆盐炒了一大碟。果然，陆盐完全是另一个滋味，比较苦一些，还带点泥土的味道。吃着吃着，我才惊觉，这陆盐不就是中国泥土的一部分吗？终于，在我读了《资治通鉴》上这个盐池争战的故事几乎十年后，我不但到那土地上去走了一趟，而且还把那土地上的一撮泥土吃了。

## 五

从运城到我此行的最后一站洛阳，可以乘坐火车也可以乘坐长途汽车。火车倒是比较不便，得先往西到潼关，在那里转车，再往东到洛阳。汽车的路程比较短而直接，而且更精彩：可以绕过司马光的故乡夏县，往南走，在平陆县渡过黄河，再经三门峡，四个小时后就可以到达洛阳了。

或许正因为可以乘渡船过黄河这点吸引我，决定改坐汽车去。

运城汽车站乱糟糟的。早上10点半开往洛阳的班车，到中午11点还不见踪影。后来才发现，原来这班车的乘客太少，取消了。司机把我们都赶到下一班中午11点半的车去，两班旅客一齐出发。

下午1点到了平陆，停在汽车站吃午饭。然后，大家提着行李，下车走了一段小路，到附近的茅津渡口去，准备渡黄河。

黄河在这里看得更真切了，黄浊浊的。有人下到河边去洗脚。最让人惊喜的是，它竟是那么瘦削，比兰州铁桥下的黄河还瘦。两岸的距离恐怕连一百米都不到，完全像《诗经·河广》上说的，“谁谓河广？一苇杭之”，一片苇叶就能横渡了。这首诗的作者是宋国人，住在卫国，想回到河对岸他的老家宋国去。所以，他又说，“谁谓宋远？跂予望之”，踮起脚尖就看得见了。

我站在北岸的山西省，倒不必踮脚，便可以清清楚楚地看见南岸的河南省。对面是一大片青绿绿的草地，开着几丛美丽鲜艳的小黄花。有几头牛在吃草，不时摆摆尾巴赶苍蝇，一种恬静的田园风味。

渡船是现代钢铁制的平底船。它一靠岸，四五辆大卡车和大客车便开了上去，停好之后，乘客才走上船，站在甲板上。渡船起航时，先用自己的引擎开动了一会儿，到了河中，似乎离开了山西省，便把引擎关了。然后，它顺着河水东流的冲击力，一会儿就漂啊漂到斜对岸的河南省去了。

渡河以后，车子沿着高速公路往东去。到了义马附近，车竟坏了。司机爬入车底下修理。我趁这机会到路边的农田去看，第一次见到有人用马来犁田。瘦马犁着一块古老的干巴巴的田，老农满面风霜，让我想起了《圣经》中的某些篇章。一个多小时后，车子修好了。司机招呼一声：“上车走哇！”开入洛阳汽车站时，天都快黑了。我转乘一辆人力三轮车去友谊宾馆投宿。

## 六

在秋天的暮色中抵达洛阳，有一种伤逝之感。这就是洛阳了吗？“洛阳纸贵”的洛阳？《洛阳伽蓝记》的洛阳？熟悉北朝隋唐史的人到了洛阳，恐怕都不免有些微微的失望。这座九朝故都，远比北京城古老，但如今不仅城墙没了，而且外表上看来还比北京城“新”得多，连明清的建筑也几乎不存。走在街上，只觉得洛阳和其他新兴城市没有多大的分别。

洛阳简直就是在灰烬中不断重生的凤凰，所以才那么新。

当年被尔朱荣占用来驻屯军队的那座辉煌的永宁寺，当然早在公元534年，洛阳全城人口被逼迁往邺（今安阳）时，被北齐高欢所放的那一把大火烧成灰烬了。公元547年，杨衒之因出差途经这里时，他所见到的洛阳，已经成了废墟十三个年头，寺庙早已不存了。或许正因为如此，他后来写那本《洛阳伽蓝记》时，回忆起他年轻时曾见过的那些寺庙，一切仿佛突然在他的记忆中变得更为华美，更为清丽了。其实，就在他写书的那几年，他书中所记的洛阳就早已化成灰烬了。是他把洛阳从幽暗的历史中拯救出来，蜕变成凤凰的。而我们今天对洛阳在北魏的那段光辉历史，知道得那么多，那么详细，也几乎全靠他这本书了。

如今，只有伊水边上的龙门石窟，还保存了一点北朝隋唐的余光。于是，我也成了“后现代”的一名观光客，到龙门和嵩山脚下的少林寺去玩了一天，回程再到白马寺一游，更添了一种

龙门石窟奉天寺的主像——卢舍那佛像

奉天寺的天王和力士

“后现代”的自嘲心情。但我知道，回去以后，再重读《洛阳伽蓝记》，必然是“别是一番滋味在心头”的了。

临离开洛阳的前一天下午，倒是乘了一辆人力三轮车，去寻访隋唐东都的含嘉仓。拉三轮车的年轻小伙子，皮肤晒得黑黑的，说一口河南话，竟不知他的家乡洛阳有个含嘉仓。“没听说。不知道。”

只好翻出地图来让他“索骥”。他跳上车，载着我飞快地骑着，经过一条条铁路平交道，和一排排的铁路局大仓库，直往洛阳东站的方向骑去。半个多小时后，前头的路上不知怎的，挖了个大坑，不能通车。他也随大家把三轮车推进一座桥下，沿着一条下水道旁的小路往前走。我下车在后头跟着。再穿越几条铁轨，终于找到一座不怎么起眼的建筑物，门前一个小牌子，写着“隋唐含嘉仓遗址”。

1969年以来，考古学家就在这里勘察和发掘，似乎一直没有正式开放过。我们到的时候，开放时间已过，大门深锁着。好在管理员——一名瘦削的带点忧伤的中年人——住在里头。我隔着铁栅喊了一会儿。他好心地开门让我进去参观，连票也说不必买了。他平静地告诉我：“当年我也参加发掘工作，以后就一

嵩山少林寺历代的和尚墓塔

直在这儿，十多年了。”平静的语气中好像隐藏着一种辛酸。我也不便多问。

含嘉仓的占地面积庞大。隋唐时代在这里挖了四百多个地窖，用来储藏江南运来的租税粮，是一座庞大的国家粮仓，还建了自己的城墙用于保护，称为含嘉城。从前在国外读考古报告，虽然也知道地窖的窖口直径：“最大的为十八米，一般为十米至十六米。最深的达十二米，一般为七米至十米。”可是没有亲眼见到，这些都只是一堆数字而已，没有留下太深的印象。

管理员领我去看其中一个发掘出来的地窖，才算开了眼界，第一次体验到十多米直径的地窖有多大，比一间普通的课室还大。这么大的土坑，挖成后经过火烧等一系列防潮处理，可以储藏谷物几年不坏，好比一个巨型的地下冷冻库。四百多个这样的地窖，成行成列地整齐排列在这一带，可以想见当年工程之浩大，储藏的粮食之多，难怪还得建起一座城墙来保护。“其实，”管理员说，“我们只勘察了二百多个地窖。其他的还埋在现有的铁轨下，和洛阳东站一带的建筑物底下。”

一千多年前，唐代的皇帝来洛阳，不外是两个目的。一是像武则天皇后那样，喜欢洛阳，索性把国都搬到洛阳来，一住就住上十几年，不想回长安了。不过，在她死后，她还是被送回长安去埋葬。

另一个目的，就很现实了，为了吃饭。关中和长安虽号称“秦中自古帝王州”，其实在唐初一段很长的时间里，每遇荒年，则连皇帝也是没有饭吃的。所以，唐初的几位皇帝，都曾经在饥荒的年代，率领文武百官来洛阳就食，等饥荒过了再回长安。盖因洛阳没有三门峡一带水运的艰险，从江南大运河运来的租税粮比较充足也。于是，唐初的皇帝，还得了个雅号，叫“逐粮天子”。这一点连《旧唐书》《新唐书》和《资治通鉴》都是不忌讳的。那些年，武则天和那几位“逐粮天子”所吃的粮，恐怕都来自这座含嘉仓。

## 七

洛阳以后，我得回“家”了，回香港去。这次从唐的西京出发，到大西北，绕过杜甫的五城，拓跋魏的平城大同，最后回到唐的东都，全程坐了超过一万公里的火车。我少年时代的幻想，终于得到了最彻底的满足了。

但没想到，我在国内第一次乘飞机，竟也是在洛阳，在回广州的旅程上。

中国民航过去一直是为人嘲笑的对象。但我那年秋天从洛阳飞回广州，倒是出奇的有效率，而且不但没有延误，还居然因为所有乘客都已到齐，竟提早了十分钟起飞，提前十五分钟飞抵广州。

当天傍晚6点多，从白云机场回到广州火车站附近的民航局售票处，正好可以赶上晚上8点到深圳的最后一班列车。过了罗湖桥，过了香港海关，我又踏上了另一班火车，这回是九广铁路从罗湖到九龙塘的一段。看来，我到底还是和火车有缘。

# 南诏缘

昆明 · 剑川 · 大理



## 一

第二年五月底，夏天还没来，我又迫不及待地开始我第三次的中国内地行了。为了这次旅程，我甚至还提前请了假。暑假还没到，一改完期末的学生考卷，第二天就从香港直飞到了昆明。这一行，准备在中国的大地，走上几乎两个月，也是我所有旅程中时间最长的一次。

到了昆明，不免随俗到西山龙门、滇池、石林去玩了几天，也到市郊的云南师范大学去，寻访了当年西南联大的旧址。那一排低矮简陋的小教室，默默立在校园内一个不起眼的角落。真难想象，当年那么多知名的学者、诗人、小说家和物理学家，曾经在那里待过长长的八年抗战时光。闻一多的一座雕像，也竖立在校园内。

前往石林途中，经过蒙自——小说家沈从文当年住过的地方。又经过宜良，那里的烤鸭据说以松木熏烤，很有点名气的。可惜不知怎的，我下车去观赏了一会儿烤鸭的烧烤过程，见到一只只肥肥油油的鸭子，竟嫌它油腻，而且想到一个人若买下一整只，恐怕也吃不了。结果，我居然不想买，没有买。如今回想起来，我和宜良烤鸭就只有看的缘分，没有吃的福分了，空留下无限的遗憾。对于这道没有尝过的宜良烤鸭，也无从多说了。说到昆明的吃，唯一可以告慰的是，我去吃了过桥米线和田七炖鸡，都很美味。

然而，我来云南，到底不是为了吃，而是为了寻访一通南诏的石碑。云南大理市最吸引我的，不是什么下关风、上关花、苍山雪、洱海月，也不是崇圣寺三塔，而是鲜少人知道的“南诏德化碑”。出发前，读过一些资料，知道这通唐碑，如今依然竖立在大理市的太和村内，但却没有更多的详情了。毕竟，太和村太小了，地图上也没有标出。我不知道它位于何处，该怎么去。心想，到了大理再想办法吧。

到了大理的第二天早上，随着当地的一个旅游团，先去苍山和洱海玩了几乎一整天。下午4点多返回市区时，和驾驶那辆小面包车的司机谈起，想不到竟问对了人。他知道太和村在哪里。“就在进城的大路边。待会儿回市区的时候，我把车停在路边，让你下车。你一个人再往上走一小段路，就到了。”

从飞机上看昆明的农田

从西山龙门上看到的滇池

西南联大简陋的教室

云南师范大学里的闻一多雕像

著名作曲家聂耳的雕像

大理苍山

大理洱海上的渔夫、渔船和捕鱼的鸬鹚

大理崇圣寺三塔

路南石林的怪石

大理南诏国都城太和城遗址

古老的大理民巷

就这样，我在一个阳光十分明丽的下午，来到了太和村口。司机放我下车后，我沿着一条小路，走进村里。村内尽是稻田和农舍，默默浴在下午的阳光中。走了约十分钟，来到一个高坡上。苍山就矗立在这个高坡后面，形成一道天险。我站在高地上，回过头来，洱海便在我前面不远。一山一湖，保护着这个太和村。难怪一千多年前，唐代南诏国的太和城，就建筑在这个坚固可守的好地方。

南诏是唐朝后期的主要外敌。在普林斯顿念研究所时，正巧我的一位美国“师兄”是专门研究南诏史的，而我自己研究唐代的军事与边防制度，不免也得留意这个西南边界上的南诏国。而今站在这个太和城遗址上一看，感觉到苍山和洱海是如此的贴近，真可以体会到唐代在这儿用兵之艰苦了。怪不得唐室对南诏，总是一点办法也没有。

在这块高坡上，有一个小小的园子，园里有一座碑亭，亭里头就是历史上赫赫有名的“南诏德化碑”了。碑亭旁边，有一个小小的长方形池塘，不知是什么用途。五六个顽皮的小孩，正在嬉水，扑通扑通地跳进池中游泳。碑亭附近有青青的绿草，修剪得还很整齐。下午温馨的阳光，照在这一块古老的土地上，照在这一群顽皮的小孩半赤裸的身上，照在池塘的水上，形成一种动人的光影。有一种很抒情的，田园的韵味。

孩子们见到我背着相机到来，玩得更起劲、更疯癫了。拿起相机，想给他们拍照，他们却又害羞起来了，互相推让，有的还跑开去。我走到碑亭处，隔着窗往里望，“南诏德化碑”高高地竖立在里头。这儿见不到售票处，也见不到有什么人在看守，仿佛很荒凉的样子。但小孩说，有管理员，他在园里的后头宿舍睡觉。有一名小孩还自告奋勇地说：“我去替你叫，我去替你叫。”说完就真的立刻跑开去叫了。

不一会儿，管理员来了。他衣着破旧，又瘦又黑，抽着烟，不像是看守一通历史名碑的人，倒更像是一座破和尚庙的庙祝。然而，和他一谈之下，他却友善极了，热情得很，话很多，似乎这里很少有访客，连这位守碑人都感到寂寞无比，一有访客便兴奋不已。

他打开碑亭的门。“南诏德化碑”这块黑压压的巨石，发出一种无比威严的光彩。它默默地立在这个太和城遗址上，已经超过一千二百年了。碑身严重风化，凹凸不平，原本刻着的三千八百多字，现在只剩下几百字了。而即使是这些残余的几百字，也字迹模糊，难以阅读。我绕着石碑走了一圈，再用手轻轻触摸它的碑身，觉得自己仿佛在触摸南诏和唐代的历史，那么具体而真实。

这通“南诏德化碑”，可说大有来头，因为它是一通建国纪念碑，在公元766年，由当时的南诏国王阁逻凤竖立，记录了南诏国建国初期的一系列重大史事。它在唐代南诏关系史中的意义，自然非常深重。而且，由于泰国人的祖先，据说就来自南诏，所以连泰国学者，或研究泰国古代史的人，都对这通唐碑深感兴

有着上千年历史的“南诏德化碑”

趣。守碑人告诉我：

“几个月前，就有一位泰国女教授来参观。当她知道碑还存在，没有在‘文革’中被毁，感动得很，几乎快哭了。”

此碑如今只剩下寥寥几百字，但幸好在清代，王昶等金石学家，早在他们所编的碑文集，如《金石粹编》中，记录了大部分的碑文。一般人做研究，其实也不必实地访碑，只要查阅那些碑文集就可以了。我是因为对石碑有一种莫名的“激情”，所以才专程来的，也因此才有眼福，亲眼见到这通中国最高最大的石碑之一。

大理师专的周佑先生，曾经注释过“南诏德化碑”的碑文，并把它译成白话文，出了本小册子。访碑过后，守碑人问我知不知道这小册子，他说他正好在代售。我说不知道，便跟他买了几本，准备送给我那些研究唐史的同行好友，也算是此行一个难得的纪念品。这个译注本，由大理市文物保护管理所出版，但似乎全由自己负责发行，外头书店是买不到的。最后，守碑人还陪我去了南诏太和故城遗址，背着苍山，面向洱海。走了一小段路下山，到大路边去等车，等路过的车子回返大理城。不一会儿，车子来了，我上了车，看着这位守碑人转过身，低着头，在夕阳下慢慢走回太和故城去。

## 二

我和南诏史迹，除了这通“南诏德化碑”外，竟还有另一段意料之外的因缘。

从大理到丽江，途中得经过一个小县，叫剑川。它原本不在我的行程上，然而我却意外地，有缘在这个小镇停留了一天，还见到了中国一个极罕见的石窟——石钟山石窟。它根本就位于偏荒的深山丛林之中，但也是个全国重点文物保护单位。

游完大理后，第二天一早，我乘了一辆长途汽车，原想前往丽江。车上无事，随手翻看一张在大理时买的云南省地图，竟见到一段介绍石钟山石窟的文字。这才第一次知道，原来世界上还有这么一个石窟，也是第一次见到旅游资料的介绍。看来，这石窟不怎样为世人所知，可能是因为交通不便吧。

最吸引我的是，这一段介绍短文，无意中提到石窟的第二窟为《阁逻凤出行图》。这位阁逻凤，当然就是那位大名鼎鼎的南诏国王。我昨天刚在大理见到的那通“南诏德化碑”，便是他竖立的。没想到，他的雕像竟还遗留在人间。

在普林斯顿，我那位专门研究南诏史的“师兄”，还曾经用英文出版过一本专书，叫《南诏国和唐代的西南边疆》（此书有林超民的中译本，云南人民出版社1988年出版）。我对南诏史产生兴趣，一方面固然因为那是唐史和唐代边疆史的一部分；但另一方面，也可说是因为和这位师兄有这点因缘。可是当年在研究所读他写的那本书，却好像从来没有见他提过什么石钟山石窟，或这幅《阁逻凤出行图》。到底是怎么一回事呢？我不禁好奇起来了。

一匹瘦马，背驮着建筑材料上石钟山。

再细读那段文字。原来，那石窟就在大理白族自治州剑川县城西南约二十五公里的地方。我赶紧查看地图，发现剑川位于大理西北约七十五公里，就在通往丽江的路上，待会儿车子应当会经过那里的。我不禁心动起来，心想不如干脆就半路在剑川下车，先去寻访这个石窟，再去丽江吧。反正，我一个人旅行，有的是时间。

我问了问车上邻座的一位大理老农夫。他说，确有这么一个石窟。他们乡下人在初一、十五或什么大节日，有时还会集体包车去那里拜神。然而，他说："你一个人恐怕不好去，没车去。"

"那该怎么去呢？"

"你先在剑川县城下车，再看看城里有没有拖拉机肯载你去吧。"

拖拉机？这倒是个全新的经验。当时，我还没有乘坐过拖拉机，但是拖拉机的功用，已经在张贤亮的小说《绿化树》中见识过了。那位带点"野性"的马缨花，不就经常乘坐拖拉机，去私会她的情人吗？那仿佛是很浪漫的一种交通工具。我不禁也跃跃欲试了。

于是车子一开到剑川县城，我就跳下车去。剑川汽车站后面，正好有一家小旅社，好像是个体户经营的，连名字也没有。这名个体户，也负责经营车站的小餐厅，样子看来还很老实。旅社的房间很小，很简陋，像临时搭建的工地宿舍，全用木板盖成，每个床位每晚只要人民币三元。我心想，剑川是个还没有正式对外开放的小县城。这家旅社不知是否可以招待我？看来还是尽量不暴露我的"外宾"身份为妙。所以，正要办理住宿登记时，我对那名年轻的男子说："登记免了吧。"没想到，他居然答应了："好吧，免了，没关系。"就把房门的钥匙交给我，让我自行保管了。可见剑川县和外界之隔绝，连住宿登记都可免了。这也是我几年来，跑遍整个中国大地，唯一没有办理住宿登记的一晚。

午饭后，走到菜市场去，寻找拖拉机上石钟山石窟。正巧，有一辆手扶拖拉机，就停在马路上等生意上门。

“去不去石钟山石窟？”我问司机。

“去，去。你多少个人？”

“就我一人，请问多少钱？”

“一个人，来回一趟，收四十块吧。”

我心想，二十五公里的路，来回一趟，不算贵，于是说好。

这名年约二十岁的司机，把车上放着的一些蔬菜、谷物，运到不远的一个摊位后，就载着我上路了。起先，车子还在县城唯一的柏油马路大街上行驶，平稳极了，但一到了城郊的黄泥路上，我才知道不妙。这种拖拉机颠得很，避震能力很差。我甚至怀疑，它可能根本就连避震系统都没有。人坐在上头，骨骼真的会被震痛。我在车斗左边的架上坐了一会儿，终于受不了摇晃和震动，干脆站了起来，才发现站的姿势最理想，最不怕颠。于是，我就站在车斗上，双手紧紧握着车斗前头的一根横铁条，仿佛站在开篷的吉普车上，像国庆日大人物经过阅兵台那样地站着，上石钟山去了。

山中岁月长

在深山里，连大狗也很好奇。

上石钟山的路很简陋，似乎才刚开辟不久，还是石子黄泥路，不过已可容许小轿车通行了。走在这样的路上，拖拉机每碰到一块石头，便要大颠一次。结果二十五公里的路程，我们走了足足三个多小时，越过一个又一个的山头才到，中途还得停下来休息了好几次。没想到，这石窟建在如此荒凉的山上。要不是它已被列为全国重点文物保护单位，我想恐怕连那条简陋的小路，也根本不会有的。

石钟山果然没有让我失望。它静悄悄地藏在深山中，没有什么游客，幽静极了。比起敦煌和云冈石窟那种人潮涌动的盛况，真是冷清得很。那天下午，就只有我一个访客。负责售票开门的，是一个二十来岁的年轻人，在悠闲地阅读一本《法学概论》。“我准备考大学。”他说。能够在这么安静的环境中读书，我还真有点羡慕他的福气。不过，他说，山区交通不便，他每个月只能下山一次。山里的伙食也不好。“菜得自己种，肉每星期才能吃一次。”

石钟山石窟是唐代南诏时期到宋代大理国时期开凿的。当年，徐弘祖（号霞客）先生曾经到过这附近，可惜据他的《徐霞客游记》所说，他走错了路，竟没有见到这些石窟。其实，山

位处深山的石钟山石窟

上的石窟也并不多，比起敦煌和云冈少得多了。目前只发现十六个，八个在石钟寺，余下的在附近狮子关和沙登村，但精华全在石钟寺的那八窟。其中，最吸引我的是第一、第二和第八窟。

第一窟的《南诏王异牟寻朝议图》，和第二窟的《阁逻凤出行图》，都是很罕见的，雕刻得极为华美精致，而且更难得的是，居然保存得那么完美。这些石窟连照片也不多见。太珍贵了，管理员也不容许我拍照。难怪外界几乎不知道云南有这么一个精彩的石窟。据管理员说："来参观的，绝大部分是研究中国艺术史和南诏史的专家。"

第八窟更特殊，刻的是一个巨型的女性生殖器，白族人称之为"阿央白"。据说，这种雕刻是一种母系社会的遗迹，在中国难得一见。然而，我回到香港后，见到一位文物专家宋伯胤写的一篇文章《记剑川石窟》（《文物参考资料》一九五七年第四期），他却对这雕刻有些生疑。他说："这个雕品，传是'女生殖器'。据我观察，虽不敢肯定不是，但有两点怀疑：第一，它不是原来就雕成的，很可能是莲座上的雕物被人打凿掉以后的结果；第二，若果它是原来雕成的一个极有意义的崇拜物，那么为什么要把崇拜物雕得这样粗糙，把崇拜物的座子，石窟两壁以及窟外的装饰又雕得那样细致，这是不可理解的。"说得也是。

参观过石窟后，我又乘坐手扶拖拉机下山去了。下山的路固然比较好走，但也一样的颠晃。这一天，总共坐了六个多小时的拖拉机，双手紧抓着车斗上的那条横铁，虎口都被震得酸痛了，连双臂也被太阳晒黑了。然而，这真是一段难忘的旅程，也让我多结了一段南诏缘。而且，可以更深刻地体念到了，张贤亮笔下的马缨花，当年乘坐这种拖拉机去私会情人，行程该是多么的艰苦不易啊。

# 入蜀下三峡

丽江 · 重庆 · 长江三峡



## 一

八百多年前，宋朝的陆游从他的家乡山阴（今绍兴）出发，沿着长江，逆流而上，在水上行走了大半年，才抵达四川的夔州上任。后来他把这一段旅程，写成那篇有名的《入蜀记》。然而，八百多年后，我入川却没有走这一条路。我走的是另一条比较罕见的路线，而且打算在那年夏天，来个四入四川，从东、南、西、北四个方向入蜀。

于是，游过剑川的石钟山石窟后，我又乘搭长途汽车，来到云南的丽江。可惜，天气不好，到干海子去的时候，竟无缘见到艺术史家李霖灿教授所描写的那雄伟的玉龙大雪山。不过，在丽江市区，倒是可以见到玉龙山高高矗立在远方，有如守护神一样地守护着丽江。

我到丽江古城去玩了一个下午。那里处处流水，处处杨柳依依，而且还有女子在溪边浣衣，令人几疑是北宋的一幅山水画摆在那儿。连那里的民居，居民的衣着，似乎都停留在宋代。外人走进去，仿佛走进了桃花源，时间都中止了。

丽江以后，一早又乘班车到金江，准备到金江后，转搭火车到峨眉山去。车子翻过一座座的高山，走了几乎一整天，才在下午6时左右，开进了一个地名很别致的地方，叫攀枝花市，也等于进入四川省界了。金江火车站就在市郊。这是我第一次入蜀，从南面而入。

这次入蜀后，先到峨眉山和乐山大佛去玩了两天。接下来的行程，便是沿着长江下三峡了。我先到成都，品尝过赖家的汤圆和钟家的水饺后，就到五代蜀王王建的墓去。不巧，王建墓正在维修，不开放，失望离去。只好去吃了夫妻肺片和担担面，游了杜甫草堂和武侯祠，又到青城山和都江堰去走了一趟，才心满意足地离开成都，到永川去寻访大足石刻。

在永川，住在简陋的棠城宾馆。隔天早上，独自一人走了一大段路，到北山石窟去玩了一个下午。然后，转乘火车，在一个黑漆漆的深夜，抵达重庆，准备从这里的朝天门码头，下长江游三峡了。

仿佛停止在宋代的丽江

丽江古城，处处流水。

## 二

重庆真不愧是中国近代史上一个轰轰烈烈的城市。如今，战争结束了，这里仍然飘浮着一种特殊的气氛。闹哄哄的，街道窄窄斜斜的，行人出奇的忙碌，在炎热的七月夏天，更有一种生命膨胀的、饱满的感觉。

我在成都时已买好了下长江的江轮票，所以在重庆，还有一整天的时间，可以慢慢品味这个山城的历史和生命情调。心里悠悠的，清闲得很，又有一种李白“明朝散发弄扁舟”的期待。中午，在重庆市中心解放纪念碑附近的一家酒楼上吃饭，选了个临窗的好位子，望着下面来来往往的人群，感觉自己仿佛回到了20世纪40年代战时的那种繁华。其实，这酒楼很老旧，摆设很可能就是那个年代留下来的。酒楼似乎还有些名气，顾客不少，服务也好。我点了个炸江团鱼和一碟清炒油菜，外加一大瓶啤酒。结果，菜好饭香，加上我明丽的心情，吃得十分满足。

傍晚时分，又独自走到朝天门码头去，在夕阳下，观看泊在岸边的江轮和来来往往的人们，想到自己明朝就要下三峡了，心里更有一种莫名的感动。

浣衣在江水树荫下，一种闲散的韵味。

小石桥古老得那么有韵味。

在码头附近的一个街角处，又意外地碰见小李。他坐在一张小圆凳上，怀抱着他的小女儿，逗弄着她玩。他身边便是他的一个卖烟的小摊子。有一名很清秀的女性在看着摊子，看来像是他年轻的妻子。我老远就看见他们了，觉得这真是一幅美丽的全家福。或许，因为我自己也有个小女儿，见到别人家的小女儿，不免觉得分外亲切。于是不禁走上前去，和他们打了个招呼。

“哦，赖先生，你好。这是我内人。”小李马上介绍，又转身向他妻子解释，“赖先生明天就要下三峡了，我去帮他提行李。”

没错，小李是我今早认识的。当时，我在码头附近的一家船务公司前，找寻某一个门牌号码时，被他碰上了。

“是不是来换票的？”他问。

这真被他说中了我的心事。我的江轮票早在成都的中国旅行社就预订了，而且付了钱，他们叫我持收据到重庆这儿来换取船票的。可是，我找到了这条街，却找不到那个门牌号码，也没见到中旅社的牌子。我眼前这名年轻人，倒长得很斯文，似乎还是个读书人。我不禁对他的戒心大减，问道：

“请问这里是不是中旅社的办事处？”

“你是不是要换票？换票就在这里。你跟我来，我们进去问。”

小男孩在金沙江滩头上钓鱼。

于是只得跟着他去了。他好像识途老马，带着我跑上二楼，转了几个弯，穿过好些办公室，来到一个房门前。他敲敲门，里面出来一名女办事员。他用四川话跟她咕噜了一会儿，那女办事员便叫我拿收据来。她看了看，说：

“好，请等一等，我就给您开张船票。”

真亏这个年轻人的指引，要不然恐怕得费不少劲，才能取得船票。下楼时，他对我说：“这里办事的效率都很差，没人带路，还找不到门路的。你是台湾来的吧？”

“不，香港。”

“住哪一家宾馆？”

“重庆饭店。”

“噢，那是西哈努克亲王投资的，和中方合开的。”

“是吗？难怪那么贵。”我说。其实，昨晚深夜抵达重庆火车站时，原本想叫出租车司机送我到“重庆宾馆”的，但我记错了名字，说成“重庆饭店”，结果害得我一晚得付高达一百七十五元外汇券的房钱。于是，趁机向这名年轻人打听：“有没有便宜一点的宾馆？”

“有，你可以住到会仙楼，七八十块钱罢了。那里也不远，也不错，很多海外华侨也住那里的。来，我陪你走一段路吧。”

我们一面走，他一面谈起乘搭江轮的“要诀”：“明早上船时，人多得很，大家都想抢先，占个好位子。您是二等舱位，最好的一级了，这里没有一等舱的。二等舱是两人一房。您上船后，记得要选外边的房间。要不然，选到里边的房间，不通风，又闷又热，又看不见长江，就不好了。”

“哦。”我还不知道下三峡还有这么多奥妙。

“不然这样好了，明天我来帮您提行李上船，帮您找个好的舱位。我跟船上的人很熟，您也不必去跟人家挤和抢了。”

这真把我说得很心动。这年轻小伙子拉生意的手法，倒是很高明。他先帮我换好船票，让我对他有了好感和信心，才说要帮我提行李。当然，我知道，提行李得付小费的。

“那你帮我提行李，我要付你多少小费呢？”

“随您的意思吧，多少都没关系。”

于是我们约好，第二天一早7点，他来会仙楼帮我提行李。其实，我的行李轻便得很，只有一件，我一个人也提得了。我请他帮忙，倒是希望避免和其他乘客在上船时恐慌似的争夺舱位。而且，我也应当谢谢他帮我换领船票。

现在，看见他坐在路边逗弄着他的小女儿，看着那种做爸爸的满足样子，我对他的好感，不禁又加添了一层。第二天，从会仙楼七楼的客房，乘搭电梯下来时，就见到小李在宾馆的大堂等着我了。然后，他陪着我，走过重庆街上那些高高低低的梯阶。我们还在一家小食摊上，吃了一碗最地道的重庆担担面后，才悠闲地走向朝天门码头。

我即将乘坐的江轮“江渝”号，从昨晚开始，就在七号码头上等着我们了。它喷着煤烟，默默停靠在岸边。船闸要等到早上8点多才打开。所有的乘客，都坐在通往码头的那条高高长长的台阶上，热切地凝视着台阶下的这艘大船。大家仿佛变成了希腊古典剧场上的观众了。

“待会儿开闸的时候，”小李又来传授一招乘船要诀，“这些乘客，一定是冲向右边那道大门的。我们不要到那里去。你跟我来，我们从左边那个小门上去。那里远一点，可是不必跟他们挤，反而会比他们早一点登上二等舱。”

果然，船闸一打开时，几百名乘客就全往右边那道大门推挤，往前冲，真像万马奔腾，好不危险。我早已得到高人的指点，尾随着他，从左边那道小门进去，那儿可真是一个人也没有。我们果然很快就上了轮船，然后，小李领着我，又穿过几道门，不到五分钟，已经来到了二等舱位处了。我们排了个第一，还选了间风景绝佳的舱房，很快就安顿下来了。我对小李如此有效率的专业服务，当然满意极了，所以给了他二十元的小费。他也高高兴兴地跟我道别离去了。

早上9点钟，“江渝”号终于“呜呜”地鸣放了几声汽笛，起航了。我就要下三峡了，心里不免十分兴奋。和我同舱房的，是一位高级干部，年约六十岁。我不必问，就知道他是高级干部，因为他有一个下属来服侍，帮他提行李，帮他拿开水泡茶，还陪着他谈了一会儿话。一切安顿好了，这个下属才恭恭敬敬地告辞，回到他所属的三等舱去。我望着舱房外的长江水，慢慢向东流去，兴奋得再也不能待在房里了，便走到船上各处去参观。

这艘船真是中国社会的一个横切面。船上不设一等舱，大概因为一等舱有“高人一等”的含意，太嚣张了，不该鼓励，所以把船上最好的舱房都很“谦卑”地称为“二等”。乘二等舱的，便是刚才那位高级干部那样的人物，或者像我这样的旅人。

寂寞旅途中仿佛发生了什么新鲜事。

接下来有三等、四等和大统舱，为各阶层的旅客而设。还有些农人，甚至带备了自己的草席，就在走道上打地铺，睡大觉，一派安然自得的模样。其实，外国旅客游三峡，一般是乘坐另一种轮船，所谓的“豪华游轮”，如“隆中”“长城”“长江”等，票价高昂，专门为了赚取外国观光客花花绿绿的外钞。我庆幸自己没有上那种“豪华游轮”，要不然就见不到国内的众生相了，也无缘和其他乘客一齐“同甘共苦”般地下三峡了。

下三峡，真是一段“悠悠我心”的旅程。登船初时的兴奋过后，便沉落入一种山长水远的心情，说不清是快乐或不快乐，不知道是欢喜还是悲伤。或许，这些情绪全都有吧，混合在一起，再也分不清了。

一连两天两夜，我很少和人说话。常常，我一个人搬了把椅子，坐在舱房外的走道上，看着平静的长江水，和两岸的峭壁，随着江轮的前进慢慢移动，又慢慢消失了。我在膝上放着一本书，或者一本中国地图，然而也很少去细看，只是偶尔翻一翻，总觉得不是看书的心情，不如看山，看水。有时，酒兴发了，便打开那瓶四川泸州大曲，直到微微醉了，才走回房去。

常常，我仿佛进入了一种十分抒情的状态。好像听肖邦，很

航经长江三峡神女峰

中国，很诗意，很悲伤，又很幸福。像傅聪说的，“在最甜美的时刻，又有一种心如刀割的痛楚”。一连两天，我便被这种心情笼罩着，心境有如弘一大师的最后遗墨：“悲欣交集。”这段漫漫长长的水上旅程，最令我难忘的，便是这种奇特的心情了。

长江上最美丽的一段，一般都公认是在三峡：瞿塘峡、巫峡和西陵峡。其余的时间，江轮在大江上往下漂流，两岸的风景，看久了不免觉得有些单调了。然而，那种悠悠的心情，却始终笼罩着我，久久不散。

三峡美虽美矣，但消失得也太快了。其实，在整个长江旅程上，三峡那一段只占了很短暂的一部分，前后好像总共不到几个小时，就完了。我最喜欢的，还是在这大江上那种恒长的漂泊感觉，那种旅程似乎永远不会了结的悠长感。我觉得自己仿佛是天地间一个永恒的旅者，航经古典的、水绿色的中国内陆。

终于，过了三峡以后，我在第二天的午夜时分，到达了现代的沙市，古代的荆州。

# 湘西行

常德 · 桃源 · 张家界 · 王村 · 凤凰



## 一

在沙市下船后，第二天一早，我去游了荆州古城。下午又乘一辆班车，到湖南的常德去，开始我的湘西行。这一段旅程，当然是因为沈从文。十三岁刚上中学不久，我很偶然地在那南方小城的市立图书馆，发现了许多沈从文的作品，都是香港20世纪60年代翻印的。那一年，经常不分日夜地阅读他的小说和散文：《边城》《月下小景》《长河》《从文自传》……我爸妈常骂我说："真的入了迷啊！"十三岁读沈从文，似乎太小了，可是不知如何，沈从文的文字和他的湘西世界，有一种神秘的魅力，令我深深着迷。到现在，我还很怀疑，当年我的"早熟"，是不是因为读了太多沈从文的作品。

常德是湘西通往外头花花世界的一个门户，也是沈从文经常提起的一个地方。他常说，"我在常德"怎样怎样，比如"我在常德写了个信，还不完事"。又或者，"到了常德无论如何必到那旅馆看看”。然而，我到常德的时候，已经是下午5点多了，带着一种夕暮的轻愁。放下行李，吃过晚饭后，我走在常德街头，心里有一种异样的、激动的感觉。

黄昏时，趁着还有一点天光，独自一人从市区，走了一大段长长的路，到常德港客运码头去，看沅江和江上的大船小船。在江岸边站立了良久良久，直到天黑了，才走回我住宿的宾馆去。

第二天，乘车到桃源，投宿在桃源宾馆。一早，天不断地下着细雨，我从宾馆侧边的一条小巷往北走去，一直走到沅江边上。那儿真是一片翠绿色的风景。那么翠绿！我走到江边上的一个小码头，打听好了，明早可以从这儿乘坐那种小湘船，逆沅江而上，一直漂流到湘西的辰溪去。我想起沈从文说的，“船上规矩严，忌讳多。在船上客人夫妇间若撒了野，还得买肉酬神”。

那天中午，先乘车到附近的桃花源去玩。这个桃花源，沈从文也曾写过一篇文章的。他似乎深信，这里就是陶渊明《桃花源记》所描写的那个世外桃源。我没有他那种湘西人特有的自信，但还是去玩了一个下午。园里果然幽深沉静，处处是竹林和桃花树，小桥和流水。那一天游人稀少，难得的清静。可惜开花季节已过，园里的一位管理员对我说：“明年四月多，春天花开的时候，再来吧！”

傍晚从桃花源回返桃源县城时，因为连日来的豪雨，水位高涨，水流太急，为了安全起见，沅江上的汽车渡轮全部停航了。司机载我们到另一个渡口去，我们得下车转搭只能载人的渡轮过江，回返县城。当时，我还没有意识到，这有什么不妥。

一直到第二天一早，匆匆赶到宾馆后面的沅江码头边上时，我才知道，水位太高了，所有江上的船只，今天一律停开了。这时，我真要发出太史公当年上不了泰山时的感叹：“是命也夫？

是命也夫？”看来，我和沈从文的这条“长河”，还是没有缘分，只能远望，不能在江上漂流。

沅江的水位何时才下降，没有人说得准。看看天色，幽幽阴阴的，似乎还会再下雨，我决定不等了，远走他乡为妙。于是，又乘了一辆班车，到慈利去，准备先到张家界玩几天，再乘火车到“芙蓉镇”王村去。

张家界的山水果然别是一番风貌，有人说比黄山还美。我是在一片细雨中登山的，更增添了那种雾梦的迷蒙感觉。一名土家族的导游，硬是要带我上山去走一趟。我也第一次感受到，有人在旁“服侍”的好处。或许这名导游是土家族，还淳朴忠厚得很，没有感染到汉族导游常有的那种“诈”，我们相处得极为愉快。下山后，他告诉我怎样乘搭班车到大庸北的火车站，还目送我上了车，才离去。

下午到了大庸北火车站，我又马上转搭火车，到湘西一个默默无名的小镇——罗依溪。这地名真别致，像译音的外国地名，但又有一种中国的格调，甚至给人一种“小鸟依人”的遐思。到了罗依溪，才发现这火车站那么小，站台那么短。旅人来到这儿，许多也不必出站。大家都径自跨过那两条铁轨，走到对面的一个

张家界的山，在雾里更添一种凄迷的美。

小码头，准备乘船，沿着酉江，到王村去了。

船一走在酉江上，马上可以感觉到这江水之碧绿，绿得叫人有点晕眩。暮色慢慢拢合了，我们的小船载着十几名旅人，穿过一山又一山，终于来到了古朴的王村小码头。天快黑了，我沿着村里的一条青石板路，走到村后的一间家庭式小旅店去投宿。

王村傍水而建。狭狭窄窄的青石板路，从码头边一直盘伸到村的后头。路两旁，古老民居的木纹，散发着残旧的年岁余光。小路上铺着的青石板，也因岁岁月月的琢磨，磨得平平滑滑的，泛着白光。这王村因为电影《芙蓉镇》而闻名，如今游人也多了起来。

第二天一早，在青石板路边一家小吃摊，吃过一碗豆腐米粉后，便乘船去游猛洞河。碧绿的水，苍翠的山，真是个翡翠的世界，完全没有工业的污染。我想起“翡冷翠”这个地名，仿佛也很能描述这里的山水，带那么一种冷冷的绿意。又想起《边城》里的那位翠翠，似乎有了一种新的体念，好像明白了，为什么沈从文要把他这位可爱的女主角，唤作“翠翠”，因为她显然便活在一个全然绿色的世间啊。湘西的山和水，原来就是那么“翠翠”的。

山崖下的河上人家，山山水水绿得让人有些晕眩。

下午从猛洞河游了回来，临离开时，才发现村里还有一个受保护的全国重点文物——溪州铜柱。于是匆匆赶去见识了一下。这个纯铜铸成的柱子，上面刻着北宋年间湖南楚王和湘西土司罢兵休战的盟约。柱子呈八角形，泛着一层铜光。历史上，这一类的盟约多数刻在石碑上，如唐朝和吐蕃修好的会盟碑。刻在铜上的，似乎就只有这一个了，所以珍贵无比。我觉得自己真有眼福。

## 二

当天下午，依着来时的路，又回到罗依溪火车站，乘搭了一列过路的快车，在黄昏时分，抵达吉首市。这里离沈从文的故乡凤凰很近了，明天就到得了。我在吉首市过了一晚，隔天一早，在吉首市的汽车站，乘了一辆老旧的长途汽车，朝凤凰县进发。一路上，尘土飞扬。苗族妇女们穿着苗服，背着一个个大竹篓，在晨曦中的阡陌上列队赶集而行。两个多小时后，车子开进了凤凰汽车站。我终于来到了沈从文的故乡。

猛洞河两岸不单山是绿的，连水也常是绿的。

猛洞河的一线天

一出车站，就见到不少人，在小摊子上吃着一种绿色的面条。这种颜色的面条，我跑遍中国大地，也只在凤凰见过这么一次，不知是用什么原料染成的。沈从文的小说或散文，好像没有提到这种面食，但它倒是很像意大利人用菠菜汁染成的那种绿面。我忍不住，也坐下来吃了一碗，麻辣滋味，很有风土特色。然后，满足地摸摸肚皮，才起身去寻访沈从文的故居。

我只有这故居的一个地址。问了好些人，绕了一个大圈，才在一条狭窄的小巷里找到。原来这儿已经改为沈从文的一个纪念馆了。沈老这小镇叫凤凰，纪念馆的屋顶上，自然也少不了许多凤凰装饰。一进门，便是个小小的庭院，四周是厢房，环境雅洁，很有大户人家的气派。这纪念馆看来不会有什么游人，幽静得很。售卖门票的那位小女生，似乎是个工读生，默默地坐在那里读书。我顺着各展示厅看过去，最后来到了沈从文的书房。它的窗子正好对着那小小的庭院，很明亮，采光很好。

然而，正是这个书房，让我感觉到这纪念馆有些不真实，因为，据我所知，沈老生前，好像从来没有一天是坐在那个明亮美丽的窗前写作的。他真正的写作环境，恐怕常比这恶劣不止十

凤凰沱江镇沈从文故居正门

沈从文故居的书房和小院子

倍。可是，这纪念馆当初筹建时，据说沈老也曾提供意见的。看来，这书房的象征意义，只怕比任何其他的意义，都来得大，来得重要。

从纪念馆出来，沿着弯弯曲曲的小巷，走到沱江边上，看着一群妇女在江边洗衣。她们在临江的台阶上，很有节奏地，用棒槌捣衣，有说有笑。又走到沈从文念过的小学校去，听见一班一班的小学生，高声朗读的悠扬声音。最后，在镇上一家个体户开的小餐厅，吃过午饭，喝过一大瓶啤酒，才走回汽车站去，搭车到麻阳，准备再转火车到怀化去了。那时，湘西就将远了。

妇女们在沱江边上浣衣，江边有两棵小树。

# 便下襄阳向洛阳

贵阳 · 襄阳 · 宝丰 · 铁门



一

剑外忽传收蓟北，初闻涕泪满衣裳。
却看妻子愁何在？漫卷诗书喜欲狂。
白日放歌须纵酒，青春作伴好还乡。
即从巴峡穿巫峡，便下襄阳向洛阳。

——杜甫《闻官军收河南河北》

湘西以后，我的下一段行程，打算效仿杜甫，“便下襄阳向洛阳”。当然，杜甫当年走这一段路，是因为“闻官军收河南河北”。安史之乱结束了，他高兴得“涕泪满衣裳”。于是“漫卷诗书喜欲狂”，急着要赶路回家去了，回他洛阳的田园去。

当年杜甫“下襄阳”，是取道水路，从“巴峡穿巫峡”去的。然而，这一段水程，我上个星期下三峡时，才刚刚走过，所以我倒是不想再走水路了。我想乘火车“下襄阳”。

于是，游过湘西后，我就在怀化火车站，跳上一列直快车，先到贵州贵阳中国最大的瀑布——黄果树瀑布去，玩了一天。可能是前世修来的福气，我到的时候，正巧前几天刚下过一场豪雨，水位高涨，黄果树瀑布突然变得比平时壮观十倍。车子奔驰在通往瀑布的大路上，远远就可以听见万马奔腾的水声了，真叫人激动，热血也奔腾。

果然，车子一开到瀑布边上，大水便夹着黄泥，黄滚滚的，圆鼓鼓的，如决堤一般，勇往下冲，再激起几十丈的大水花和一大片水雾，溅得老远。这种声势，比起我见过的世界最大的尼亚加拉瀑布，真是一点也不逊色。结果我拍了好几张发大水的照片，十分珍贵难得。后来见到黄果树瀑布的旅游照片，就只见到几条小水柱，可怜兮兮地，干巴巴的，挂在那儿，简直如儿戏。

从贵阳，乘搭了一列夜班火车，在漆黑的深夜里，穿过四川东部的山区，再度进川。这是我的二度入川。清早再度返抵重庆火车站后，又马上转搭另一列火车，穿越整个川东，到陕西省南部的安康市去了。

发大水的黄果树大瀑布

安康没有什么特别吸引我的地方。之所以在安康下车，主要是想来个“未晚先投宿”，因为前一晚已经在火车上度过了一夜，今晚想睡个好觉。而且，这也是乘火车“下襄阳”必经的一个中途站。傍晚到达安康时，一走出火车站，就见到火车站旅馆在前头不远。我去投宿时，服务员说：“你是我们开业以来的第一位外宾。”

第二天早上，在安康街头闲逛，第一次见到几乎干枯的汉水有气无力地流经市区。然后，搭乘了一列从安康始发的火车，准备学杜甫“下襄阳”了。然而，这一列车是慢车，早上10点整开车，一直到晚上8点，才走完那短短的三百六十八公里路。沿途每一个小站都停。我第一次感觉到慢车之慢。

或许，我的心境受了杜诗的影响，再也没有去年第一次乘慢车，从太原到运城时的那种优游了。因为，杜甫当年下襄阳，讲求的就是一个“快”字。他太想家了，恨不得快点、早点回家去。所以，他这首诗《闻官军收河南河北》，节奏也明快无比，一副猴急的样子。我坐在缓慢的慢车上，想着这首“快”诗，就再也按捺不住了，心情变得急躁起来了。

幸好，晚上8点多到襄阳时，天还未黑，我赶紧到火车站对面的卧龙饭店去投宿。一千多年前，襄阳只是杜甫的一个中途站，他最终的目的地是洛阳。如今，襄阳已经和樊城合并为一个市了，称为襄樊。然而，我也和杜甫一样，只是把襄阳当作一个中途站而已。我“下襄阳”的最主要目的，倒不是“向洛阳”，而是要到襄阳以北二百多公里的河南宝丰县去，寻访一通七百年前竖立的石碑。

所以，第二天一早，到襄阳市郊，探访过诸葛亮年轻时耕读了十年的古隆中之后，就乘火车前往宝丰县了。至于我为何要到这个小镇去，为何要去访碑，而这通石碑又是怎么影响了我的生命历程，那真是一段曲折离奇的故事。太复杂了，我后来甚至写了一篇三万多字的长文《万里寻碑记》，才能细细描述整个事件的真相，和我当年到宝丰去的经过。

## 二

1979年秋天，我在台大外文系刚升上大四时，无意中找到了一篇北宋年间的碑文——《大悲菩萨传》碑。据我所知，这是关于妙善菩萨传说最早的一篇历史文献，可是不知如何，它却长期失踪，甚至连专门研究妙善传说的几位中外专家，也从来没有见过，所以我竟成了世界上第一个找到这篇碑文的人。

因此，我的一位恩师，大概也觉得我还“可教”，就大力把我推荐到美国普林斯顿大学的东亚研究所去念博士。现在回想起来，当年要不是找到这篇碑文，我的生命历程可能很不一样。或许我也不会取得普大的奖学金和入学许可了。

可惜，当年我找到的那篇碑文，却只得后半段而已，前一半仍然不知所踪。所以，过去十多年来，我在国外漂泊，一直对另一半仍然失踪的碑文，念念不忘。常常想，什么时候有机缘，我一定要到碑文的来源地宝丰去，寻访这一通石碑，把碑文补齐。

终于，机缘来了。宝丰正好就位于“下襄阳向洛阳”的中途。我游过古隆中后，便上了一列快车，在一个黄昏抵达宝丰，准备第二天一早才去访碑。

看来，我和这篇碑文的确很有缘分。十多年前在台大，我是在一种很偶然的机缘下，轻易找到碑文的后半段。如今，我到宝丰去，事前也是抱着一种随缘的态度，觉得我应当是在一种不经意安排的情况下，很自然地找到前半段的碑文。因此，到宝丰去之前，我甚至也完全没有联系宝丰的任何人或任何单位，想悄悄地来，悄悄地去。

结果，一走出宝丰火车站，就遇见一位贵人。他是开机动三轮车的司机。他告诉我说，那通宋碑还存在，就立在县城郊外香山寺的寺塔底下。第二天早上，我冒着大雨，赶到寺塔下，果然见到了，见到了我思念了十多年的那通石碑。经过了这么多年在国外的等候，跑了超过万里路后，我终于把前半段的碑文也找齐了。

那通宋碑，孤零零地立在寺塔下的一个券洞深处。洞口没门，我走进去，马上感觉到一股凉凉的寒意。然后，走了约十来步，便有一通庞巨的石碑，占据了整个券洞尾端的那面墙壁，挡着我的去路。洞里光线太暗，一时之间，还看不清碑上所刻的碑文。于是，先伸出手去，触摸碑身，凉凉的。等到我的瞳孔慢慢习惯了洞里微弱的光线后，才发现这正是我寻找了十多年的那通石碑，而且还保存得相当完好。

面对着这一通曾经影响过我个人生命历程的石碑，我仿佛和

宝丰香山寺塔，形制很古，孤立在一座小山上。

一位失散已久的故人，偶然在天涯的某一角重逢，彼此相对，默默无言。“故人”看来无恙，隔了七百多年，依然神采飞扬，气质非凡。碑身的石质考究，属花岗岩类，虽然布满尘埃，仍然泛着一层光质。真的万万没料到，一到宝丰，就那么轻易地找到了这一通石碑，一通连许多妙善研究专家也没见过的石碑。站在那寂静的券洞里，一种深沉的历史感，在我身上流过。那天早上，我便在微弱的光线下，把碑上前半段那二十几行碑文抄录下来。

石碑找到了，当天下午，我乘搭另一班快车，“向洛阳”去了。

这是我第二次来洛阳。去年，已来过一次，发现古老的洛阳已经不在了，不再是《洛阳伽蓝记》所记的那个洛阳了。洛阳变得那么现代化，那么新。我的感触还是和去年的一样，感觉到如今仿佛“只有伊水边上的龙门石窟，还保存一点北朝隋唐的余光”。这一回，我在洛阳只停留了一晚，隔天一早就走了，准备到洛阳以西约四十二公里的一个小镇铁门去，寻访另一批石碑。毕竟，我对石碑，有一种莫名的“激情”。

我寻找了十多年的宋代《大悲菩萨传》碑，而今深藏在香山寺塔下一个券洞里。

《大悲菩萨传》碑的碑头部分，已被水泥涂盖。

## 三

铁门镇的千唐志斋，一般游客可能连听也没听过，好比“养在深闺人未识”。但念唐史的人，如果还没听过这个斋名的话，那恐怕就是功力不深，学艺未精，更应当来这里看看了。

我自己是约十年前在研究所时，初识千唐志斋的。1984年，千唐志斋所藏的千余通墓志，第一次以拓片影印的方式，由北京的文物出版社出版。书名就叫《千唐志斋藏志》，厚厚的精装两大册，印得很精美，给我留下深刻的印象。

这千余通墓志的许多墓主在《旧唐书》和《新唐书》中并无列传，所以这是一批很珍贵的唐代基本史料。可以说，千唐志斋等于是另一部唐史，一部刻在石头上的唐史。更难得的是，千唐志斋保存的，并不单是这些墓志的拓片，而且还包括了所有原始的墓志石刻本身，可说是很罕见的一个收藏。

像这样一个特殊的收藏，当然是我不会轻易错过的。然而，千唐志斋不是什么“旅游点”，没有什么人知道它在哪儿。在那年的旅途中，恰好有一次在广州出版的《羊城晚报》上，读到一

千唐志斋的收藏室，墙上镶嵌着一块一块的墓志碑石。

篇很短的介绍文章，才知道此斋原来位于洛阳不远的新安县铁门镇。于是到洛阳后，第二天早上，我就在市长途汽车站，准备搭车去铁门了。

当时，天不断地下着毛毛细雨，下得人有点心烦。原定早上7点半钟开往铁门的那班车，不知怎的，竟迟迟不让乘客上车。等得不耐烦了，翻看《全国铁路列车时刻表》，发现铁门虽是小站，却有一些快车也会在这里停靠，比如早上8点钟那班从北京开往西安的279次直快车，就停铁门站。所以，我匆匆提起行李，走到汽车站对面的火车站去，正好赶上了这列火车。

大约一小时后，火车便开到铁门镇了。下了车才发现，这回我误打误撞，竟撞对了。千唐志斋就离铁门火车站不远，走五分钟就到。如果是乘搭长途汽车来的话，那就很不方便了，因为汽车站离千唐志斋还有好几公里的路。当时我越过火车站前的马路，走到对面一家个体户开的小餐厅，去打听千唐志斋的所在。

“老师傅，请问张钫的大花园在哪儿？”我看过那篇短文，知道当地人把千唐志斋的所在地，称作“大花园”。

“哦，很近，往那儿走五分钟就到。”那老师傅给我指了指方向。

果然，走不多远，就见到一座很宏伟的建筑物，像一座旧时富贵人家的公馆。这儿便是前国民党高层将领张钫的园林“蛰庐”了。20世纪30年代，他就在此营建他的千唐志斋，把洛阳周围收集到的历代墓志和碑石，特别是唐代的墓志，都运到这里来安放。为了保存这些碑刻，他盖了一座庞大的建筑，里面有十多个像陕北窑洞那样的收藏室，和三个长方形的天井院。一块一块方形的墓志，便镶嵌在这些收藏室和院中内外的墙壁上，密密麻麻的，无声地、默默地，向世人展示一个个死者生平的功业。

而今，千唐志斋没有什么一般的游客，来的几乎都是行家。那天早上，我是唯一的访客。四周寂静得很，我也像幽灵一样，从一个窑洞飘游到另一个窑洞，浏览这些死者的墓志。有时，也停下脚来细读，细读这一篇篇名副其实的“唐文”，因为这些墓志，不但是在唐代写的，也是在唐代刻的，流传至今超过一千年了。比起清代所编刻的《全唐文》那种纸上的文章，这些刻在石头上原始的墓志，真给人一种淡淡的、幽幽的、幽灵式的“恐惧”感，仿佛死者又重回阳间一样。

因为，这些墓志原本应当埋在死者的墓室里的。它们原本的作用，并非要向死者生前的阳间宣示什么，而是要向死者死后的阴间，宣扬死者生前的功业。实际上，它们当初雕刻的目的，原就不是要给阳间的俗人读的，所以都被深埋在地下的墓室里。然而，如今它们却高高镶嵌在墙上展示，仿佛逃也逃不掉了。每一次，见到这些墓志，我总不免在想：“又一座古人的墓被盗了。又一个唐代的幽灵重返阳间了。”

千唐志斋连外头的走廊和墙柱上，也镶满墓志碑石。

# 细雨骑驴入剑门

华山 · 秦岭 · 汉中 · 广元 · 昭化



一

衣上征尘杂酒痕，远游无处不销魂。

此身合是诗人未，细雨骑驴入剑门。

——陆游《剑门道中遇微雨》

上午探访过千唐志斋后，又回到铁门站，上了过路的126次直快列车。黄昏6点多，便抵达离西岳华山不远的一个小站。出站转乘一辆小面包车，直趋华山脚下的小镇，投宿在西岳饭店。

我客房的窗，正好面对着华山，和山脚下那一条铁路。面对一座高山的窗子，总是让人感觉到一种难言的温馨，仿佛山是一个守护神。又或许，山总是让人想起陶渊明：“少无适俗韵，性本爱丘山。”在镇上吃过晚饭后，我回到房里，开了一瓶泸州大曲，坐在窗前，对着这华山，悠然独饮。

一直到天全黑了，华山隐入一片漆黑之中，我也微微地醉了。突然，一柱强劲的光，从山脚下的右边射过去，然后我就见到一列火车开过来了，带着轰隆、轰隆、轰隆的声音。这一天夜里，每隔几分钟，就有一列长长的火车，从华山脚下开过去。列车上一个一个的小窗子，都亮着灯火，幽灵般地往前移动。那情景真令人感动。

第二天一早，原本准备爬上华山的。可是我爬了半个多小时，走到五里关时，见到左边有一条溪水从山上流下来，便坐下来休息。这一坐，竟舍不得起来了。早晨的清风吹来，华山高高地矗立在我身后，整个大山涂上中国水墨画那样的灰黑色。偶尔有一两棵松树，从山崖的裂缝中长出来，探向天边。这一切，真像北宋范宽和巨然的山水画。我陶醉在这种美景中，竟再也无心爬山了。心想，爬得筋疲力尽的，不如坐在山坡上享受这一阵清风，这一幅山水，和这一种难遇的心情吧。结果，我真的不再爬了，一直坐到快中午12点，才沿着来时的路，走下山去吃中饭。

所以，华山的全貌我是没有见过的。我只见到它北峰下的山麓。然而，现在回想起来，还是不觉得有什么遗憾。或许，那天早上那种无意中获得的闲散心情，已经足以补偿一切了。而且，我知道，将来若有缘，我还是会路经华山的。说不定，将来有一天，等我的两个女儿都长大了，我可以带她们来，再一齐爬华山去。

## 二

西岳华山我没有真正爬过，但我倒是很想翻越陕西的秦岭，到四川去。于是，从华山脚下，搭乘了一辆长途汽车，在一个黄昏，又回到了西安。这是我第二次来西安。一年不见，西安一切如旧，解放饭店大门前的那个大工程，从去年干到今年，还没完工。西安古都的风采，依然令人沉醉。现代的西安“丽人”，依然骑车姗姗经过解放路。然而，这一回，我在西安的停留时间，却连二十四个小时都不到。因为，傍晚抵达，第二日天还未亮，我就得离开，翻越秦岭去了。但是，西安仿佛是我永远的罗马。我以后还会不断回来的。

秦岭位于西安南部。历代从关中往南，不论是入蜀或入楚，几乎无可避免的，都得翻越秦岭。因此，历史上翻越秦岭的道路，其实有好几条：蓝田、子午、骆谷、褒斜，等等。现代从陕西通往四川的宝成铁路，它所经过的那条路，我觉得太偏西了，不够险峻，不够刺激。最后，我选择了秦岭正中部的那条路，也就是历史上的子午旧道，从西安一直通往陕南的石泉，觉得这样才足以体验秦岭之险。而这条路，就没有任何火车穿行，只有长途汽车行驶了。

一到西安，便匆匆去打听开往石泉的班车。这才发现，西安长途汽车站之多，竟有至少半打，颇让人眼花。而开往石泉的班车，是从朱雀门对面的一个小站始发的，叫什么安康汽车运输公司汽车站。这条翻越秦岭的路，每天只有一班车行走，经石泉到安康去，而且是在天未亮，一大早5点半就发车的。

结果，为了翻越秦岭，我半夜3点多就起来了。先退掉解放饭店的客房，然后，乘了一辆预先约好的出租车，在半夜4点多赶到那个小汽车站，真有一种披星戴月赶路的意味。开车前一小时才卖票，幸好我有备而来，到得早，还买上了一张。

早上5点半，班车准时开出，天还是漆黑一片。司机为了省电力，连车前的大灯都舍不得开，就在黑暗中行车。车子开到西安南郊的乡间小路时，街上几乎一个人、一辆车也没有，只有一种夜露散发的味道，夹着青草味，随风飘入车窗。这时，我已睡意全无，想到自己即将翻越秦岭了，不觉沉浸在兴奋的心情中。黎明前的风很冷，我把毛衣都穿上了。

入山前，车子得通过好几个检验站，看来秦岭的安保严密。一路上，车子走的道路并不陡峭，而是一条曲曲折折的上山路，弯了一个大弯，又弯下一个大弯。路两旁，尽是高耸的松树和柏树，高高地、笔直地立着。有时，转弯的时候，可以看到大树的顶梢，在山路旁边的山谷中，那么接近马路。

走了一个多小时，天才微微亮了。山上这才开始有点人烟。车上那些先前睡着的乘客，也开始一个一个醒来了，在揉眼睛。秦岭上处处可以见到养蜂场。一排排的蜂箱子，经常整整齐齐地摆放在路边，但往往见不到养蜂人。

早上8点多，车子开到秦岭上的第一个小镇喂子坪。很别致的一个地名。司机把车停在一家路边的餐厅前，让大家下车去吃早饭。陕南的早饭，不外是油条稀饭，但热腾腾的，喝到清晨的空肚子里头去，很是舒服，很是受用。

餐厅对面，有一家国营的小旅社。我到那里去借用洗手间时，见到六七名年轻的西安大学生，正在忙着收拾行装和捕蝶网，看来是准备上山远足和捕蝶去。那几位秀丽的女大学生，衣着简朴，头戴着鸭舌帽，很有一种帅气。她们就在那几间敞开着的客房和走廊上，和几个男生，一齐忙着把一张张的捕蝶网准备好。或许他们是动物系或生物系的学生，捕蝶作研究用途。一时之间，这场面竟让我猛然回想起我的大学时代，那仿佛真是很遥远的，十多年前的往事了。那时我们台大外文系班上，夏天暑假也有去郊游烤肉的，但好像从来没有去捕捉过蝴蝶。捕蝶，也让我想起那位终身流亡西方的白俄小说家纳博科夫，他也是个蝴蝶专家。我突然感觉到自己不再年轻，心情像胡适所说的“微近中年”了。我好羡慕这批年轻的大学生，能够在秦岭山上捕蝶。我这一生，只怕不可能会有这种机缘了。

回到车上，行走在秦岭之上，我的心情便带点悠悠的失落。车子越爬越高，秦岭上的气温越降越低。虽是盛夏，竟有一丝一丝的寒冷，从车窗外吹进来。快到中午时，我一早就穿上的那件毛衣，竟还没法脱下。在我身旁，坐着一名陕南的年轻农人，头发蓬乱。他穿得就更多了，竟是一件棉袄，深蓝色的。棉袄里面好像还有两件衬衫。

秦岭上多林场。在路上行驶的，除了长途汽车外，便是那些运载木桐的大卡车了。岭上也有不少的城镇，仿佛都是环绕着这些林场，年复一年慢慢形成的。一整个上午，我们的车子就在岭上穿行，经过一个城镇，又奔向下一个林场。我这才体会到秦岭范围之大。岭上仿佛自成一个世界，有山有水，还有林场和城镇，就跟平原的世界一样。车子经过那些城镇时，有时地势平坦极了，连地名也称作什么“坪”或“坝”的。那都是标示平地的地名，平坦得令人几疑是出了秦岭，下到山下去了。然而，一整个上午，车子其实始终未曾驶出秦岭的范围。

一直到下午2点多，车子才算开出了秦岭，到达我的目的地——石泉。只有我一个人在这荒落的小城下车。司机放我一人下来后，又载着满车的人走了，到他们的终站安康去。上星期，我已乘火车到过安康，所以这次不去了。

石泉这小镇，只有一两条大街。我下车的地方，正好是县城的中心，摊贩最多之处。下午2点了，我还没吃中饭，就地吃了一碗面，再把行李寄存，就到镇上各处走动。这才发现，石泉火车站并不建在城内，而是建在离县城至少还有三四公里的地方，还得乘坐机动三轮车，通过一座大桥，越过桥底下的汉水，才到得了。

我翻越秦岭到石泉去，当然不是为了游石泉，而是为了在这儿转乘火车，第三次入川，到四川广元去也。到了广元，我就可以效仿陆游，“入剑门”去了，虽然今天再也不可能“细雨骑驴入剑门”了。

## 三

在洛阳时，我已经在期待着，什么时候去亲身体验一下陆游那种“细雨骑驴入剑门”的境界。其实，陆游那次入剑门，恐怕是很无奈的。他原想留在汉中，可是又不得不听朝廷的调派。难怪，他会有那种自嘲：“我如今骑着驴子，在细雨中入剑门，很像个诗人吧？”

剑门位于四川的中北部，历史上一直是入蜀的要道之一。然而，即使在现代，剑门这个关口可能还是太险峻了，以致如今从宝鸡通往成都的宝成铁路，也得绕道而过，不经剑门，顶多只到剑门北部的广元。于是，要入剑门，还得先到广元，再转乘长途汽车去。

从西安翻越过秦岭，到了陕南的石泉后，我就准备入剑门了。然而，从石泉到广元的这路上，半途正好还有个赫赫有名的汉中市。这座历史名城，至少有两样东西很吸引我。第一，它位于秦岭另一条古代驿道褒斜道的南端，而在这褒斜道上，就有知名的石门汉魏十三品摩崖石刻；第二，汉中地区生产一种黑米，据说是全国仅有的。我决定先到汉中去玩一天，再第三度入川。

傍晚从石泉乘西行的火车到汉中时，已经是深夜1点了。没料到，汉中这个偏远的陕南城市，对外人的管制居然那么严格。火车站对面的那家铁路局招待所，就不肯接待我这种从香港来的同胞。那名女服务员说，依照国家规定，我得住“宾馆级”，住到市中心的那些宾馆去。我在中国大地行走了那么久，倒是第一次遇到这种事，而且是在汉中这个并非旅游名胜的地方，真让我觉得好比在阴沟里翻了船那么委屈。

幸好，我不甘心，又走到附近另一家旅馆去碰碰运气。这家叫“车站饭店”的旅馆，比起先前那家拒绝接待我的招待所，还要破旧。我原以为，它更不可能招待我这种“外宾”的。不料，服务员什么也没问，就让我办了住宿登记。看来，内地的各种“国家规定”，在执行时，还是很有弹性的。

第二天一早，打听之下，才知道褒斜道南端那历史上有名的石门，已经被褒河水库的大水淹没了。至于褒斜石门那汉魏十三品摩崖石刻，则在20世纪70年代修建这座水库时，全迁移到汉中市博物馆去复原展出了。那么庞巨的石头，一块块地从崖上切割下来，再搬到博物馆去，工程相当浩大。否则，它们就要被水库的大水淹没了。然而，摩崖石刻一离开它的天然环境，就不成其为“摩崖”了，如今立在博物馆的玻璃柜后，好比动物园里头的狮子，气势立刻大减。

从博物馆回来的路上，到市场上去买了两斤汉中的名产黑米。这黑米跟泰国的黑糯米很相像，恐怕是同一品种。卖米的那位妇人说，黑米太珍贵，叫我回去学他们当地老百姓的办法，“将黑米和白米混合在一起煮来吃”。但我回到香港后，却没有听这妇人的话。我用我煮泰国黑糯米的方法，用高压气锅把这汉中黑米煮了半个小时，果然芳香扑鼻，再加点白糖，淋上一些泰国椰乳汁，就成了风味绝佳，“卖相”也很好的一道甜品了。我后来在香港的国货公司，也买到一种用汉中黑米酿制的黑米酒，刚喝的时候还觉得不错，喝多了却又觉得太甜。这一瓶酒，一直喝到我一年后辞去教职，离开香港时，好像还没喝完。

## 四

下午乘火车从汉中出发，经阳平关，换了一次车，总算在接近午夜时分，赶抵了四川的广元。这是我第三度入川了，从北部入蜀。到广元，当然是为了入剑门。所以，第二天我就起了个大早，赶到汽车站，跳上一辆开往剑阁的班车，准备入剑门去了。

剑门位于广元和剑阁的中间。车子从汽车站开出一个多小时后，在我右边的窗子上，就开始出现那剑门七十二峰了，一个紧接着一个，像恐龙的巨牙般，倒竖在天边白云之际。

不一会儿，剑门关到了。它位于两座峭壁似的大山中间，路边有一通近年新刻的石碑，说这儿就是剑门关。车子开过去时，若不留意，很容易就会错过。其实，我就错过了，一回头才见到那通石碑。然而，车子已经开走，开到古蜀道上了，我已来不及下车。在我左边的峭壁上，依然可以见到一个一个的洞眼，那便

陆游诗："细雨骑驴入剑门。"

杜甫诗："剑门天下壮。"

是古栈道的遗迹了。

然而，错过了就错过了，也不打紧的，待会儿从剑阁回广元时，还可以再回来这儿。我心想，不如干脆就乘车先跑完这一段古蜀道吧，一直走到剑阁县城去。中午，在剑阁县城吃了午饭，在城里逛了一圈。下午2点多，又再乘搭另一辆班车，沿着来时的路回返广元。当然，这回不是“入”剑门，而是“出”剑门了。

中午过后就下起细雨来了。看来，我虽不能“骑驴”入剑门，但倒可以在细雨中“出剑门”了。抵达剑门关时，细雨还在下着，添了不少陆游的诗意。这一回，北上广元，从另一个方向看剑门，才发现剑门的险峻。那道高高的、巨大的剑门山，就在马路右方不远处，仿佛立在天边，替天行道的那种气势。怪不得杜甫说“剑门天下壮”。上午从广元南下，坐在车里，倒是见不到这种景象的。

奇怪的是，这里冷清得很，游人稀少，几乎全是国内同胞，而且都是像我那样个别搭车来玩的，没见到什么旅行团来。或许，剑门如今已不再是入蜀的要道，连游客也不来了。这样也好。它可以清静地沉浴在自己璀璨历史的余光之中。下午，我便坐在一个亭子里，默默望着雨中的剑门。一直到下午4点多，下一趟过路的班车，徐徐开来，把我载回广元去。

## 五

我到广元去，除了入剑门外，还有另一个目的，那就是要到广元以西约三十公里的昭化，再从那里乘长途汽车，经南坪，到川西的九寨沟、松潘和若尔盖大草原去。不料，抵达昭化的那天早上，已经8点多了，每天前往南坪的唯一班车早已开走。下午没车，最快也得等到隔天早上才走得了。结果，我被困在昭化这个十分偏荒的小镇，一整天无所事事，但也可说是又无端端捡到逍遥的一天。

先在白龙江饭店办好住宿登记。这家饭店里住的，似乎全都是像我那样被困的过路旅客。大家的目的地，全是南坪和九寨沟。昭化位于嘉陵江的上游，现在已改名为宝轮了。市里新旧两个地名都在使用，但我还是比较喜欢它的旧名。市区没有什么看头，只有几条大街，不到一小时就走完了。

我无聊地走到嘉陵江边去，看了一会儿水上漂浮着的树桐，最后决定把这多出来的一天，用来办理一件事：把这回到内地以来，在路上越买越多的那一批书报杂志，先寄回香港去。我知道，这种事恐怕不好办，心理上已准备好，打算用这一整天的时间来办。然而，这一天我还是连这一件芝麻小事也没法办好。

先乘车回到广元市去。心想邮寄包裹这种事，恐怕得在广元这种比较大的城市才好办。去邮局途中，正巧经过一家文具店，进去买了几张牛皮纸，准备用来包扎我那一摞书报杂志。我知道，在内地邮寄包裹，还得先经过检查这一关。我想不必先将这批东西包扎，即使先包好也得再拆开来检查的，不如等检查后再包吧。

走进邮局，竟连寄包裹的窗口也见不到，不知去哪里办此事。想问人，可是里面的办事员，全都垂低着头，一副埋头苦干的样子。等了一会儿，没人理睬，越等越灰心。而且，我想起仿佛在什么地方见到一篇报导，说在内地邮寄包裹，还得用布袋包好，再缝好，牛皮纸是不行的。这样一想，更没了信心和耐心，终于离去了，不寄了。心想寄包裹的机缘，恐怕还未到吧。

包裹虽没寄成，却无端又跑了一段古蜀道，又见到那恐龙巨牙般的剑门七十二峰。这一去一回，等于饱览了两次，也算是捡来的福气吧。

中午回到昭化，吃过饭后，我在旅馆的客房中，坐在窗前，喝着泸州老窖。窗外那不知名的青山很美，绿草很苍翠。在这样一个下午，这样一个偏远的小镇，对着这样美丽的青山饮酒，真让我有一种恬淡的闲散。直到我有些微微地醉了，像五四诗人王独清所说的，“身上添了中酒的疲乏”，才上床去，睡了一个特别悠长的午觉。

一直睡到下午4点多才醒来。看看天色很好，阳光那么充沛明丽，决定走到城南一带去逛逛，顺道去那里的一个县邮局，看看能否把我那个包裹寄出。我抱着欣赏城南风景的心情，走到那邮局去。正如我所料，昭化是个小小的县城，太小了，邮局根本就不接受寄往香港的邮包。“寄香港的，要到广元去寄。”办事员说。于是又捧着那一摞书报，走回城中的宾馆，准备吃晚饭去了。倒也没有什么失望。看来寄书的机缘，仍未到。然而，晚饭竟有意外的惊喜。

原以为，在昭化这种小镇，不会有什么好吃的。所以，当我在白龙江宾馆的附属餐厅点菜时，我几乎是以开玩笑的心情，问那名女服务员：“有没有鱼？”当时我想，昭化属内陆，不靠海，老百姓恐怕不会像我这种南方人，那么喜爱吃鱼，怎么会有好鱼呢？没想到，那服务员竟回答说：“有，您想怎么吃？清蒸还是红烧？”我不觉好奇起来：“有什么鱼？”

“鲤鱼。才刚到的，很新鲜。”

“真的吗？可不可以先看看。”我知道，内地这一类的厨房跟港台的不一样，比较随和，顾客经常可以跑进去参观，就地点菜的。看见什么点什么，更方便。

“好，你跟我来厨房。”

到了厨房，一名男厨师从后面不知什么地方，竟“抱”出一条大鲤鱼来。的确，他是用“抱”的姿势，把鱼“抱”在怀中，像抱小孩般抱着出来给我看的。他那个姿态，很像天津杨柳青传统年画中，小孩儿抱鲤鱼那种吉祥图，有趣可爱。这鲤鱼既然要“抱”，体积自然十分庞巨，金黄色的，光溜溜的，少说也有两公斤。我猜这鲤鱼很可能来自嘉陵江。

这一看，我当然再也没话说了。于是，大师傅给我做了一道滑熘鱼片，盛在一个巨大的盘中端上来，只收十块钱人民币，吃得我好不过瘾。幸好，这次我就只点了这么一道菜。但鱼的分量还是太多了，吃不了，余下至少三分之一。想不到，我在中国内地吃到的最好一尾鲤鱼，不是在黄河边上盛产鲤鱼的郑州，而是在寂寂无闻的昭化。那以后，我就再也没有福分，吃到如此鲜美的鲤鱼了。

第二天一大早，开往南坪的班车终于来了。我和四十几名内地同胞，挤在一辆老旧的大车里，往川西进发。这次西行，路越走越荒凉了。

# 出川西记

## 南坪 · 九寨沟 · 松潘 · 若尔盖



### 一

从昭化到南坪，只有二百多公里，车子却走了几乎十二小时，才在傍晚6点多抵达。昭化和南坪同属四川省，可是车子却得穿越甘肃省，经过文县才到得了。我们一大早出发，车行了两个多小时后，过了白水县不久，便离开四川，进入陇南了。之后，车子就走在甘肃省的路上。

一路上，白水江老是出现在小路边上。这江水确像它的名字，白白的，白得很特殊。一般江河总不免带点黄浊的颜色，但这白水江倒真是白的。它流过急滩时，溅起的浪花是白的。它平静地流着时，江面也是白的，像牛奶的那种乳白色。后来听说，这可能是因为河水中含有大量硫黄。

这白白的江水，加上当天下午白花花耀眼的太阳，很有一种催眠的作用。我坐在车里，呆呆地望着四周泥黄色的干涸土地，和那些单调不毛的大山，久了竟有一种很抒情的感觉。仿佛从盘古开天地以来，便一直在这一片黄色主调中航行，航向永恒，恰似一个星际的旅者，乘坐一艘太空船，在太虚中航行了好几亿个光年了。

下午，车子快抵达南坪时，才重新进入四川省界。这是我此行的第四次入川了，从西面而入。

到南坪去的旅客，几乎都把南坪当作一个中途站而已。大家最终的目的地，恐怕都是风景优美的九寨沟。车子一开入汽车站，大家都抢着投宿在汽车站的附属旅社，预备第二天一早再继续上路。我租了二楼一间木建的简陋小客房，只花了人民币五元。客房的窗，正好又面对一座美丽的青山。

南坪三面环山，走在大街上，便可以见到一座大山，直立在街的尽头。这里海拔高，所以虽是七月盛夏，气温却只有二十几摄氏度，有如料峭的春寒三月。我把行李放下后，披上一件毛衣，到县城里转了一圈，发现此地已经很有些西藏风味了。城里住着不少藏胞。他们穿着厚厚重重的藏袍在路上行走。连街上商店的招牌，也是汉藏文并用的。

川西一带的伙食，一般都不好。然而，晚饭时，在汽车站的食堂，我竟有缘吃到一道很美味的红烧青瓜肘子。饭后，回到旅社，洗了个热水澡。夜里无事，静坐在客房中，对着窗外星空下的青山，独饮泸州老窖，回味着这一天难忘的旅程，想到明早就可以到达九寨沟了，心里多了一种期待。

## 二

南坪离九寨沟很近。第二天早晨，车行两个多小时就到了。我在九寨沟的山脚下，乘搭了一辆专车入沟，到山里的诺日朗宾馆投宿。七月应当是旅游旺季，那天沟里却寂静得很，见不到什么游人。原来大部分游客从成都出发，经文县那条路，而听说那条路上塌方，发生土崩，不通车，游人都被困在半路上了。我幸好从北部南坪那条路来，所以没事。于是我在九寨沟那两天，就成了出奇宁静的两天，宛如秋天淡季。

其实，九寨沟海拔高，即使是七月盛夏，沟里的气温仍然很低，白天只有二十摄氏度左右，夜里更降到十几摄氏度，比平原上的秋天更冷。抵达不久，我还得把羊毛衣穿上，感觉到秋天了。沟里处处是高高的山，清澄的湖和碧绿的青草地。天空很蓝。

沟里的那些湖泊，那些藏民所说的“海子”，清澈得可以见到湖底下的枯枝。海子边的树木倘若倒下，葬身湖中，它的枯木可以在水中蜕变成另一种生命，长出新枝来，仿若永远不死的样子。

我宾馆客房的窗，又正好对着一座高高的青山。出川西以来，发现青山真是无处不在。也难怪，这一带已经是青藏高原的边缘了。山越来越高，也越来越壮观。我也越来越喜欢客房的窗，面向着高山的那种安宁和庄穆。中午饭后，便在这青山的注视下，在房里睡了一个悠长舒服的午觉。下午3点多，才披上毛衣，出门游山玩水去了。

九寨沟是个藏族聚居地，风景很美。

藏民把这些湖泊称为“海子”。

这回真的是“玩水”。我从宾馆出发，沿着镜海，走到珍珠滩去。泉水从一个山坡上冲流下来，溅起点点的水花，在阳光的照射下，便成了一颗颗的珍珠。我的童心发了，干脆把鞋子脱了，涉水站在珍珠滩的坡下，望着水花飞溅。可惜泉水太冷了，不能久立，要不然双脚会冻僵的。

在镜海附近，见到一个藏族的水磨坊，用流水的力量来推动石磨。简简单单的，木头搭建的小磨坊，立在水面上。它几乎隐在树丛中，在一片黛绿色的风景和水声中，出奇的动人，幽深极了。两个藏族小男孩，在磨坊外嬉水，浑然不觉我在远方呆呆地看着他们。

然后，乘了一辆藏民的小驴车，到树正海去。车上，有几个藏族少女，有说有笑。她们都长得很美丽，眼睛大大的，没有什么打扮，穿着藏服，很纯朴，却有一种让人惊心动魄的魅力。看着这些藏族少女，我想起法文中所说的“致命的女性”，觉得她们很符合那种形象，美得可以要人命的。或许，只有九寨沟的美丽山水，才能孕育出如此“致命的女性”来。

黄昏时，在卧龙海上，租了一艘小船，划到湖心。四周的高山看得更清晰了。它们的倒影落在水上。每当我把船桨伸进水

九寨沟的溪流和丛林

藏民的水磨坊

中，湖面就泛起涟漪，把山的倒影扰乱了。直到天快黑了，才乘坐那辆藏胞的小驴车，回宾馆去。

第二天早上，气温更低了，只有十五摄氏度。我穿上去年在内蒙古买的那件山羊绒毛衣，乘搭一辆便车，到长海和五彩池一带，玩了一个上午。中午，准备下山了，却再也找不到昨天那名藏胞的小驴车。他不知跑到哪儿去了。没驴车是下不了山的，步行则要三个小时。最后，幸好有一辆手扶拖拉机要下山去，我便乘着它走了。

下午3点多到了沟口，还是没法立即转车到我的下一个目的地松潘去，因为班车早在上午就开走了。我沦落在沟口一家简陋的招待所，度过一夜。这一回，我客房的窗，依然朝向一座青山。更巧的是，窗后就有一条小溪。水流得很急。我看了半夜的山，听了半夜的溪水声，第二天早上才乘了一辆开往成都的班车到松潘去。



## 三

从九寨沟到松潘的路上，风景很美。车子爬过一座又一座的高山。山峰顶上，经常积着白雪，高耸的松树竖立在山麓上。不

九寨沟的青山和湖泊，跟江南或华北的很不相同。

久，这一条路的两旁，开始出现大草原了。草色青青，很茂盛，罩在清晨浓浓的露水和雾气之中，看来远比上一年我在内蒙古所见那个干枯的大草原，更为丰美。这里的牧民一般是藏族。

车子开进松潘县城的大街上时，宛若开入一个中古世纪的小小边城。最让人惊喜的是，这县城还有好几个明清遗留下来的古城门。城里有那么多古老的建筑物，那么多满面风霜的人，还有那么多的瘦马和悲伤的驴子。街头上的人们，大部分是藏胞。他们穿着宽宽的藏袍，更让人感觉仿佛回到了中古唐代的吐蕃地区，或河陇一带的吐蕃占领区。

我第一次知道松潘这个地名，是在陈子昂所写的那篇《上蜀川军事状》里。武则天时代，唐朝曾经在松潘一带，屯驻了一支大军。这支大军显然和其他边防军不同。它无法在这么偏远荒凉的草原边区，以屯田耕种的方式来自给自足。为了养活这支军队，四川成都地区的老百姓，便只得被逼给他们“千里运粮”去了。

陈子昂这篇文章，原是呈给皇上的，目的正是建议唐室撤回这支大军，解除老百姓每年千里运粮的苦役。他写道：“闻松潘等州屯军，数不逾万，计粮给饷……每岁向役十六万夫。”他很担心，每年以十六万夫运粮，恐怕三年后，吐蕃还没有被消灭，

松潘像是中古时代的藏族小镇

松潘街上可以停下马来闲话家常

剑南的老百姓便已经受不了这种苦役了。所以他要替老百姓说项，请求唐室免了他们的这种劳役。

当年在研究所第一次读到这篇文字，文中所描写的百姓千里运粮的苦状，给了我极大的震撼。松潘地区海拔高达数千米。从成都盆地出发的挑夫，背着重担，要爬上这样的高山，命运何其悲惨。从此，松潘这地名便深深印在我的记忆里。

安史之乱以后，松潘到底还是逃不过“陷蕃”的命运。从此，它便长期和中原地区隔绝，史家的记载残缺，以致如严耕望教授所说的，它的“交通路线，更历千载无复人知矣”。如今，我来到这松潘地区，便恍若回到唐史中去了。

我投宿在县城内的松潘县政府招待所。办好住宿登记时，才不过上午11点多，走到大街上逛，县城里只有东、南、西、北四条大街，走过一座木桥到城北的市集去。右边，是一座高高的青山，可能是岷山的余脉。一条清澈的小溪，从左边流过来。溪岸上，有几棵杨柳树，柔柔的柳枝在和风阳光中摇动。在一个马路的交叉口，一名穿着鲜艳藏袍的藏族妇女，手里牵着一匹白马。她大概刚巧遇到一名老相识，两人便停在路口闲聊起来了，样子是那么的优游。那匹白马默默地在一旁站立等候，很有耐心。

七月在松潘，温度仍低，城里人依然穿着棉袄。

我沿着这条大街，一直走到城北的墟上。途中，经过两排木建的小商店，似乎全是个体户开的。有小吃店，有中药店，有面店，还有不少裁缝店。裁缝师傅都标榜来自浙江温州，或者上海。商店的建筑物都很古，仿佛是明清时代的遗物。到了墟上，有卖菜的，卖肉的，卖水果的，还有卖五金和日用品的。我买了一斤西红柿，又吃了一个烤得烫手的红薯。然后，才慢慢走到东大街的一个汽车站，买了一张后天开往若尔盖大草原去的车票。这样，小小的松潘县城，我几乎都走遍了。

中午，在县招待所的附属餐厅，竟有福吃到四川的樟茶鸭。饭后，回到客房去午睡。躺在床上，又可以看见窗外那美丽的青山。下午3点多起来，发现自己清闲得很。松潘县城已经游遍，无处可去了。我在房中看了一会儿书报，突然想起，还有一批书报杂志想寄回香港去的。前几天，在广元没法寄出，不如趁今天这么空闲，就在这里寄出吧。

我出门朝邮局的方向走去，心里有个预感，这一回应当是可以完成任务的。因为，松潘虽是偏荒的小县，却有不少外国旅客。那些红发碧眼的老外，对松潘这种古老而又有藏族色彩的中国小镇，特别钟情。松潘的邮局，大概早已做惯了老外的生意，晓得怎么应付外国人了。

走到城里大街上的那小小邮局，见到一个很年轻的红发女郎，好像是北欧瑞典人的样子，在等候打一通国际越洋电话。这里还没有直拨的服务，电话还得经过接线员。她便坐在邮局门口的水泥地上，等候她的电话接通。松潘县的老百姓，大概早已见惯了洋人，对这名红发女郎，没什么理会。她一个人孤零零地坐在那儿。

我走到寄包裹的窗口，对里面的一名女办事员说：“我想寄这些书报回香港。”她把书报接过去，随便翻了翻便说：“寄书报，那你得用布袋缝起来。但封口先不要缝死了，等检查过了再用针线缝上。”果然，我读过的那篇报道没错，在内地寄包裹，往往还得动用布袋。但在松潘这个小镇，要我上哪儿去找布袋呢？突然，我想起上午经过那条大街时，见到好几家裁缝店。心想，裁缝店应当可以帮我缝个布袋的。我快步走上街，走进离邮局不远的那家温州裁缝店。

“师傅，请问可不可以帮我缝两个布袋？我想寄这些书报回香港。”

“可以，没问题，一个一块钱。”说着，那名师傅马上就搬出白棉布。“用这棉布好不好？”他的普通话，带点浙江口音，看来他的确是来自温州的。

“行，太好了。”显然，这位温州师傅帮人缝过不少布袋。他很熟练地裁下两块布，再用他那老旧的脚踏缝衣机，缝了起来。我站在一旁等候。心想，这真是“立等可取”的服务啊，值得表扬表扬。不到五分钟，两个布袋缝好了。我付了钱，高高兴兴地又走回邮局去。我把书报分装在两个布袋里，递进那个窗口。办事员这次检查得比较仔细，查完了，对我说：“行了，你把布袋的封口缝起来，再用毛笔写上地址吧。”

“请问你这里有没有针线可以借用？”

“邮局没有针线可借。你自己想办法吧。”她说。

看来，唯有再回去找刚才那位温州裁缝师傅帮忙了。我第二次踏出邮局。那温州师傅很热心，连说，“没问题，没问题”，并且叫了他的一名女儿，用针线替我缝布袋的封口。缝好了，还找出一支毛笔和一瓶黑墨水，好让我在布袋上写地址。

我恐怕至少二十年没有写过毛笔字了。上回写毛笔字，还是在小学时代！想不到，隔了那么多年，我竟在中国内地写起毛笔字来了。我一面写，一面感觉到这真是个难得的经历啊。

写好了，我第三次踏进那小邮局。为了寄这个包裹，我前后已经花了快一个钟头。那名红发女郎仍然坐在门口，等她的电话。我把包裹递进去。办事员看了看说："好，你等一等，我找我们的局长来。"说完，她拿起电话找人。

没想到，寄包裹还得劳驾局长亲自出动。一会儿，局长来了。原来是一名很年轻的女性，看来很有知识水平，大学刚刚毕业的样子。她仔细检查了包裹布袋的封口，看看地址，才把包裹拿去称了称，又从抽屉中翻出一张国际邮资收费表，再噼里啪啦地打了一会儿算盘，最后才告诉我说："邮费和挂号费一共是二十元三角。"

我付了钱。这小邮局显然没有大额的邮票，最大的也只不过是一元，而且只得两张。于是这位局长，便找出好几十张小额的两角和五角邮票，把我那两个布袋，像贴膏药般，贴得满满的，连背面的空位也用上了。贴好了，盖了印，她写了个收条交给我。我松了一口气，走出邮局。

半个多月后，回到香港时，这两个邮包竟还比我先一步到达，完好无破损。看来，内地邮局规定用布袋寄包裹，也很有它的道理。我看看那两个难得的布袋，上面有那几十张难得的邮票，还有我那"难得"的拙劣书法，不禁对这两个袋子另眼相看，决定把它们当作宝贵的纪念品，万分珍重地收藏起来了。那以后，我搬了几次家，可是这两个松潘布袋，却一直保存到今天。

松潘这个小邮局，还有一件事很值得一记：它很可能是世界上开放时间最长的一个邮局。

当时，我三进邮局寄包裹，不免担心下班时间快到了，便留意起这邮局的开放时间来，才发现它门口所列出的营业时间，竟长达十五个小时：从早上8点，一直开到深夜11点。我简直不敢相信，以为松潘这么偏远的边塞小城，邮局不可能开放到那么晚。为了求证，我决定当天晚上快到11点的时候，再回来查看这邮局是否真的开放到那么晚。

晚上10点45分，我特地从县招待所走出来，步行到这邮局对面观察，发现它真的仍在营业！这时，邮局里只亮着一盏灯，幽幽暗暗的，只有一名办事员在办公，但它的的确确是开放的，还有三五个人在买邮票寄信。我一直等到晚上11点整，看着邮局终于准时关上了大门，才依依不舍地离去。这回不得不相信了。这很可能是世界上最晚关门的一间邮局，而这样的邮局，竟位于中国川西一个边陲小镇，更让人觉得不可思议。



## 四

清早的长途汽车，一开出松潘县城不久，便经过一大片绿油油的大草原，和一座座的藏族牧场。我的目的地，是位于松潘西北一百多公里的若尔盖。在四川地图上，只画出一条细小的简易公路。当初，计划这段行程时，还真担心这条路上没有班车行走。现在，我不但走在这条路上，而且还发现，路虽小，虽简易，却平坦极了，笔直得很。整条路几乎全建在川西这片辽阔的大草原上。车子简直便是在大草原上开行，向西北方向斜斜地切过去。

坐在车里，车窗两旁是看不尽的大草原和青藏高原特有的牦牛。这片大草原，从松潘以北开始，一直到抵达若尔盖，还没有消失。我看了一整个上午的绿草。

下午1点左右抵达若尔盖，才发现这小城四周的大草原更翠绿，更浓密了。若尔盖根本就建在草原的中央，是一个很新的城镇。我投宿在汽车站附近一家十分破陋的小旅社。每床三元，我包下了整间房，也只不过是九元。客房里很脏，窗上的玻璃破了没修，床单看来许久没换，地板上丢满香烟头，也没打扫。我用旧报纸把这些香烟头扫起来，再换上自己随身带着的床单和枕套，才觉得干净一些。

若尔盖的海拔高达四千多米，在七月盛夏中，气温也只有十多摄氏度。旅社那名藏族女服务员，穿着厚厚的棉袄。我在一家个体户的餐厅，吃过中饭后，便在镇上的几条大街上逛。小镇上有一家新华书店，设在一间简朴的木建楼房里，生意冷清。镇里的居民，显然还没见惯外来的旅人，见到我这外来者，觉得很新鲜，总是紧紧盯着我看，仿佛把我当作一件稀世珍品来欣赏一样。若尔盖比松潘荒凉多了。

下午没事，穿上我那件山羊绒毛衣，准备睡个悠长的午觉。在旅途中能够有时间睡午觉，我常觉得是一大享受。房里很冷，我把那条脏兮兮的棉被都盖上了。一直睡到下午4点多才起来。

在川西的大草原上，牧人经常在路边搭起帐篷放牧。

通往若尔盖的马路边上，马儿在吃草。

无事可做，又不想读书，便提前到那家个体户餐厅吃晚饭。这餐厅窄窄小小的，由一对姊妹在打理。四面的墙壁贴满报纸和明星海报，苍蝇四处飞舞。墙上的报纸都是海南岛出版的《海南日报》。看来，这家个体户，很可能是从海南岛来到这寂清的北地落户的。

叫了一碟豆腐炒肉，外加二两米饭。豆腐酸酸的，不怎么新鲜。米饭细碎而多沙粒。可是这一餐一点也不便宜，花了五大元，以内地的标准来说，算是很贵的了。然而，在若尔盖就只能找到这么一家汉族人开的餐厅，其他的是藏人开的，那股浓浓的酥油味，我受不了。看样子，我和西藏无缘。

饭后，沿着一条小路，穿过一排低矮的民居，到城南的大草原去。一走到这草原的边缘，我便被那巨大的、青翠的空间感动了。草原上，开满了一丛丛美丽的小黄花，远远望去，竟是一片金黄色。还有一条小河，恰似一条银蛇一样的，弯弯曲曲地盘在草原上。我仿佛走进了一个梦境，被眼前的美景迷住了。

我决定深入这大草原去看看。我的目标是草原上一座隆起的小丘。它看来不远，可是我越走越感觉到它仿佛越来越远。走了一个多小时还未走到那儿。或许，辽阔的草原，都会令人对距离

若尔盖大草原黄昏时分的美丽景色

盛夏，若尔盖草原上开满美丽的小黄花。

的判断失准。那些看来不远的物体，其实挺远的。

行走在这草原上，才第一次真正看清草原的本色。若尔盖的草原，显然和我上一年在内蒙古所见的希日穆仁草原，很不相同。这里的草都比较粗壮，比较浓密。四千多米的海拔，也使得云层变得低低矮矮的，好像一伸手就可以抓一把，放进衣袋里。四周有不少山丘，比起内蒙古那没有边际的草原，更耐看，更多变化。

草原远看是大片的青绿色，像一层厚厚的、可爱的、毛茸茸的地毯。走近一看，却可见到地上随处是牦牛留下的粪便，走起路来得格外小心。然而，这草原对我有一种特殊的魅力。我虽然知道独自一人深入大草原的危险，万一遇上什么牧牛的凶犬就糟了，但我不禁被眼前的美景，一步一步牵引而去，顾不了危险了。

走过一座小桥，看着那条银蛇一样的小河向东流去。不远处，有一名老头儿，独自坐在河边垂钓。更远处，有人骑着一匹黑色的马，在放牧一大群的牛羊。夕阳就将西沉了，西边的天空染上一大块橘红色。我终于爬到那隆起的小丘顶上。风很大，远方的山峰，无言地躺在夕照的金黄里。我站在这山丘上，独立在天地的苍茫之中了。

啊，若尔盖，人间绝美的牧场！

草原上一条银白色的细细小河

# 过青海

夏河 · 临夏 · 临洮 · 西宁 · 青海湖 · 格尔木



## 一

若尔盖以后，我就将离开四川省到甘肃南部去了。我的下一站是夏河。这“夏”很可能是指附近的大夏河，但我喜欢把它想象成夏天的河。很美的一个地名，有一种水的意象，和悠远的意境。我发现，中国许多小镇的地名都很美，比如陕西铜川市北面的哭泉、山西的三岔，和湖南的罗依溪。我在安排旅程时，这些美丽的地名常常会影响我的决定。

夏河又是个好例子。我的下一段行程，原本该是直接乘车到临夏，再转往临洮，回兰州，然后乘火车远征青海的。我打算先到西宁，再过青海湖，一直走到格尔木去。那是中国铁路海拔最高的一站，也是我这回第三次中国内地行的终点站。然而，翻查地图，发现了夏河，几乎是因为爱上了这个地名，才决定多绕一点远路，到那儿去。至于夏河有名的拉卜楞寺，仿佛只不过是多添了一道“甜品”而已。

若尔盖没有直达车到夏河。我得先乘车到合作镇，再设法转车去。大清早，车子一离开若尔盖，那翠绿的大草原，变得更为浓密，更美丽了。一整个早上，车子走了超过一百公里，草原始终在车窗外，无声无息地伸展着。一直快到中午时分，车子过了甘肃的碌曲以后，草原才慢慢消失了。

这条路上，汉族人少了，汉语许多时候也不通行了。车上几乎全是藏人，司机和卖票的也是藏族。只有我和寥寥几个出差的干部是汉族。我身旁，坐着一名肥胖的藏族中年女子，穿得厚厚重重的。清早的气温很低，恐怕不到二十摄氏度。大家都把车窗紧紧关上，车里的酥油味和藏族同胞身上的味道，就更浓了。车子经过一座牧场时，车上一名藏族中年男子，抱着一名小男婴下车。牧场里的一名藏族女子，听见车声，骑着马匆匆赶到大路边来迎接。

中午在路边一家藏族餐厅吃午饭。我忘了预备干粮，只得跟随众人进去。幸好，在车上熏了一个早上，似乎慢慢习惯了那股酥油味。餐厅里只卖一样东西——水煮羊肉。先付了钱，领了一个小铁牌子，再把铁牌子拿到厨房去换羊肉汤。负责舀汤的那位老藏人，不懂汉语。我默默地把铁牌子交给他，他也默默地

夏河城中的高山，几乎遮去大半个天空。

给我舀了一碗汤，像无声电影的一幕。他面上带着那似乎永远愁苦悲伤的表情。这羊肉汤清清淡淡的，汤上漂着几片薄薄的肉，几片葱花。

下午2点多到了合作镇汽车站。走进站里，找车去夏河。真巧，再过一小时就有一班车开往夏河，但这样一来，就没有机会到这镇上闲逛了。这班车很挤，坐得满满的。我惯常地坐在车尾的最后一排，很颠。然而，车窗外，下午的阳光那么明丽。沿途经过一座座的小桥，稀稀落落的农家，和一排排高高的白杨。许多时候，车子沿着大夏河的流向行走。我的心情也变得明快起来了。

经过两个多小时的旅程，夏河到了。一到，我就喜欢上这个小城了，因为它正坐落在一座高山的脚下。那山黄浑浑的，光秃秃的，离城中那么近，几乎遮去了大半个天空。我刚走出汽车站，朝拉卜楞寺的方向走去时，还没注意到这座山。后来偶一回头，它就猛然像一头庞巨的史前恐龙，占据大半个天空，瞪着我看。

投宿在城中的民族饭店。服务员起初以为我是内宾，跟我说房钱是十三元。办理登记时，才发现我是香港同胞，原本得收外宾价的，但她说“不好意思再改了”。这饭店很陈旧，但收拾得

夏河拉卜楞寺，有一种藏传佛教的沉厚力量。

拉卜楞寺僧侣居住的小巷子

还很干净。我的窗，面对着饭店后面宽阔的大停车场。一轮初升的月，淡淡地挂在天边。

可惜，饭店浴室的水箱在维修，不能洗澡。从松潘开始，我便好几天没有好好洗过澡了。幸好夏河的空气很干燥，简直像秋天的那种干爽。饭后，用毛巾擦了擦身子，更可以感觉到那种干爽了。夜里，窗外那轮月更明亮了。今晚想必是十五的月圆日。睡前熄灯时，月光轻轻地照进我的房中。

隔天早晨，起了个大早，独自走了一大段路，到城西一公里的拉卜楞寺去。太早了，寺的四周还一片静穆，没有什么游人。偶尔只有几名老喇嘛，穿着红袍，在寺院外的房舍走动。我穿越一条条的小巷，一直走到最大的大金瓦寺去。藏人在转动经轮，燃烧柏树的绿叶。信徒们用五体投地的方式，虔诚地膜拜前进。

我沿着几座寺院走了一圈，沉落入它们的宗教气氛里。这寺不愧是青藏地区藏族的宗教和文化中心，气势那么肃穆、雄大。我第一次感觉到藏传佛教的沉厚力量。

## 二

陇南这一带，有学者说是中国各民族和宗教交流最频繁的地区。游过夏河以后，乘了一辆班车，在中午时分，来到了临夏。这又是一个重要的宗教和文化中心，西北伊斯兰教的重镇。车子一开进城里，伊斯兰教的气息便很浓了。那清真寺高高的圆顶，远远就能见到了。

我住在汽车站的附属旅社。登记时，那名服务员把我的香港居留身份证，看了又看，不能肯定是否能接待我，最后还是勉强地把我“收容”了。“我们从来没有接待过香港来的客人。”她说。

我的客房在最高的一层五楼，那清真寺的圆顶就在窗外远方。

临夏很接近黄土高原区了。它的北面，就是一座高高的台塬。一眼一眼的窑洞，整整齐齐地排列在上头，还有缆车通到山上。下午午睡起来，沿着一条大街，走到最热闹的市中心。一路上，那两排低矮的小商店，几乎家家都在售卖豹皮。一张张花斑斑的皮，挂在小店的门前，在风中摇动。

凌晨5点多，我第一次在中国的大地上，在睡眠中听见那阿拉伯文的《古兰经》的晨祷声。悠悠的、带点悲伤的声调，令人动容。

然而，我这个过客，又得走了，原本打算先到临洮去。但这一天，我的旅程却出奇的顺利。傍晚时分，我竟到了青海省的西宁市。

清早6点多，在临夏汽车站上车时，天还很黑。陇南位于大西北，用的仍然是北京时间。一名维吾尔族商人，把他的大批货物，搬到车顶上去，忙碌得很。车子开行时，风从窗外吹进来，有点寒意，我把毛衣穿上了。从临夏到临洮这一条路，弯弯曲曲的，不太好走，然而司机依然把车子开得飞快。我喜欢在清晨仍然幽暗的天色下，这样子不停地赶路，有如赶赴某一个期望已久的约会。

早上8点多到了临洮，天才明亮起来了。这次为了来临洮，我其实绕了一条远路。要不然，我可以从临夏乘车直接到兰州，再转火车往西宁，路程便近得多了。然而，临洮是唐史上大有来头的一个地方。在研究所时，我专研唐代的军事制度，觉得更是非到临洮不可。因为，唐室第一支长期驻守在边区的军队，就是在今天的临洮附近屯田的，为了防范吐蕃。

如今，临洮只是一个很小的县城了，只有两条大街，两排小商店。我在城中一家小吃店，吃了一碗面，就在城里逛了一圈。那高高的黄土高原，便在县城的背面，黄秃秃的，有一种地老天荒的苍凉。风吹来，黄土飞扬。路两旁稀落的白杨树，都沾满了尘土。洮河瘦瘦干干的，在城外的黄土断崖下静静地流着。

那年，李唐的一支大军，就屯驻在环境这么恶劣的黄土高坡上。戍边的军人，长年驻守在这里，依靠自己的劳力耕种，养活自己，好比流放在外的开荒者，回不了家。这就是所谓的“屯田”了。遇到好心的皇帝，过年的时候，他们或许可以分到皇上赐给的一点酱菜，和一件冬衣。如此而已。

离开临洮时，车子从南往北开向兰州。途中经过康家崖和七道梁的黄土高坡和峡谷，比陕北的更加荒颓了。一根草，一棵树也没有。水土流失严重，山变得更为悲壮了。我在想，洮河边上，不知埋葬了多少戍边军人的尸骨。

## 三

这是第三次来兰州了。我还是过门而不入，连一晚也没停留。当天下午2点多才到，下午4点多又乘搭一列直快火车走了，到青海的西宁去。这列火车，载了许多放暑假回家的大专学生，全车爆满。幸好它从兰州始发，我的硬座票是对号的，还有位子坐。

列车还未进入青海省界，已经可以感觉到那种荒瘠了。所有的山都是光秃秃的，没有树，也没有草，赤褐色的。进了青海，山更高，也更秃了。只有火车轨道边上的梯田，还可见到一点点的绿色。

从兰州到西宁，海拔越来越高，空气也越来越干爽了。在七月夏天的下午走这一段路，感觉到的却是秋天的气息。西安和兰州的那种湿热没了，人也变得清醒许多。傍晚到了西宁，气温只有二十摄氏度。我投宿在西宁大厦的一个套间，要等到晚上8点，热水开始供应后，才能把这几天来身上的尘土好好洗去。要不然，水太冷了。西宁看来是个避暑的好地方。

这次来西宁，最主要的目的，是为了行走在西宁到格尔木的铁路上。这条铁路，是中国海拔最高的一条了。西宁的海拔已经超过两千米，格尔木更高达两千八百多米。火车奔驰在这么高的高原上，对我这种“火车迷”来说，自然有莫大的吸引力。所以，一到西宁，就先去买好了一张第三天开往格尔木的硬卧车票。

然后，趁着在西宁的两天空当，先到附近的塔尔寺去玩了一天。其余的时间，便在西宁市里四处游荡。西宁远比我当初想象得繁华多了，人口有好几百万，市里的公车也很方便。这里的居民，不少是20世纪五六十年代从其他省份迁来落户的。大家来自不同的地方，方言不能沟通了，所以西宁普通话普及的程度，远胜许多内地城市。公车上、市场上听见的，全是普通话。

在西宁两天，我的空闲时间太多了，太优游了，不免得找些事来做。先去尝了青海有名的湟鱼。这鱼产自青海湖，无鳞，肉很细嫩，没有什么鱼刺，很好吃。又走到市里公安局的外事处，打听去西藏的细节。然则，那一年，西藏只容许四人以上的旅行团进入。像我那样独自一人旅行的零散客，都被拒于门外。

看来，我跟西藏是无缘的。而且，我怕酥油味。因此，当外事处那名办事的男子，冷冷地对我说“你一个人不能去西藏”时，我似乎也找到了借口，可以再也不必为了入藏而烦恼了。

这样一来，便安心地期待着我的格尔木之旅了。那日子终于来了。那列303次快车，要到下午4点44分才开行。它将在青藏高原的铁轨上，运行一整个晚上，隔天上午11时许才抵达格尔木。出发的那天，还有一整个上午的时间，可以做好准备。

上车前，先在市里的百货商店，添购了旅途中的一些日用品，再去买了一瓶上好的泸州老窖。午饭时，在火车站附近的那家豪华餐厅，又吃了一尾细嫩的湟鱼。临走前，和餐厅的老板聊起来。他知道我下午就将乘火车到荒远的格尔木，竟对我说："火车上没什么吃的。不如我给你做个香酥鸭，让你带上车当晚餐吃，怎么样？"这建议真好。我当然只有点头的份儿了。

我提着那香酥鸭和泸州老窖，上了那列303次火车时，就完全沉落入一种期望的心情中了。想想看，这是中国海拔最高的一条铁路。它穿过的，将是中国最悲凉的一块土地，宛如月球表面的那种风景。而且，从地图上看，火车将从青海湖的北面开过去。我不知道能不能在火车上见到青海湖，更增添了一种盼望。

我的硬卧铺是中铺。我觉得那是最好的一个位置，比大家都争着要的下铺还要好。因为中铺在中间，比较清静。把行李放好后，换上一条短裤，一双拖鞋，好比回到家里一样自在。我的下铺是一名三十多岁的已婚女性，浙江人，如今在青海一个叫饮马峡的小镇落户。她一个人刚刚从浙江老家探亲回来。一上车，她就用一把汤匙，在挖着一个大西瓜的瓜肉吃，好像把它当作晚饭。

中国没有时差划分。青海用的，依然是北京时间。下午5点在青海，阳光仿佛仍像下午2点那样充沛。可是因为海拔高，温度低，并不炎热。反而觉得，这太阳有如冬天难得的骄阳，照在车窗外那辽瀚的大地上，暖洋洋的，让人看了，都感觉到好比自己就躺在那儿晒太阳般的舒服。

傍晚6点多，餐车上的工作人员，推着一辆小推车，到每个车厢去兜售盒饭，每盒三元。每每觉得，火车上的盒饭又贵，又不好吃。里面常常只有一小片午餐肉，一小块炒蛋，几根蔬菜而已。因此，乘搭长途火车之前，总喜欢在上车前，先去买好当地好吃的东西，提上车当晚餐，省得吃这盒饭了。这一次，行走在青海的路上，我的火车晚餐更是历来最丰富的。我取出我的香酥鸭，坐在中铺上，享受这美味的一餐。窗外，太阳还没有西沉。青海的草地和戈壁滩，仍然沉浴在美丽的夕照中。吃过香酥鸭后，泸州老窖就更为香醇了。

晚上8点多，窗外的阳光依然那么暖和地照着大地。火车已经过了海晏站，开始朝向哈尔盖和刚察站进发了。我查了地图，知道这一带最接近青海湖了。车再行不久，那湖就像一个梦般，像初升的圆月，慢慢呈露在远方的地平线上了。淡蓝的，带点忧伤的淡淡蓝色。我想起了杜甫的名句："君不见，青海头，古来白骨无人收。"但杜甫是从来没有到过青海湖的。

有一段时候，火车就在湖的北边开过去，离湖那么近，只怕一百米都不到。湖和铁轨之间，有一片青青的绿草。湖边常常没有任何人烟，也没有任何房舍，甚至连放牧的牛羊也没有，空空旷旷的。我呆呆地望着这湖，一直到它逐渐消失在暮色中。心

火车从青海湖北面开过去，离湖那么近。

想，总有一天，我会回到这湖边来，或许就在湖边野餐，吹一整个下午的湖风，陪陪历史上那些“白骨”孤魂。

晚上9点多，天才黑了。从青海湖那边刮过来的风，越来越大了，也越来越凉了。大家都把车窗拉下。硬卧车厢里，昏黄的灯光照着我们这些疲倦的旅人。我走到盥洗间去，用毛巾洗擦身子。然后，准备就寝了。半夜里，火车奔驰过一条条长长的隧道，发出一种空空洞洞的回音，夹着呼呼的风声。我熟睡了一晚。

第二天早上，8点多天亮时，火车已经开到了饮马峡。我下铺的那名浙江女子，收拾行李下车去了。那是一个建在大漠上的小站。远方有一座矿场和高高的烟囱。我看着她一个人走上站台，孤零零的，没有人来接，无限凄凉。她昨天告诉过我，她在这孤漠上度过了十多年，每四年才能回江南探亲一次。

不久，火车开始行走在那有名的“万丈盐桥”之上了。这一段铁路，就建筑在中国第一大盐湖察尔汗盐湖上。火车经过时，可以见到白晶晶的盐结晶体，像盐田一样的，堆积在铁轨两旁。运盐的黑色大卡车，在盐堤上开来开去，像军用的车辆。这整个盐湖，恍如一座高度机密的军事基地。

青海的万丈盐桥，白花花的盐田，像积雪。

穿过了这三十多公里的盐桥，格尔木就快到了。上午11时许，列车几乎是正点开进了这青藏铁路上最高最终的一站。

## 四

格尔木站建在市郊的大漠边缘。火车到站时，有小面包车把我们接到市中心的市政府招待所去。我感觉到，格尔木宛如一座科幻城市。它是为了开发柴达木盆地的天然资源而兴建的。城里所有主要的建筑物都很新，都很庞大，而且每座建筑物都间隔得老远，孤单单的，远远才一座。路也建得特别宽大，至少有五条车道。结果，格尔木给人一种空洞洞的感觉。那么巨型的建筑物和大马路，变得那么不真实。走在路上，人都变得渺小起来，有如走进科幻电影中那些魔幻的城市，或一个大人国里。所有的物体都突然膨胀了好几倍。这儿的风沙也特别大。

办好住宿后，我租了一辆自行车，在市内的几条大街上兜了一圈。吃过中饭后，发现竟无事可做，无处可去了，便回到招待所去睡午觉。下午醒来，骑车去火车站对面的那个汽车站买票。西藏戒严以前，不少外国旅客是从这里乘搭长途汽车入藏的。如今，汽车站每天依然有车发往拉萨。但买票的时候，得查看证件。像我这样单独旅行的人，都不让买票进藏。我只得折返西宁去了。

隔天上午11时，回西宁的班车爆满。我坐在最后一排靠窗的位子，挤得几乎无处伸腿。这回，我是特意选择由公路回返西宁的，因为公路将绕过青海湖的南岸，和铁路所经过的北岸很不相同。这条公路，也将带我走过中国某些最荒寒的土地。但没想到，这公路竟是那么的平坦笔直，路上也几乎没有任何其他的车子。我们那辆车开得特别快。我估计，它的车速至少有每小时九十公里。这比内地一般汽车的车速，快了一倍以上。

行走在青海这大漠的中部，那些荒山恰似甲骨文里的“山”字，没有草木，简直成了抽象的物体，回到了最原始的山的形象。太阳勇猛地照着大地。下午2点多到了诺木洪，车子开进一个绿洲，开到一座军营前，接载了几名解放军。他们就在车的走道上，架起木椅坐下。下午5点多开到都兰停车休息，我才在一家简陋的小饭店，吃到今天在路上的第一餐。

可惜，车子开到青海湖南岸的黑马河时，已经是半夜2点多了。窗外一片漆黑，再也见不到青海湖了。我不禁怀念起两天前所见到的那淡蓝忧伤的湖色。遥想当年，吐谷浑占有了这一大片土地。然后，吐蕃来了，把吐谷浑打败，把他们赶了出去。当年，薛仁贵也在这湖南岸的大非川一带，吃了吐蕃的一场败仗。这“青海头”上的青青草地下，恐怕确如杜甫所说，埋葬了不少的“白骨”。

半夜以后，迷迷糊糊地睡着了，感觉到车子沿着一条弯弯曲曲的山路，奔向山下的平原。凌晨5点多，西宁到了。走到西宁火车站的盥洗室去梳洗。然后，又准备乘搭276次直快车回西安了。这一列车，将在上午9点半开出，明天一早才能到达西安。我又在火车上熟睡了一晚。

又见西安，又见西安。西安真是我永远的罗马。这是我第三次回来了，还是投宿在解放饭店。中午，到民航局售票处去买机票时，才发现西安到广州的机位，要等到第三天才有。无端端地在西安多出了两天的时间。趁着这难得的机缘，把西安城里许多从前没时间去的地方，都去走了一趟。

临走的那个早上，我的心情好极了，明丽极了。在解放饭店楼下的粤式茶楼饮茶。同桌的两名台湾旅客，不满服务员的服务态度，生气得茶也不喝，点心也不吃，账也不付就走了。等到他们走远，服务员才惊觉客人走了。我平静地看着他们离去，还把这一情节记在笔记本里。一直坐到接近中午时分，才动身到机场去，准备乘搭下午4点多的班机，飞广州再回香港，结束我这悠长的第三次中国内地旅程。

那一年，西安的机场还在市郊的西稍门，还没有迁到遥远的咸阳。我的班机准时起飞。不久，又翻越秦岭了。见到那苍翠的山，在机窗外，白云下边。

当天晚上，回到了阔别几乎两个月的南方。一走进香港的宿舍，便把书房的所有窗子全都打开，让沉积了两个月的空气散去。再把浴室的水龙头拧开，让水管内早已积满铁锈的黄浊浊死水也全部流去。洗过澡后，躺在自己的床上，才惊觉自己几乎两个月都睡在别人的床上。家里的床真干净，真舒服。

# 随兴的旅程

## 上海 · 杭州 · 苏州 · 祁阳 · 永州 · 福州 · 武夷山 · 惠州 · 虎门



### 一

一连两年的暑假，在中国大地上行走了超过一万公里的路，我开始有了一种“饱满”的感觉，也有点累了。我想放慢步伐，在今后的一段日子里，以一种更优游的心情，做几次比较短的、不需怎样筹划的随兴的旅程。然而，1990年依然是我行程最频的一年。

那年七月中从西安回到香港后，我还有另两次中国内地行。八月中又去了一次。那次主要目的是为了“带”我母亲回她的梅县老家。又陪她到北京、上海、杭州和苏州去玩了一趟。这是我的第四次内地行，但比起前两次的旅程，算是很短的了。

这一次旅程，特别可记的是，我们几乎都住宿在各地的华侨饭店。而且，因为有母亲做伴，点菜的时候，可以多点几道。结果，这一回恍如一次美食旅程。我们几乎吃遍了这几个城市的名菜。

这是母亲四十多年来第一次回她的老家。可是，我看她的回家，好像并不怎样伤感，完全没有近年来探亲文学中所描述的那种哭哭啼啼的场面。毕竟，四十多年了，所有的感情想必都已经沉淀了。

甚至，我还觉得，母亲到家的那个场面，很有一种欢庆的味道。或许回家本该如此，应当是欢欣的。我表哥老远见到我们走来了，就在那古旧的祖屋门前，燃放起一串长长的鞭炮。红红的纸屑在空中飞舞起来了，火药烟味向我们这儿飘过来。我们停在乡间的小路上等候。突然，我那姨妈从屋子里冲了出来，一把抓起了我母亲的手，还来不及问候，便拉着她冲过这一片飞舞的鞭炮，往家里跑去了。

这一串鞭炮，似乎驱走了不少久别重逢的生涩和尴尬。我在一旁看得很清楚，我姨妈和母亲两人，几乎是以年轻小女孩躲避鞭炮的那种又兴奋又害怕的步伐和笑声，冲过那些满天飞舞的爆竹。她们好像都忘了，这是她们四十多年来的第一次见面。我想这样的重逢场面也真不坏，可以拍成电影，很超脱。

在梅县，我们住在华侨饭店。几天下来，在饭店的附属餐厅，吃遍了客家人的名菜。当然，还吃了不少“仙人的糕点”。

到了北京，我们正巧又投宿在华侨饭店。然后，在一个午夜从北京飞抵上海虹桥机场，叫了一辆出租车，去的又是华侨饭店。这饭店里的水有一种特别浓烈的化学消毒水味道。这是我第一次来上海。然而，这种水的味道，竟是上海所留给我最深刻的印象之一。

第二天，从上海乘火车到杭州，又是住宿在华侨饭店，在西湖边上。我们游过了西湖，便到湖边的老字号“楼外楼”去品尝了几道著名的杭州菜：东坡肉、西湖醋鱼、宋嫂鱼羹和莼菜汤，都很好吃。有一回，我还单独一人跑去奎元馆，吃了一碗虾爆鳝面。

在杭州，除了看和吃之外，我倒是还做了一点“功课”：到灵隐寺附近的天竺寺去，查访一通宋代石碑的下落。这通宋碑，也就是河南宝丰县那通《大悲菩萨传》碑的翻刻。据我所知，它曾经在公元1104年，重刻于杭州的天竺寺。可惜，我从现代的下天竺寺，一直走到上天竺寺去，都找不到此碑了。看来它早已不存在了。

然后，我们乘搭了客轮，沿着古运河，漂流到苏州去。船在傍晚开行。几十艘客船，以粗绳连系在一起，排成一条长龙，再由最前头的那一艘船，开动引擎拖着行走，像母鸡带小鸡那样。经过一整晚水上的旅程，第二天一早抵达苏州。

在苏州，我们游过了那些名园和寒山寺后，又到观前街的那些老店去，寻访江苏小说家陆文夫所描写的那些苏州美食。八月中回到香港后，我发现我的体重增加了至少两公斤。

## 二

1990年十二月的寒假，我又独自一人上路了。特意选择在十二月出发，正是为了体验一下中国内地的冬天。这一回，走的是一条徐霞客走过的路，也是我的第五次内地行，一次文学的旅程。

三百多年前，明崇祯十年，即公元1637年的春天，明代大旅行家徐霞客来到了湖南的南岳衡山。他翻越过衡山之后，便沿着湘水，到祁阳去，停留了几天。然后，他又乘船到了永州。他后来把这一段旅程，记录在他的《楚游日记》里，收在他的《徐霞客游记》中。

永州便是柳宗元《永州八记》的永州。他曾经在那儿度过寂寞漫长的十个年头。至于祁阳，在中国文学史上的名声，虽不及永州，但中唐诗人元结，曾经选择在那里安度他的晚年，也在那里营建他那有名的浯溪摩崖石刻。他所撰的《大唐中兴颂》，便是请他的好友颜真卿楷书，刻在那里的一面石壁上的。

1990年的初冬，我读了这段徐霞客的游记，便决定追随他的脚步，走这一段路，去寻访这两位唐代大诗人的踪迹。那年寒假一到，便从香港进入广州。然后，乘搭了京广线上的一列快车，在一个寒冷的夜晚，来到了衡阳。隔天，先到衡山去玩了一天。第三天的中午，才坐上一辆开往祁阳的长途汽车。

冬天了，从衡阳通往祁阳的路上，一点绿色也没有。沿途所见，莫不是泥黄的色调。天还不断地飘着微微的雨丝。那一大片古老的土地，泥黄黄的、浑浑沉沉的，显得更苍老了。冬天的田里，没有什么农作物，也没有什么农人在工作。大家仿佛都伏在家中，过冬去了。我坐在车尾，穿着一件毛衣，一件外套，仍然觉得十分寒冷。在我周围，都是当地的老农人。他们几乎都一律穿着那种深蓝色的棉袄，默默地抽着烟。他们的脸上，都带着一种农人特有的哀伤神情。

盛唐诗人元结，来到湖南祁阳这个面临湘水的地方，卜居守制。

车子开得很慢，一直到下午6点多才开抵祁阳县。太阳已经沉下了，冬天的萧索更浓。我下了车，提着行李，站在黄昏的街头，一时之间，竟不知该往何处去了。这次祁阳永州之行，我唯一的“向导”便是徐霞客的那几段游记。我连一张地图也没有。

往前走了一小段路，才见到一家惠宾旅馆。走进去，原来是一间家庭式的旅馆，看来是私营的。老板知道我从香港回来，招呼得更热情了。他说，他开业那么多年来，只接待过一名香港回来探亲的同胞。他奇怪我怎么会到祁阳这么偏远的小县城来。我只好实说：“我是来看看浯溪摩崖石刻的。”

“哦，浯溪！浯溪就在前头不远。过了一座桥就是了。”他指了指方向。

第二天早上，雨停了，太阳也出来了。我在大街的桥头，找到了一辆机动三轮车。旅馆的老板说得没错，浯溪就在桥南的另一头。桥下流着的，便是徐霞客当年乘船经过的湘水了。他是从水路登岸的。

如今，浯溪的摩崖石刻，已成为全国重点文物保护单位，建有一个管理所。买了门票进去，园里清清静静的，只有三五个游人。我一直走到园里临近湘水的一个地方，便见到了浯溪有名的

浯溪多巨石，元结就在此营建他的石刻。

“三铭”。那是元结把自己所写的三篇文章，请友人用三种不同的篆体书写，刻在石壁上的。这三通石刻，历经一千两百多年的风雨，仍然完好。

浯溪原本只是湘水边一条无名的小溪。当年元结卸下道州刺史的官职，乘船回乡时，发现这里的风景清幽，便选择在这溪边安度他的晚年了。浯溪是他给那条无名小溪取的名字。这“浯”字从水旁，其实原本就是个“吾”字，是元结自创的字。浯溪者，我的小溪也。

三百多年前，徐霞客所见到的浯溪，乃“由东而西入于湘，其流甚细”。今天，浯溪依然只是一条不起眼的小溪，仍然静静地流入湘水。元结晚年在这里，天天面对着他的小溪和湘水，生活应当是写意的。

浯溪最有名的，还是那通《大唐中兴颂》碑。碑文是元结写的，记述了安史之乱，玄宗奔蜀，肃宗即位，收复长安、洛阳等事。大历六年（公元771年），他请他的好友书法家颜真卿，将碑文以大字楷书，然后刻在浯溪边，面临湘水的一面绝壁上。

这摩崖石刻很高，高达七米，气势雄大。当年，徐霞客来到这里时，曾经因为找不到拓工来拓碑，而深深感到遗憾。他写道：“恨摩崖碑搨架未彻而无搨者，为之怅怅。”碑到现在仍然完好，但保护得更严密了。不但不容许拓印，连拍张照片也不可了。

浯溪这几通唐碑，都是元结亲手营建的。更难得的是，一千多年后，它们仍然保存在当年立碑的原地，没有被搬运到什么“碑林”去。如今，站在它们面前读碑，下意识地感觉到，元结的幽灵，仿佛就在我的左右。

浯溪以后，又效仿徐霞客，到永州去。当年，徐霞客取道水路，乘船从湘江去，走了整整三天才到。现在，祁阳汽车站已有直达车到永州，全程只有五十多公里，远比水路短。我是在祁阳吃过一顿悠闲的中饭后，才在下午2点乘搭了一辆长途汽车，在大约3点半抵达永州的。

十二月底的永州相当冷，只有十四摄氏度左右。我投宿在汽车站附近的香零山大厦。这旅馆很简陋，没有暖气，厕所和浴室是公用的。房里太冷，我待不下，决定先到市里去闲逛，活动活动筋骨。

永州是个上千年历史的城市，而今灰兮兮的，在冬天的寒冷下，显得更单调了。我想起柳宗元在这里度过十年的流放生活，十个不快乐的年头。这城市给人的感觉，就更沉郁了，更没有什么欢乐的气氛了。

夜里，天气更冷了。我缩在厚厚的棉被里，依然觉得寒冷，不禁想起柳宗元在《永州八记》的第二记《始得西山宴游记》中所形容的那种“恒惴栗”的感受。那是他被流放到永州后的心情。他活在一种无言的恐惧之中，有一种被迫害的苦楚。

第二天早上，乘搭一辆市里的公车，到人民医院站下车。然后，顺着一名路人给我指示的方向，穿过医院，走下一座高岗，走到柳子街上去寻访柳宗元的踪迹。这条柳子街，两边还保存着

永州柳子街上古老的民居

不少明清时代的民居和商店。黄褐色的门板，发出一种悠悠远远的古意。走了大约半小时，便来到了柳子庙。那是清末重修，纪念柳宗元的。庙里有好几通明代的石碑，还有一座很罕见的古戏台。而今，这戏台早已荒废不用了。只有几个小孩，爬到上头去追逐。

然后，走过庙前的一座小桥。桥下，便是柳宗元在他的诗文中常提到的愚溪了。沿着这条小溪的西岸行走，穿过几家农舍和农田，便慢慢走进了《永州八记》里的风景了。在我左边，便是那有名的西山。那年秋天，柳宗元曾在那儿“引觞满酌，颓然就醉，不知日之入”。他醉得不想回家去了。

再往前走，这一片田园的风景更美了。我右边的溪水很清绿，很平静。在溪边，遇见一名在农田里耕作的老农夫。他很熟悉地告诉我：“哦，那里就是钴鉧潭。那边是小丘。再过去就是小石潭。”我望着这名满脸风霜的老农，和他那一片古老的农田，觉得他简直就像是从柳宗元文集里走出来的人物。

沿着这条愚溪，一直走到小石潭处，再走回来。然后，越过愚溪桥，沿着潇水边上的沿江西路，走回城中。吃过中饭后，我想起柳宗元当年是在法华寺独坐时，首次发现西山的。而今，这

永州潇水上的渔舟

这是否是柳宗元所见的“独钓寒江雪”？

法华寺当然早已不在了。然而，在那遗址上，仍然有一座寺庙，叫高山寺。下午没事，我爬到那儿去，望着山下的永州市，和潇水西岸的西山，感觉到自己真的处身在柳宗元的山水之中了。

## 三

1991年的暑假，我原想好好休息，不到中国内地去的。但到了七月底，还是按捺不住，临时又决定去走了一趟。这是我的第六次中国内地行。我想看看闽南和闽北。这仿佛又是一段美食的旅程。

七月底，一飞到厦门，便在留意“佛跳墙”这道名菜。厦门没有佛跳墙，泉州也没有，一直要往北走到福州，才“惊识”佛跳墙。半路车上有个福州人对我说：“佛跳墙是道地的福州菜。你若在其他地方吃到佛跳墙，那恐怕都是假冒的。”

一到福州，下了那辆长途汽车，便向汽车站附近一家小卖店的老板，打听“去哪里吃佛跳墙最好”。我好像问对了人，这名老板马上说：“啊，佛跳墙，当然是去福州大酒家。”他还说：“前一阵，北京举办一个全国厨师比赛，福州就是派这酒家的那

冬天从法华寺遗址所见的西山景致

两兄弟大师傅，去表演做佛跳墙的。”

“哦，是吗？”我半信半疑。

“要吃佛跳墙，还得先预订的。你可以打电话去订。”他说。

我拿出福州市的地图。他马上帮我找到福州大酒家的地址，还有电话。

到了宾馆住下，我便准备打电话了。这是我第六次来中国内地，但竟是第一次在这里使用电话，而打电话的目的，竟然是为了吃佛跳墙。

电话那端的那名女士，很有耐心。“对，佛跳墙要预订。你今天订，明天晚上可以来吃。一个人四十五元。”

她问了我的名字。我和她说好，明晚7点来吃。放下电话，我才想到，这样子预订，好像太随便了些吧。不必收订金，他们就相信了我吗？明晚真的能吃到佛跳墙吗？

隔天，先到于山定光寺的严复读书处，又到福州西湖去玩了几乎一天。吃佛跳墙的时间仍未到，所以还去林则徐的祠堂转了一圈。

晚上7点，准时来到东大路的福州大酒家。门口站着两名穿制服的女招待。我一走上前，其中一人便问：“请问是赖先生吗？”吃佛跳墙仿佛是很隆重的一件大事。我见到她手上拿着一张纸条，上面写着我的名字。

在餐厅坐下，才发现原来这儿是专做结婚酒席的。平时没什么人来，生意清淡。那晚除了我，就只有另一桌的四人。我多点了几样菜：白炒螺片，煎糟鳗，清炒空心菜。

佛跳墙来了。一人份的，装在一个精致的小瓷坛里。有海参、鱼翅、干贝、蹄筋、鱿鱼、鹌鹑蛋等材料，用鸡汤慢火炖了好几个小时的。汤很鲜美，很好吃。

这一顿饭，吃得很悠闲，好像多少补偿了我当年在云南宜良，没有吃到宜良烤鸭的遗憾。

隔天早上，乘搭一列火车到南平，再转换一辆长途汽车，往建阳和武夷山去。在车上，望着窗外的风景，我心里却在想着中国印刷史上的一件事：南宋时期，福建建阳地区的雕版印刷是有名的。在版本学上，建阳的麻沙本不是最好最精的一种，甚至还经常被有识者讥笑，但建阳无疑是南宋一个很重要的书籍出版印刷地，一个文化重镇。我想看看今天的建阳变成了什么样子。

公路右边的江水很绿。这一带属于山区，风景翠绿，有山水的恬静。车子到了建阳，我一看，它和其他县城没有什么两样。几条大街，几排国营商店，还有一些个体户开的小店罢了。如今的建阳，已不再是出版印刷的重镇了。

然而，这次闽北武夷山之旅，却让我对南宋有了更切身的体会。朱熹是江西人，却长期在武夷山区讲学，晚年更搬到建阳的考亭。在这山区行走时，我第一次感觉到南宋文化和理学跟闽北的贴近。后来，在武夷山附近的崇安县汽车站，准备搭车去邵武，见到有车子开往北部的江西上饶。也有不少江浙来的旅客，在上饶火车站下车，再转汽车来武夷山玩。看着这些来来往往的旅客，一时之间，我更惊觉闽北居然是那么靠近南宋那个“小朝廷”。上饶离南宋的都城杭州不远，只有三百多公里。如今，坐火车八个小时便到了。

闽北也是我们客家人当年南下的路线之一。游过武夷山后，我从邵武，经泰宁、建宁，一直走到宁化去。这些小镇都很纯朴可爱。我大致每个地方都停了一晚，很悠闲。宁化的石壁村，更有人形容它是“客家人的摇篮”。我乘车去玩了一个早上，发现那里的客家话和我的梅县话很不一样。我只听懂几个单字。

然后，我便转车到长汀，第三次回我的老家梅县了。

这次我沿着福建的西北部回来，表面上似乎是“寻根”。其实，很可能是因为太想念老家那有名的小吃“仙人板”，而特地绕了这么一条远路，赶回来吃的。仙人板即福建人说的仙草，那种黑色的结晶体。我在前面《仙人的糕点》那一章中，作过一个小考据，说这仙人板的意思，就是“仙人的糕点”，是上天赐给仙人的美食！

阔别一年，仙人板依然那么柔滑甜美。梅县的老百姓，真是何其有幸，竟有缘天天吃到这仙人的糕点！

## 四

1992年的春节，我一个人留在香港，棠儿和她妈妈都远在美国。心想，不如学香港人，到外地去“避年”。我看着《中国地图》，决定去华南玩玩，看看那里的老百姓怎么过年。这是我的

石壁村最动人的，是那种中国农村朴实的美。

石壁村的农田、农舍、大树和淡淡的远山

第七次中国内地行，更是行程最短的一次，只有两天。

我知道，大年初一，深港两边的海关必定爆满。但我特地选在大年初一出发，想尝尝海关爆满的滋味。

一大早到了罗湖，那排队的人龙已经在团团转了，很长，正是我期待的。我带着看热闹的心情，跟在龙尾。我身边的人，都急着赶回乡下去探亲。他们的心情是急躁的，总想往前插队。过这一关花了两个多小时。

到了罗湖桥，人更多了。桥头和桥尾都站满了人。我持护照，走另一条通道，比持回乡证的香港人快一些过了关。

这次北上，打算先到惠州，再到罗浮山，然后去虎门。虎门便是当年林则徐销毁鸦片的地方。我想去看看那两个销烟池。

深圳到惠州的小巴车费，平时只港币三十元。新年期间涨了一倍多，要八十元。下午1点多到了惠州，投宿在简陋的汽车站大厦。柜台那名办理住宿登记的年轻女性，和楼上那名负责开房门的老头，大年初一还在开工。旅社的生意清淡。那老头告诉我，今天只有我和另一名旅客。

惠州街头，满地是红红的鞭炮纸屑。爆竹声不断地从远方传来。我走到惠州的西湖去。游人很多，大人小孩的衣着很新，很华丽。我想起《儒林外史》中那位马纯上游西湖的情景。然而，我却不想学马纯上，游湖以后，回到了下处，便“关门睡了”。他竟“睡了一天”，里面是大有文章的。

我走进西湖边的一家餐厅，想吃一顿丰富的晚饭。这家餐厅好像是香港人开的，招呼不错，但不便宜。或许新年人手不足，我点的三样菜，只来了两样。隔邻一桌五人，好像是北京来的个体户，和我一样在外地过年。

饭后走在惠州街头，爆竹声已经慢慢沉落了，夜也全黑了。

街上还有人在卖潮州柑，一市斤人民币一元。我买了两个，边走边吃，很好吃。回到旅社，那老头在看电视，中央电视台的春节联欢节目。他新年也没回家。或许，他长年便住在柜台后面的那间小房。

大年初二，惠州汽车站几乎所有的车子都停发了。好像只有开往广州的班车仍照常出发。看样子，我是去不了罗浮山了。问售票员，她说："过了十五再来吧。"华南的春节确是休息的季节，长达半个月的。

幸好，走出站时，发现还有个体户开的巴士去东莞。正好可以到那里吃午饭，再转往虎门去。一路上，都是香港和海外华人投资的工厂，家家门前都有满地红的鞭炮纸屑。

到了东莞，有小巴到虎门。在现代的广东省地图上，找不到虎门这地名了。或许这名字杀气太重，现已改为"太平"了。但东莞一带，不少人仍然沿用着"虎门"这旧名。连小巴的牌子上，也往往在太平下用括号注明为虎门。

虎门，中国近代史上轰轰烈烈的一个地方。鸦片战争时，英军攻占这附近的炮台。林则徐在这里销毁了两万多箱的鸦片。我想去看看那两个巨大的销烟池。

林则徐在虎门所建的两个巨型销烟池之一

销烟池周围的围墙和排水洞口

一到虎门，我就从市里步行了大约半小时，走到林则徐的销烟池旧址去。一进门，便可以见到左边那两个巨型的销烟池。池里装满了水。池边有一棵繁茂的老榕树。池后面，有一条小河。不知情的人，可能会误以为它们只是什么荒废的游泳池，或农人用来蓄水养鱼的池塘。

虎门销烟，常常被人误以为是“烧烟”：用火来烧毁那些鸦片的。有些教科书也犯此错误。甚至连我的一位诗人老友，也这么说，且有诗为证：

像那年林则徐烧烟
那重生的凤凰
自虎门熊熊的火焰中飞起

但我用读史的精神来读这首诗，却不得不怀疑此诗的“真实性”。因为，虎门销烟，用的不是火烧法，而是很有科学头脑的“化学消溶法”。先把河水引入那两个大池，再把大批的盐溶入水中。过后才把鸦片分批倒进池中，让盐水把鸦片溶化。接着，加进生石灰，起化学作用，“使鸦片分解销蚀”。最后，在退潮时，把消溶了的鸦片全流放到池后的小河，再随着河水流入大海。这样的销烟法，的确有滚滚的浓烟，但有没有“熊熊的火焰”，恐怕就很成问题了。

我后来站在销烟池后靠海的一座桥上，从高处往下望，把这整个场景看得更清楚了。当年，这两个销烟池，刻意选在这临海的河边建筑，显然是经过一番悉心研究的。

# 武梁祠

武汉 · 郑州 · 开封 · 嘉祥



## 一

1992年春，我开始筹划我的第八次中国大陆行，发现中国的铁路线，百分之九十已经被我走过了。还没走过的，主要集中在东北三省。然而，可能因为唐代的重心在西北，对东北可说根本没有什么经营，我这个读唐史的人，不免也对东北兴趣缺缺了。唐代的大诗人，到过西北的可说不少，至于到过东北辽宁以北的，就想不起有谁了。我呆呆地看着整幅中国地图，这么大片的土地，一时竟好像无处可去了。

看着看着，蓦然发现山西中部和陕北一带，有一大块地方还没到过。我可以去登五台山，再北走恒山，向西往应县、保德，越过黄河，到陕北的榆林。然后，往南到延安、黄陵、铜川，再往东到蒲城（即杜甫当年到过的奉先），和司马迁的故乡韩城。跟着，越过黄河重返山西，经运城南下三门峡，去看看“中流砥柱”。再往西走，经西安到周人的发祥地扶风、凤翔，北走西峰、平凉、固原。最后，从泾川、麟游，重返西安，结束此行。这样一来，山西、陕西、甘肃和宁夏这些我还未到过的小县城，便可以都走遍了。

此行的最大特色是，这条路线几乎是没有铁路通行的。我这个火车迷，决定也改变一下口味，改乘汽车，穿越这一大片典型的黄土高原。这样想着想着，又激起重游中国大地的兴奋了。那年春天还没结束，我已经在默数日子，殷切等待着夏天的到来。

五台山和外界颇为隔绝。虽然北京到太原的京原铁路，可以通到山脚下的一个小镇砂河，可是这条路对我来说并不方便。于是每天查看地图，寻找最佳的登山路线。这样子把地图翻着翻着，最后行程竟越加越长，连山西隔邻的河南、河北及山东省，也想“顺便”一游了。

最终决定，先从广州乘飞机到武汉，再乘火车到郑州，然后去开封，往山东的嘉祥和孔子的故乡曲阜。接着登泰山，游老残的济南和出土甲骨文的安阳，再北走保定。最后才从保定乘客车上五台山。这样，还可以顺路到保定附近的满城，去看看西汉中山靖王刘胜夫妇墓。等到这路线终于确定时，夏天也快到了。

## 二

从广州飞抵武汉的那一天，正巧是六月二十一日夏至，盛夏正式展开的第一天。武汉号称中国“四大火炉”之一，但我来时，却下着雨，天气潮湿，幸好不是太闷热。南湖机场冷冷清清的，没有什么旅客抵达，所以连机场到市区的民航局班车也停开了。我独自一人提着行李，走到机场外不远的公路上，搭了一辆市郊的公共汽车进城，投宿在武昌火车站附近的九州饭店。

其实，从武汉、郑州、开封到嘉祥的这段路上，我最感兴趣、最想看的一个地方，却是位于嘉祥郊区的汉代武梁祠。这座汉祠，曾经被黄河的烂泥淹埋在地下好几百年，一直到乾隆年间才被金石学家黄易重新发现。可是因为嘉祥和外界颇为隔绝，交通不便，它一直不怎么为人注意。一直到今天，还是没有多少人晓得这地方。

但几百年来，武梁祠却一直吸引着一批很特殊的中外访客。在清代，不少金石学家来过，史学家也来过。在现代，北大名教授容庚来过，法国汉学家沙畹来过，甚至连美国的“中国通”费正清的太太也来过。那年春天，哈佛大学巫鸿教授那本全面探讨此祠的英文专书《武梁祠》（Wu Hung, *The Wuliang Shrine*），刚好由美国斯坦福大学出版社出版不久，我读后印象十分深刻，也决定专程到嘉祥去走一趟。于是，武汉、郑州和开封这三个大城，对我来说，反倒变成是“陪衬”的，只是通往嘉祥去的三个中途站罢了。

所以，我在武汉也只准备停留一晚。那天抵武昌后，傍晚时分，便乘了公车，经武汉大桥，到长江对岸的汉口市中山大道去，为了吃蔡林记的热干面，和四季美的汤包。第二天，游罢归元寺和黄鹤楼，又在长江岸边的一家酒楼，吃过了武昌鱼，饮过了长江水，再买了几两上好的茶叶后，我便乘搭下午4时5分始发的218次直快火车，离开武汉到郑州去了。火车在凌晨2点多到达郑州。郑州站是整个中国，也是整个亚洲最繁忙、最多列车停靠的火车站。火车站对面的那些旅馆，不论大小，都是通宵营业的。夜里两三点，还到处可见到刚抵达的成群旅客，挤在柜台办住宿。我在中原大厦的宾馆，找到一间简陋的客房，沉沉地睡了五个小时。

郑州，商代中期的一个都城，真是一片古老的土地，比安阳还要古老。第二天早上8点多起床后，我走到火车站广场附近，正巧有一家标榜“国营”的旅行社，正在拉客去游黄河以及郑州北郊的大河村遗址。

“车子就要开了，你快买票吧。”那小伙子说。

我半信半疑。我知道，所谓“很快”，里头往往大有古怪，经常是要等整辆车子坐满了人，才会开车的。

“不骗你，我们是国营的，时间到了就开车，不像个体户。”

这倒是真的，而且大河村遗址很吸引我。于是买了一张票，二十五元人民币，除了车费，还包午餐。果然，这家国营的旅行社没骗人。9点半一到，车上只有零零星星的十余人，却居然准时开车出发了，十分难得。

大河村位于一大片麦田中央，是个包含仰韶文化和龙山文化的新石器时代遗址，现在已经盖起了房舍保护。这里没有什么游人，清幽幽的。讲解员的知识水平很高，都是留在遗址上作研究的考古人员。我特别喜欢一个彩陶双连壶，好像一艘双连船的样子。据碳同位素测定，它已经有五千年左右的历史了，古拙而又浪漫，形制很罕见。

黄河我已经见过多次了，但每一次的地点都不一样。第一次在兰州，第二次在河套流域，第三次在山西与河南交界的三门峡。这一次在郑州，是所见最靠东部的黄河了。河上，有一座长长的郑州大桥。每隔几分钟，就有一列火车在桥上开过去，往南或往北。我站在黄河边，望着火车恍如一条大虫般爬在桥上越过黄河，心里有一种莫名的感动。

有黄河就有鲤鱼，但仿佛是郑州的黄河鲤鱼最有名。街头上经常可以见到餐厅挂着红烧黄河鲤鱼的牌子。游黄河时，心里正想，昨天我才吃了长江的武昌鱼，今天若能尝到黄河鲤鱼，来个“才尝长江鱼，又吃黄河鲤”，岂不妙哉！

可惜，这是一个贪念。上天大概想惩罚我，偏不让我吃黄河鲤鱼。游罢黄河，回到郑州市里的时候，已经是下午3点多了。午饭时间早过了，晚饭时间又还没到，而我又想在当天就离开郑州，赶到开封去，所以就这样错过了郑州的黄河鲤鱼。

当时还天真地以为，开封也在黄河边上，应当也有黄河鲤鱼吧。没想到，到了开封，鱼是有的，可是竟都不是黄河鲤鱼。所以，现在回想起来，这道菜便成了“我没有尝过的黄河鲤鱼”，和那道“我没有尝过的宜良烤鸭”一样，空留下无限遗憾。

开封离郑州只有大约七十公里，虽有铁路连接，但汽车每隔一小时一班，更为方便。我抵达时，已经7点多，天快黑了。匆匆赶到开封宾馆去办好住宿，又匆匆走过一条横街，来到开封老字号的又一新饭庄，没想还是来迟了。服务员快下班了。我想吃的开封名菜筒子鸡没了，鲤鱼焙面也没了。“只剩下小笼包子了。”女服务员说。

吃完一笼小笼包子，走到附近的一条街上，发现人群涌涌，小食摊摆满街道两旁。原来这就是开封有名的夜市，售卖各种各样的小吃。有马家卤牛肉，童家筒子鸡，还有各种“扣碗”，各种“活菜任点”。我每样都尝了一些，摸摸肚皮，很撑，再慢慢走到那条现代仿造的宋都御街去逛。

在普林斯顿东亚研究所时，我曾经跟刘子健老师念过两年的宋史。刘老师是名满国际的宋史权威，上课时非常投入，充满热情。听他的课是一件很享受的事。这次到这座北宋的都城来，多少也是为了这点因缘。现代的开封，当然再也找不到《清明上河图》那种文雅的生活，也寻不到《东京梦华录》中所描写的那些民俗曲艺了。在仿建的御街上行走，不免感到这又是一种“后现代”的嘲讽。回时无意间经过书店街，见到那两排明清时代的楼房，才觉得开封还算有点古意。

第二天一大早，走到开封宾馆不远的大相国寺，还没到开放时间。我从大门的门缝往里瞄了一眼，便走了。再乘公车去游了铁塔。上午10点，我已匆匆坐上开往山东嘉祥的班车，准备到武梁祠去了。

## 三

下午4点多，班车终于跑完那两百多公里的路，经兰考、菏泽、巨野，来到了嘉祥。进城时，我一眼瞄见车窗外有一家“八一宾馆”，赶紧叫司机停车，让我下车。后来才发现，我这动作还是太紧张兮兮了些。因为嘉祥这县城真小，只有一条大街，连其他小县城常有的东、南、西、北四条大道，它都没有。班车即使开到县汽车站才停，也离这宾馆不远，走几步就到了。不过我的猜测没错，这确是县里唯一的宾馆。

原本打算休息一晚，第二天一早才去寻访武梁祠的。不料办好住宿，洗了一个痛快的冷水澡，正准备出门上街逛时，发现宾馆门前就停着一辆出租的小面包车。这么小的县城居然有出租车，倒是很罕见的。我不禁对这辆车子刮目相看，心想明早或许可以租这车子到武梁祠去。

司机很年轻，恐怕二十岁不到，坐在车上抽烟。他见我东张西望，马上走下车来拉生意。

“要车吗？上哪儿？”

“我想去武梁祠，明天早上去，你明早在这里吗？”

“哎哟，何必等明天呢？现在就去都还来得及。”

“太晚了吧，已经5点多了，武梁祠早已关门了吧？”

“没事，没事。我认识里面的管理人朱教授，叫叫他就开门了。”这小伙子越说越起劲，很会拉生意，显然是改革开放后全新一代的个体户。“怎么样，收你三十块钱，来回一趟。怎么样？”

真把我说得很心动。看看天色，还是满天白花花的阳光。如果依他所说，还可叫开门探访武梁祠，倒可省了明早的时间。或许这位小伙子提到朱教授，令我对他比较有了信心。心想，小镇里人不多，大家都认识，并不出奇，看来他不像是骗人的。

于是，把心一横，点头说好。

小伙子高高兴兴地跳上车，发动引擎。他那副猴急的样子，令我想起两年前在河南宝丰县碰到的那位马师傅。车子开行后不久，突然，他把车子停在路边，向一名打扮颇入时的年轻女孩招呼：

“我们要去武梁祠，你去不去？”

“你们去武梁祠啊？”女孩撒娇地说，“不了，我不去了。送我回家可好？”听她的口气，仿佛去武梁祠好像去看电影一样。

“好吧，上车吧。”小伙子说，还给我介绍他的这位朋友，“她就住在我们村里，顺路送她回家。”

内地小镇上出租车这种半路搭载朋友的作风，我早已领教过了，久了也就不以为意。曾见过香港台湾的一些同胞，常因为这点和司机闹得很不愉快。走到半途另两个地方，小伙子又遇到他的几位朋友，说是共青团的，又主动地邀他们上车去游武梁祠。最后，小面包车上除了司机和我外，还坐了另两人和那女孩。大家兴高采烈地同游武梁祠，真的好像一齐去郊游远足一样。我倒是不觉得司机在占我的“便宜”，反而更放心了，因为既然他敢邀朋友去游武梁祠，看来他的确真有把握，有本事在下班时间后，找到那位朱教授来让我们大家进祠去参观。

车子离开县城，向着武宅山的方向进发，到了一个叫纸坊的小村子，那女孩便和我们说再见，回家去了。越往前走，路越来越狭小，弯弯曲曲地经过好几个村庄。沿途所见，不是刚刚收割后金黄色的麦穗，就是泥黄色的土墙和低矮的土筑民居，一片原始粗朴的乡下景色。武梁祠位于如此偏远淳美的农村里，难怪除了金石学家和史学家外，它并不怎样为外界的人所知。也似乎幸好如此，它才逃过历代的兵灾和人祸，保存至今。

突然车子转了一个弯，在我们眼前，竟出现一条宽敞的柏油马路，和周围的风景很不相配。坐在我旁边的那名年轻的共青团员，马上告诉我说，这就是几年前，为了国务院某位副总理来参观武梁祠时特别修筑的。

“当时动员了整村的人，在二十四小时内修成的。”他自豪地说。司机和另一名共青团员，也抢着加添当年修路的一些细节。比如，修路的命令是在那天的下午几点钟下达，而他们村里又是在第二天的下午几点钟，就把路修好。又比如，修路的砂石是从哪里运来的，修路的工人又是从哪个农村里召集来的。显然，隔了这么多年，这还是村里的人们，津津乐道的一件新鲜事，百年难得一见的大事。大家谈得兴起，越说越有劲，仿佛都因为当年曾经参与修路，如今在我这外人面前，感到无比的光荣。在我听来，这一切仿佛是马尔克斯小说《百年孤独》中的一个情节，似幻又似真。

走完这条马尔克斯式的大道，小面包车终于在武梁祠前停下了。我也为自己的那个联想，不觉莞尔。怎么马尔克斯和汉代的一座祠堂，都在山东这个偏远的农村中碰了头？

下车一看，整个武梁祠的范围，四周有高高的围墙保护，正门是个西式的大铁栅门，有一条大锁链重重锁着。从铁栅外望进去，可以见到里面占地颇广，有四五排房舍，像一所学校的样子，还有一片很宽阔的空旷草地，正停着一辆黑色的上海牌轿车。整个场景不像是祠堂，完全没有祠堂的气息，只是靠近铁栅处，有一座石碑，上面刻着“全国重点文物保护单位　嘉祥武氏墓群石刻”这几个字，清楚标示这地方的特殊地位。我们没走错，这就是俗称的武梁祠。

铁门深锁着，我们不得其门而入。司机小伙子和他的朋友隔着铁门叫了一会儿，没有回应，于是便走开了，说要到附近的民居，寻找管理员。万万没想到，我们竟会以如此随和的方式，来参观一个全国重点文物保护单位。很像去一个相识朋友家中闲聊，事前没约定，抵达时主人正巧不在，现在正得去左邻右舍把他找回来。

武梁祠周围都是农舍。门前不远的马路上，还晒着满地金黄的谷物。这里平时显然没有什么外人来。农家小孩和老太婆，这时都兴奋地围上来看热闹。一会儿，司机走回来说，朱教授还没回家，还在祠里，陪着几个省政府的客人。难怪有一辆上海牌轿车停在那儿。不久，他的一位助手也见到我们了，匆匆走上来开门让我们进去。

“好久不见，朱教授。来来来，抽根烟。”司机果然认识朱教授。

“带客人来啊？好，你们先随便看看。我还有几个客人，待会儿就过来。”朱教授接过烟说。

他的助手把我们带进一个摆满大大小小石块的展示厅，我才明白，何以刚才在外头，丝毫看不出这里是座汉代的祠堂。原来，为了保护这座将近两千年历史的武梁祠，所有的石碑和画像石，如今都拆散了，放置在这个大厅中。那一对高大、庄穆的汉代石阙，就立在入门处。巫鸿书中提到的那些直立三角形、穿有孔眼的石室外墙石块，也整齐地摆放在这儿。当年黄易发现这座祠堂时，曾经把那些雕刻精美的画像石，镶嵌在新建的墙上保护，如今也全都拆下来了。

朱教授在这里看管和研究武梁祠，已经三十年了。瘦削和蔼的他，烟抽得很凶，几乎是一根接一根地抽。三十年，在一个偏远的山东农村，伴守着一座汉代的祠堂，仿佛一个守陵的人，这种日子不知道是怎么过的？我很想问，但还是没问，只和他谈起巫鸿教授和他那本英文新书。“晓得。巫鸿也来过这里。”他平静地说。

接着，朱教授带我们参观，还很详细地给我们讲解了荆轲刺秦王的那幅画像。“你们看，荆轲掷出的匕首，竟然把柱子都穿透了。”他说，“再看这里，秦王的袖子被切断了，悬在半空中，这不是很能表现画者的想象力吗？”

临走前，我买了朱教授所编的那本《武氏祠汉画像石》（山东美术出版社，1986），请他签名留念，对这位前辈学者，不禁生出无限的敬意。我拿起他这本书时，才知道他就是朱锡禄教授。

回县城的路上，发现路边有好几家石刻工厂。看来，这一带的山里出产石头，而且石质优良。石匠在这里雕刻，恐怕也有几千年了。他们雕刻的手艺世代相传着，所以武梁祠那样精美的祠堂，才能在这种环境下出现。

武梁祠虽然是全国重点文物保护单位，却一直没有正式对外开放。幸好今天出门，遇到那位司机，否则真要无缘一见了。在回程的路上，这位司机看到路边摆卖的西瓜，竟停下车，豪爽地说：“来来来，我请你们‘喝’西瓜。”

结果，我们一车四人，就蹲在路边，“喝”掉两个大西瓜。夏天的西瓜甜美多汁，用山东方言特有的“喝”字来形容，更是别有一番风味。我们回到嘉祥县城时，天已经快黑了。

# 太史公的遗憾

曲阜 · 泰山 · 济南 · 安阳 · 满城



## 一

嘉祥和外界的隔离，在我起程前往孔子的故乡曲阜时，又一次体会到了。小小的嘉祥汽车站，售票处和候车室同在一个厅房内，简简陋陋的，连班车时刻表也没有。我问了一名在车站外卖稀饭油条的老妇人，才知道嘉祥并没有班车去曲阜，不过可以乘坐到泗水的车子，中途在曲阜下车。

清早6点半，汽车站还是冷冷清清的，只有几个人。我买了一碗稀饭，四两油条，慢慢喝着吃着，享受小镇特有的气氛和宁静。独自一人行走在中国的大地上，常常觉得，这样的早晨，在这样荒凉的小镇，最美丽不过了。有小镇的纯朴，有清晨的安详，又有一种即将出门远行的兴奋。

开往泗水的班车，在7点钟始发，乘客不多，还没坐满，而且大部分是到五十公里外的济宁去。济宁以后，就只剩下半车的人了。上午8点半，车子便经兖州抵达曲阜。

然而，曲阜已经变成一个很热门的“旅游点”了。改革开放以来，新建的宾馆不少，收费也高。孔府和孔庙的入门票，也随着这股旅游热潮，抬高了许多。但府庙里又处处显得破落失修的样子。府庙内也有许多小卖部，在售卖标榜曲阜的糕饼，做独门生意。我在里头胡乱转了一圈便出来了，连原本很想细心一看的几通汉代名碑，也没有什么心思看了。附近的街头，处处在摆卖着现代游客最爱的纪念品。

下午，午睡起来，租了一辆自行车，到祭祀颜回的颜庙去。那里游人稀少，比孔府孔庙清静清幽得多了，很有些颜回在陋巷读书，不改其乐的那种境界。

再骑车到孔林去，寻访《桃花扇》的作者孔尚任的墓。孔林占地面积出奇的大。幸好我骑着一辆自行车，绕了一个大圈，才在东北角的一个角落，找到东塘先生的墓。墓的四周，长满了杂草，没有什么人照顾，有一种凄冷的感觉。

结果我在曲阜只停留了一晚。第二天一早，又乘搭一辆班车，到泰山去了。

曲阜孔庙正门的古城墙

有了松柏，孔庙才有那种古老幽远的韵味。

## 二

泰山几乎就在孔子故乡的后院。清早从曲阜出发，行车约两个小时，便走完那六十多公里的路，10点多抵达泰山脚下的泰安汽车站。我把行李放在不远的泰安供销社宾馆，办好住宿后，便决定开始登山了。

我自知自己绝非登山的“料子”。前一年在西岳华山，也只爬到五里关便折回来，宁可坐在山脚下，伴着溪水声，仰望华山的雄伟，度过一个安宁的上午。实际上，华山比泰山还要高，还要壮伟，但泰山绝不是华山可比的。它的文化和历史含义太丰富了。当年，司马迁的父亲，不就因为“留滞周南”，无缘登上泰山，“故发愤且卒”吗？他还握着他儿子的手，哭哭啼啼地说：“是命也夫？命也夫？”

现在，来到泰山脚下，当然不能像当年在华山那样，仰望一番了事。于是，我也学许多旅客那样，先乘车上半山腰的中天门，再从那里爬到南天门去。这样，大约两三个小时就可爬上峰顶了。这两三个小时的攀登，我想我还能应付，不必去乘什么空中索道了。

孔府房舍多为明清遗物，远看自有一种古意。

《桃花扇》作者孔尚任的墓，有些凄冷。

果然，刚开始，登山的路并不难行。到处都是石阶，没有什么山路。我甚至觉得，这段路比起当年我在河南宝丰县登上香山寺的那段黄泥小路，还要好走。纵然在雨中登泰山，有了这些石阶，恐怕也不是太难行的，至少不会有泥泞。

一个多小时后，来到有名的十八盘起点，才开始感到吃力，越爬越慢了。这十八盘的石阶也越来越陡。喘着气，每爬十来级便得停下来休息一会儿。这样爬爬停停，直到下午3点多，才到达南天门。站在那里往下望，我又想起了太史公。

可惜，上到山顶，不久便下起大雨来了。在雨中观赏一千多年前，唐玄宗封泰山时，亲笔撰写的《纪泰山铭》摩崖碑，更有一种静穆的美。这摩崖碑，完全依山开凿，把整面的山坡磨平后，再来刻字，所以高达十三点三米，宽五点三米。每个字大约一方尺，远远都清晰可读。如今，字漆成金色，在雨中闪闪生光。

我走完了泰山顶上的那条天街，天还在下雨，似乎被困在山上，下不了山了。随意走到一家餐厅避雨，没想到他们竟有泰山的名产赤鳞鱼。这鱼据说产自泰山的黑龙潭，鲜炸吃了，风味绝佳。我要了一壶茶，在雨中的泰山顶上，独自享受这道绝美佳

唐玄宗书《纪泰山铭》摩崖碑

壮夫挑着民生日用品，慢慢沿着十八盘路，走向泰山顶端。

肴，觉得自己确是在人间的顶上，不禁要默默感谢这场大雨。如果不是这场雨，我恐怕早已下山去了。

到了5点多，雨才慢慢地停下。我沿着来时的路，走下山去。夜里，在宾馆房中揉搓着酸疼的双脚，回想今天的登山，我知道自己这一生再也不会有太史公的遗憾了。“是命也夫？命也夫？”

## 三

游过泰山后，在泰安汽车站买票去济南时，我便得提醒自己，济南的济不是救济的济，而是济水的济。否则，闹笑话不打紧，搞不好还买不到票。到了济南，我更得小心这“济”字的读音，要记得读成第三声，而不是第四声，要不然可要得罪济南人了。而且，这是老残的济南，晚清小说史上的一座名城，更是马虎不得。

可是，老残的济南到底还是变了。

这个山东省的省会，如今人口拥挤，交通繁忙。我租了一辆自行车，先去省博物馆，原本想看看武梁祠某一块流落在这里

泰山上的迎客松

的画像石，可惜博物馆正在维修，停止开放。再骑车去趵突泉，“天下第一泉”。园里的泉水大多已干涸，没有什么看头。我转了一圈便出来了。

黄昏时，骑车经过一家小店，见到“周记脱骨扒鸡”，似乎很有名，生意很好，只做外卖。但买的人来来去去，真不少。我也买了一只，带回旅馆房中，配上十分香甜多汁的山东水杏当晚饭，果然是另一种风味。济南离德州不远，这脱骨扒鸡的滋味，和我一年前吃到的德州扒鸡，非常相像。

看来，济南的吃喝，比起它的旅游名胜，似乎更能吸引我了。第二天早上起来，无所事事，餐厅也还没开门，只好照例先去游大明湖，可是我心里想的，和老残的却很不一样。如今的大明湖，游人多，湖水沉浊，我的游兴不高。干脆买了一包山东的金丝枣，坐在湖边吃着，心里一边却在想着，待会儿中饭要在什么地方吃。

中午吃饭时间到了。我一手持地图，一手握车把，骑到最热闹繁忙的泉城路，寻找济南四大饭庄之一的燕喜堂饭店。这饭店不愧是老字号，来头不小，几层楼的建筑物，坐落在百货大楼东侧位置绝佳的一个所在。饭店的金色招牌字，居然还是现代名诗人臧克家写的，苍劲有力，非常之有文化。我一看，就决定在这里吃中饭。

走进底楼，里面的光线很暗。可能为了省电，天花板上的灯都不开。女服务员倒是很快就过来招呼。我点了一碟炒鱼片，一道清汤鲜贝，因为我做过“功课”，查过资料，知道山东菜的炒、熘功夫很独到，而且以清汤、奶汤调制的“历下风味汤菜”，更是一绝。菜点过了，放眼四顾，发现左右隔座，都是一家大小来吃饭的。像我那样一人的，倒是未见。不过整个饭店的气氛，还是很随和的。大家衣着随便，店里也没有什么装饰，残残旧旧的，不像老字号的名店。或许，一切正像陆文夫在他的小说《美食家》中所描写的，都平民化了。

菜上得很快。炒鱼片用的是草鱼，加马蹄、笋片、香菇和黄瓜，油和汤汁恰好，不太多也不太干，清淡而有鲜味。可惜那道清汤鲜贝就叫人失望了。贝小小的，恐怕比五岁小孩的小指头还小。十多二十来个，浮在一碗半清不浊的汤中，“卖相”极之不佳。一尝之下，汤淡淡的，没有什么味道，还带点腥味。这贝根本不是鲜贝，恐怕是干货发的，干巴巴的，真是食之无味，弃之可惜。但看来贝这类食品，在内陆还是很珍贵的海味。这碗不起眼的汤，就要二十大元人民币，等于当年内地一个大学教授两天的工资。

然而，看来还是我自己的“功课”没有做好。原不应当点什么清汤鲜贝的。我太相信那些港台食家的推介了。这些食家往往以一种怀旧的笔调，写三四十年代的吃，总以为新不如旧。在六七十年代，甚至八十年代，这可能还说得过去。那时，在内陆能够吃到那样的清汤鲜贝，恐怕确是很大的福分了。可是，我忘了这是九十年代，时代不同了。而且，在香港，平日见惯了那些比五元硬币还要大的澳洲和北美的深海鲜贝之后，当然更要大失所望了。

午饭后，看看地图，济南虽大，却好像无处可去。那些旅游名胜我都提不起劲，去了常要失望的，不如不去。看着看着地图，突然被东北角上的山东大学吸引了。像我这样的旅人，大学有时反而会变成一个“旅游点”。从地图上看来，山东大学离泉城路的闹区很远，骑车恐怕至少还得一个小时以上。

我想起一位世界知名的魏晋南北朝史专家王仲荦教授，生前大半生就在山东大学度过，写成他那有名的《北周六典》和《魏晋南北朝史》，还有一系列精彩的论文。当年我在普林斯顿读书，南北朝史的许多知识，几乎都是从王教授的书和论文中得来的。现在来到济南，似乎更应当去看看这位前辈学者生前工作的地方。

于是决定骑车上路，左手持着地图，寻访山东大学去了。骑了大半个小时，才来到解放路的中段。在初夏的大太阳底下骑车，又热又累，把车停在路边的一个茶水摊前歇一会儿。摊子后面，正好有一家浙鲁茶庄。它门前玻璃窗上，贴着的一张红条子深深吸引了我，原来上头用墨笔写着“祁门红茶”四个大字。我简直不敢相信这里会有祁门红茶。

祁门红茶？这不就是我进入中国内地以来，经常在寻找的东西吗？可是这东西在国内却非常罕见，十分难得。过去三年来，我走遍几乎整个中国大地，从南到北，从东到西，问过不知多少家茶庄，都没有买到祁门红茶。而且不但祁门红茶没买上，我连最普通的红茶也没买到。

中国是世界上最大的产茶国之一，国内老百姓喝茶数量之大，恐怕也是世界第一的，但他们喝的尽是普洱之类的砖茶，龙井之类的绿茶，和寿眉之类的白茶，却很少有喝红茶的习惯。红茶加糖和牛奶，是英国人和“化外之民”的玩意。不幸，我小时在一个大英帝国的殖民地生活，养成了喝红茶和咖啡的习惯，一日无红茶不欢。结果在国内旅行，红茶的供应成了一大头痛问题。咖啡倒不成问题。自从改革开放以来，连青海格尔木那种像月球表面那样荒凉的小镇，都可以买到国外进口的即溶咖啡。虽然即溶咖啡非我所好，远不如平日所喝的纯阿拉比卡咖啡之醇美，但旅途中用来解瘾，还勉强可以，聊胜于无。

然而，红茶却几乎在国内绝了迹。据我猜想，在整个中国，恐怕只能在那些专做外国人生意的五星级饭店和外国使馆，才找得到红茶。所以，有一年秋天，我的红茶瘾来了，走遍了北京最热闹的王府井大街，问遍了那整条街上的茶庄和百货商店，都没有买到红茶，只好垂头丧气地走回宾馆。只有一次，在洛阳火车站对面一家不起眼的百货商店，买到了一包袋装的福建红茶。但从包装上的英文字看来，这红茶原本是准备外销的，不知如何竟转为内销罢了。也正因为如此，每一次回内地旅行，我照例是不带咖啡的，但红茶却不得不多带，否则喝完了便无从补充。

祁门这地名，在中国一般老百姓心目中，可说寂寂无闻。最博学的地理教授，可能都得翻查地图，才知道祁门是安徽省南部离黄山不远的一个小小的县城。但祁门这名字，在国际的茶市场上，今天仍然是个响当当的大名。它的英文拼写“Keemun”，早在1892年已经成为英文词汇的一部分，至今仍然可以在《牛津英文词典》中找到，可见祁门在中西交流史上的重要地位。

在国外茶商和红茶迷心目中，祁门代表的是一种鲜红无比、韵味特殊的红茶。我那两年常在香港的国货公司买到纯正的祁门红茶。泡出来的茶色，比起印度阿萨姆种红茶鲜红得多，简直像法国红酒那么浓。喝起来，有一种清清的、微微的龙眼甘味。

现在，乖乖，我眼前竟有“祁门红茶”！

我打起十二分精神，大步走进这茶庄。里面，弥漫着一股茶香。木架子上摆满大罐小罐的茶叶。两名女售货员正在忙着。我四处搜寻祁门红茶，竟没找着，忍不住，小心翼翼地问：

“请问有没有祁门红茶？”

“有。”女售货员说。

我心中暗喜，但还是以不在乎的语气问道：“多少钱一斤？”

“五百克十元。”

这价钱比香港便宜，但不知货色如何。看来唯有买回去试了才知道。

“好，请给我五百克。”

售货员打开柜台后面地上的一个古朴的大木箱。原来祁门红茶藏在那儿，怪不得我找不到。五百克红茶，装了满满的一大纸袋。一走出店门，我就迫不及待地在路边打开纸袋，深深嗅了一嗅。没有什么香味。茶的颜色呈暗黑色，缺乏光质，看来不是很新鲜的。可是，能够在内地买到红茶，而且还是祁门的，我已经十分高兴，喜出望外了。心想，或许这一带是大学区，知识分子比较多，比较能够接受“外来的”红茶吧。

买好红茶，又继续骑了大半个小时，转入山大路，再问了两名路人，才找到山东大学的正门入口处。

校园里到处是高大的古木，很有浓厚的学术气氛。这一日正巧是星期天，没有什么学生。我骑车绕了一圈，绕到学生宿舍和餐厅一带。所有的建筑都很残旧。宿舍走廊上挂满学生晾晒的衣服。餐厅的玻璃门，有的破了，歪歪斜斜地敞开着。外面的空地上，丢满垃圾，还有几只死老鼠。图书馆是座低矮简陋的两层建筑物，面积不大，看来藏不了许多图书。馆外，倒有好几丛美丽的牡丹花，在盛开着。

我想到名满国际的王仲荦教授，生前就在如此简朴的环境中，完成了他那许多扎实的大作，不禁对他的刻苦勤勉，生出许多敬意。

晚上，回到济南饭店，我用随身携带的旅行小热炉，煮了一杯滚烫的开水，把下午买的祁门红茶泡了。果然，喝红茶到底不是内地同胞的习惯。这茶叶不很新鲜，恐怕销路不佳，已积压了好一段时日了。茶的色质和味道，远远不及在香港所买的外销品。然而，我还是因为有缘在济南买到祁门红茶，而感到一种意外的惊喜。

# 四

坐上10点半的班车，从济南来到安阳时，已经是下午6点半了。一路上，阳光充沛，空气干爽，很像一段秋天的旅程。上车前，在车站附近的小店里，见到济南卷肘，全是上好的瘦肉，用金黄的猪皮扎成肘的模样，十分诱人。忍不住买了一市斤，再买了几个面包，准备当午饭。这卷肘已去骨。中午在山东的阳谷县停车吃午饭时，用水果刀把它切成薄薄的小片，夹在面包里吃，不肥也不瘦，很好吃。

长途客车在安阳北大街的汽车站停下时，我看看四周围，没有什么宾馆。于是叫了一辆三轮车，到火车站去。车站外，拉客的人不少。一位在宾馆外摆摊子替人看病的医生，也客串拉客。他身穿白色长袍，胸前挂着听筒，不断热情地问我："住宿吗？住宿吗？"这是我生平第一次见到穿着白袍的医生在拉客。我投宿在车站对面的安阳大厦宾馆。这宾馆简陋得很。办理住宿登记时，服务员又抢着要我多住一天。看来她们可得奖金，才如此卖力地推销。

安阳位于京广线上，每天南下北上的列车超过四十班，是个

安阳是个繁忙的火车大站，每天有超过四十班列车停靠。

很繁忙的大站。半夜里，在宾馆七楼的客房，还可以听见火车到站和旅客出站时的一片嘈杂声。站前的大广场上，有一排仿造的商代旗帜和牌坊。

到安阳这个殷商晚期的都城，当然是为了看看出土甲骨文的殷墟。但这遗址位于市西北五里的小屯村，交通不便，没有公车直达那里，市里也没见到什么出租车。第二天一早，我看看地图，还是决定租一辆自行车，自己骑车去。

车子越过一条火车铁轨，便进入小屯村的殷墟路了。当年最先出土甲骨文的地方，现在被一个大土堆覆盖着，旁边立着一座石碑标志。村里如今大部分地区还是农田。中国社会科学院考古所一个长驻安阳的研究单位，就建在农田的中央。我骑车走错了方向，问了几个农人，才找到新建不久的殷墟博物苑。

苑里没有什么游人，冷冷清清的。我是那天的第一个访客，径直走到苑后商代的宫殿遗址区去。抗战前，中央研究院的史语所，曾经在这里做过好些年的科学发掘。而今，所有发掘坑都已用泥土覆盖着，上面种植着一些蔬菜，一排排整齐有序地排列着，开着一丛丛不知名的美丽小花。不知情的人，可能不会想到这里是有着三千年历史的殷商宫殿废墟，而会误以为只是谁家的菜园。

甲骨文出土处，看来简陋，不像个古迹。

安阳的殷商宫殿遗址区，如今像是谁家的菜园。

“文革”后才出土的殷商妇好墓，也在这苑内的另一角。

最让我惊讶的是，流经安阳市的洹河，竟如此接近这宫殿区。我站在那宫殿废墟上，洹河就在我的脚下。瘦瘦小小的洹河，在一片小小的树林山坡下，静静地往东流去。在早晨的太阳照射下，它发出闪闪的金光，一切仿佛就像三千多年前的某一个清早那样。我不禁发了呆，似乎可以见到殷商晚期的一个宫女，提着圆锥形底的盛水陶器，穿过树林，来到这河边汲水，然后回宫里做饭。

## 五

为了到河北的满城寻访西汉中山靖王墓，我倒是费了一番劲。那天下午，游过安阳殷墟后，乘汽车到石家庄时，天已经很黑了，临时决定先在这里过一晚。新兴的石家庄市，没有什么旅游名胜，却对外来的旅客，管得比其他城市还严。我先到火车站对面的几家宾馆问，服务员一听是香港来的，都说不招待，“得住到银泉酒店去”，她们说。这银泉酒店显然是中外合资的。外来的狮子果然真会大开口，睡一晚竟要外汇券一百二十大元，房

殷商宫殿遗址区后面古老的洹河，在阳光中显得那么年轻。

价比西安解放饭店的一百元还高，但房里的设备却残旧得很，浴室的灯也坏了，远远不如解放饭店。第二天一早我便走了。

清早7点多，我已买好车票，打算到一百二十五公里外的保定去。车子一开上通往保定的国道，便可感觉到这是中国最好的高速公路之一：笔直的马路，醒目的标志，如画的风景，真可与美国最好的州际公路媲美。可惜，到了望都附近时，不知怎的，有一个公安设起的路障，所有车辆又被赶下这条国道，回到乡间小路去行驶了。

10点半抵达保定。在保定大厦宾馆办好住宿后，便走到火车站前的广场，找车去满城。经过一家餐厅时，门前有一块很大的看板，正在替“正宗天津狗不理包子”卖广告。我不禁停下脚来细心一读，仿佛在读一篇唐代的榜文。原来这家餐厅说，它得到天津那位狗不理开山祖师的真传，做出来的包子保证狗不理，保证正宗云云。半信半疑地走进去，心想，不管它正宗不正宗，横竖我也得吃中饭了，姑且试一试吧。

于是先叫了二两六个的狗不理包子，加一碗蛋花汤，又见到柜橱中有卤味拼盘和粉皮，也各要了一碟。天津的狗不理闻名已久，但还没有机会一试，不知是什么滋味。这保定“真传”的狗不理，我却只觉得过得去，还可以，和其他地方的包子差不多，不觉得有什么特别精彩之处。倒是那碟粉皮，做得特别细滑，淋上一点芝麻酱，在炎热的夏天吃起来，“美美的”。我不禁又叫了一碟。

这样悠闲地吃完这顿中饭，才走到火车站前的广场去找车。满城位于保定西郊约三十公里，有一班远郊公车去，但班次很少，不方便。后来找到了一辆出租车，便在中午的大太阳底下，大家都在午睡的时刻，出外寻访中山靖王墓。

这中山靖王刘胜夫妇墓，早在1968年已发掘。最有名的出土文物，莫如那两套完整的金缕玉衣和那盏长信宫灯。但我最想看的，却不是这些，而是墓室本身和它的位置。据考古报告说，这两座西汉墓是“凿山为陵”的，而唐代帝王的陵墓，不少也是凿山为陵的，如唐太宗的昭陵和高宗的乾陵。可是，到底怎样“凿山为陵”？墓室到底在山的哪个部分？在山顶，山腰，抑或山脚下？文献上的记载一直没有说清楚。所以，1991年刘胜夫妇墓终于开始对外开放以来，我就很想去实地看一看，解开心中的谜团。

出租车跑了不到一个小时，就来到满城西南郊的陵山脚下。果然不出我所料，墓室不是建在山脚下，也不在山腰上，而是建在山的顶峰之中。要参观墓室，还得爬到这座陵山的顶部。我沿着一条新建的登山小路，爬了二十分钟左右，才来到峰顶。山上所见的风景十分秀丽。整个满城县郊的农田和民居，就躺在山脚下。难怪刘胜夫妇生前会选择如此清幽的一块福地，来作为他们的长生之殿。山上的风很大。

墓室分为两座，夫妇各一，南北并列，相隔不远。最引人注意的是，它们都建得那么接近峰顶。墓室内部的顶端，离峰顶恐怕不到十米。墓的入口处向着南方，墓道长达五十多米，像火车

河北满城的西汉中山靖王刘胜墓

隧道一样平平伸进峰顶的腹部。我沿着这条墓道走进去，终于明白“凿山为陵”是怎么一回事了。

这陵山的峰顶，全是坚硬的岩石。当年开凿这条墓道，恐怕就像现代开凿一条火车隧道一样。可是当时没有炸药，全靠人力，可以想见这工程之艰苦。我走进墓道时，感觉到一股寒冷的空气迎面袭来，里头的温度比外头至少低了十摄氏度。墓室里如今只剩下一些陪葬的陶器和泥俑。原本的金缕玉衣已经不在，长信宫灯也已不在，都移到博物馆去了，留下的只是复制品。

下山时，我几乎可以肯定了：唐太宗的昭陵，应当也像这刘胜夫妇墓一样，是建在九嵕山的峰顶之上的，而且也是以这种火车隧道的模式建的。只是，九嵕山比陵山高出好几倍，昭陵的工程当更浩大。据《唐会要》记载，昭陵的墓道长达七十五丈（约二百三十米），约是刘胜墓道的四倍，难怪营建了足足十三年。

在登山小路的另一面斜坡上，我见到工人正在搭起一座座的铁架，看来预备建造一条登山索道，方便游人上山玩。看来，刘胜夫妇的幽灵，在这里静静地长眠了超过两千多年后，终于还是逃不过现代旅游的浩劫。

靖王墓建得如此接近峰顶。

# 砂河的公廨田

五台山 · 砂河 · 浑源 · 应县



一

外地人上五台山，一般都取道北京到太原的京原铁路。像我那样从河北保定乘长途汽车上山的，恐怕少见，而保定每天也只有一班车发往五台山。一大早就发车，错过了就没了，得再多等一天。临行前一天，我把汽车票买好，心中仍不免怀疑，这班车到底会有多少人乘搭呢？是否会准时开出呢？若人少的话，是否又会临时取消呢？

果然，第二天清早上车后，才发现乘客少得可怜，只有十余个。每人可以有两三个位子。真担心班车会被取消，或者延迟出发。幸好这是国营单位的车子，倒准时发车了。一路上，早晨的太阳和温暖的柔风，让人觉得不像初夏，倒像春末的那种天气。我又惯常地坐在车尾。

这班车沿着唐县、曲阳、阜平那条乡间小路，缓慢地向五台山进发。早上8点钟发车，预料要到下午4点才能抵达。不到两百公里的路，却得走上整整八个小时。唐县以后，上车到五台山朝圣的人越来越多了。到曲阳时，车子几乎坐满了。绝大部分是河北的乡下农民。

司机是个年轻的小伙子，八小时的车程，全由他一个人开。他好像不必吃午饭。中午12点过后，我就一直在盼望车子停下来，好让大家去吃饭。可是，这司机却起劲地开着车，根本没有停车吃饭的意思。乘客也乖得很，没有一个人鼓噪。大家仿佛和司机有了一种默契，说好了不吃中饭似的。

但我这一趟却毫无准备，没有干粮可充饥。饿得发慌时，我突然想起行李袋里还有一小罐从香港带来的法国鹅肝酱。这原是我带在身边，准备在“特殊状况”时用来解馋的。现在，看来这样的“状况”已经到来。暗自决定，待会儿一停车吃饭，便把这罐法国珍品开了，夹两片面包当午饭。

车子开进阜平汽车站时，已经是下午1点了。车一停下，让乘客上下车时，我仿佛听见有人在喊“吃饭了”，就迫不及待地只提着相机袋下车，手上拿着那罐鹅肝酱。走到车站外头一个茶水摊，在树荫下找了个好位子坐下，准备享用这一顿难得的午餐。

那年夏天，西式面包已经打进了中国市场。在阜平这个偏远的河北小镇，连茶水摊上都有这种面包卖，常常称作“港式面包”。于是买了一袋，开了那罐“珍藏”了好一段时间的法国鹅肝酱，默默感谢上天的赐予。初夏，在河北这么一个偏荒小镇的树荫下，享受鹅肝酱这种法国美味，不禁感觉到这真是我人生中一次美丽的际遇。

刚吃完，犹自在沾沾自喜，陶醉在树底下的七月骄阳时，突然，一抬头，竟见到一辆大客车，从汽车站的右边大门冲出来。不知怎的，我马上有个预感，这可能是我乘搭的那班车。很快的，这辆车转了一个弯，冲上茶水摊前的大马路，飞快地开过去。“完了，完了！”我已经见到车前挡风大玻璃上的牌子，上面正写着“五台山”三个红色大字。正是我刚才乘坐的那辆车。

我本能地站起来，挥动手臂，朝车子大喊了一声。然后，像大梦初醒般，仓皇收起吃剩的面包，抓起相机袋，站到马路边，呆呆地看着车子开出至少两百米。心想，这回完了，我的行李衣物还在那车上。这样丢了，往后还有二十多天的旅程，不知怎么过？今晚也怕到不了五台山了，得困在阜平这个无名的小镇。唯一的安慰是，相机和护照钱财，还随身带着。突然，我见到车子又停下来了，仿佛半路上有什么人要上车的样子。于是我马上拔腿狂奔，生怕车子又开动。

但车子竟一动也不动。跑了一百多米，才发现不是有人要上车，而是车子根本就停在那里等我。显然，我刚刚那一声大喊，车上有人听见了，把司机叫停。我喘着大气，爬上车子时，全车的河北农民都笑呵呵地看着我，仿佛太阳底下发生了一件新鲜的大事。我也只得冲着他们傻笑，一边说：“我以为是停车吃中饭。”大家听了又都笑起来：“停车吃饭？没的事。”就在这种笑声中，我和这些农民的距离，仿佛又拉近了许多。

当时，我已经一个多星期没剃胡须了。身上那套残旧的衣服也穿了好几天没洗，积满了沙尘，脏兮兮的。混在这些农人当中，一直觉得自己和当地旅客没有两样，现在更觉得自己十足像是刚刚闯了祸的鲁莽乡下人。都是那罐法国鹅肝酱惹的祸。

从阜平开始，车子走的都是上山的小路了。越往上走，温度越低。路两旁是高高低低的青青山谷，不时有牛羊在山坡上吃草。这一带，也是中国一个重要的畜牧区，而且早在北朝隋唐时代就如此。尔朱荣和安禄山，不就曾在这里畜养了满山满谷的牛羊吗？

下午3点多，走到离五台山不远的一个山谷时，车子底部发出隆隆的声响。司机把车停在路边的一条小溪畔，钻进车底修理。乘客默默地下车等待，很有耐心的样子。没有人埋怨，甚至也没有人问发生了什么事。这样的场面仿佛大家都见惯了。我也见惯了，趁着这难得的机会，提着相机，到山谷小溪边上去拍照。原来是排气管松了，碰触到地面。司机把整条排气管拆了，丢到车上乘客的座位底下，再揉搓满是黑油的双手。“修好了，快上车吧。我们走了。”他说。

修车耽误了一个多小时。车子一直到下午5点多才开进五台山的市中心台怀镇，不一会儿便天黑了。七月的夏天，山上的温度只有二十摄氏度左右，仿佛春天。我住进一间简朴的招待所，客房的窗子正好对着翠绿的青山。

晚上，临睡时才惊喜地发现，枕头内塞的是谷糠。这是我最喜欢的一种枕头。每次回国，我都在期待这种枕头，但也不是随处可得，还得看缘分。高级的宾馆是不会有这种枕头的，反倒是中下档的招待所，才会提供。这谷糠枕，我觉得比外国任何最好的羽毛枕、乳胶枕都来得天然、舒服、透气，而且睡久了也不会下陷。谷糠还可以随着头部的移动，做最细微的调整，十分“体

山西五台山的标志——白塔

五台山的寺庙常有一种静穆的美

贴”。每一次若有缘碰到这种枕头，我都会睡得特别安稳。

五台山最让人心醉的，莫如那满山满谷青绿的草地。第二天一早，爬上黛螺顶的最高点，整个五台山几乎都可见到了。不论朝哪个方向看，最鲜明的，依然是那翡翠的绿色。白色的塔院寺，在这一丛碧绿中分外抢眼。山脚下台怀镇上灰褐色的屋顶，也在这黛绿的包围中，变得纯朴可爱起来了。

我从来没有见过那么大片高低起伏的连绵绿色。内蒙古的草原固然全是绿色，一望无际，平平的，有一种淡而悠远的韵味，但缺少一种曲折的深幽。五台山的碧绿，全铺在山坡上，山顶上，仿佛从天边垂下一层毛茸茸的地毯。山上没什么树。

从西域远来的高僧，一路上所见的山，恐怕多是荒凉不毛的。西域青海的山几乎都是黄的、褐的，或铁灰的，一棵绿草也没有。陕西和山西的，多是黄土的高原。一到五台山，这海浪般摆荡而来的绿色，只怕叫人一时难以承受。

下山前，去品尝了五台山的特产台蘑菇和小笼莜面。莜面用莜麦子磨成，搓成薄薄的面皮，卷成一个个小圆筒状，摆在小蒸笼里用大火隔水蒸熟。端上来时，热腾腾的，金黄色如蜂巢，飘着莜麦的幽香。这种麦子不常见，仿佛只能在山西这一带找到。

五台山的寺庙和松柏

青山衬托下的白塔

我配上清炒的台蘑菇，把它当作主食，觉得自己真有口福。离开五台山后，我再也无缘吃到这种可口的莜麦面了。

## 二

从五台山下来，原本想马上转车到北岳恒山去的，不意却被困在五台山脚下，一个孤寂的小镇——砂河。中午12点前，我已经退了山上那间招待所的客房，吃过午饭，坐上一辆下山的中型面包车。不料，中午时分，正是午睡时间，大家都想睡大觉，没有几个人愿意下山。司机等来等去，还等不满一车的乘客。到1点钟，也只有四五个人罢了。他干脆吃午饭去了，回来伏在驾驶盘上，也睡起午觉来。到2点多，总算有了十多个乘客，车子才盘过弯弯曲曲的北五台峰下山去。沿途，可以见到不少牛羊，在翠绿的山坡上吃草，很像内蒙古阴山一带的风景。

车子开到山脚下的砂河镇，已经下午4点多了。这时，转往恒山的车，早已离去了。我被迫在这个荒凉的小镇过一夜，等明天一早的班车。砂河原不在我的行程上，但也亏得这个偶然的机缘，在这里度过了一个晚上。离开砂河以后，时常会想起这个小镇，想念这镇上那一种莫名的魅力。不知如何，这镇上有一种难以描述的气氛、一种特殊的光和影。还有一位令我难忘的老工人。它仿佛是国内年青一代的小说家格非和余华某些小说中的一个小镇。

在砂河镇下车时，那名好心的司机告诉我说，镇上有一家粮食局的招待所还不错，可以先去那里投宿，明早再赶路。“往北走，大约三百米，就是招待所。”他说。

我无奈地提起行李，沿着镇上唯一的一条大街，往北走去。

在我右方，北五台峰高高地从平地上隆起，几乎遮盖掉整半个天空。下午，没有阳光。小镇变得似乎更为暗淡，有一种怪异的、腐朽的阴森味道。这一面峰，光秃秃的，没有什么树木，甚至连绿草也不多，像北宋范宽山水画中的那种暗灰色。

走了约一百米，见到一家旅馆，叫砂河镇第二旅社。这里虽然叫旅社，外表看来，却仿佛是一个长途汽车站。住宿登记处，便设在门前马路边那个像警卫室的小房间里。再往里走，就是一个庞巨的黄泥地广场，大得可以停放至少五十辆大客车。广场右方，有一个水房。后头，有一排低矮的平房，仅得五间，便是供旅客住宿的客房了。我怀疑，这旅社从前很可能是一个汽车站兼招待所，后来不知如何没落了，才改作单纯的旅馆。其实，它的布局，就像中国许多小镇的汽车站招待所。只是，广场上现在已经没有任何客车停放了，一片清冷。

这广场最引人注意的，是它打扫得异常干净。没有一片废纸，没有一件废物。甚至连地上的黄沙，也像某些日本庭院那样，经过一番细心梳理的。我办妥住宿登记后，一名和蔼瘦削的老工友，带我穿过这广场走向后面的平房。

“我给您开一间比较干净的房子。”他走进那排平房的第一间服务员室，一边找钥匙，一边说。

他给我开的客房，正是在中间的第三室。一进门，就可见到一排高而宽广的玻璃窗。窗外，正好有一棵柳树，垂下的杨柳在风中轻轻摇曳。更叫人惊喜的，柳树旁还有一棵曼陀罗，粉红色的大花开得十分艳丽。这一红一绿的对比，透过玻璃窗映进来，仿佛是某一本明清中国画册里掉下来的一张画。有清末虚谷的韵味，又有些印度天竺的味道。或许，曼陀罗令人想起了佛家。

房里有三张床，每床四元，都铺上异常清洁的床单。这间房我全包下了，也不过十二元。我选了靠窗的一张床坐下，呆呆地望着窗外的风景和远方的五台山北峰发愣，一切仿佛那么不真实，又那么简朴。简简单单的床，简简单单的书桌，简洁得叫人留意起它们的存在。

静坐了一会儿，便起身出去这小镇上闲逛。初夏的下午5点多，天本该是很亮的。但这一天，在这镇上，太阳却好像没有什么力道，只透过云层，滴流下几点残余的光。沿着镇上唯一的一条大街行走，不到十分钟，已经从街头走到街尾。转角处，几名年老的妇女，在摆地摊，售卖一堆堆的西红柿。生意清冷，没有什么人问津，她们却很有耐心地坐在那里等待。

砂河位于京原铁路线上。到五台山的旅客，不少是在这个小站下车，然后再转搭面包车上山的。奇怪的是，整个下午和黄昏，镇上却见不到什么旅客。或许，砂河只是个中途站。火车到了，自然就有面包车去接，大家便赶紧往五台山去。只有像我那样被困的旅客，才会在这里过一夜。

走到一家个体户开的餐厅，胡乱吃过晚饭，再走到一家国营的供销社，买了一罐福建的糖水橘子，一包黑龙江的奶粉，和一

五台山最美丽的，还是这些毛茸茸的青山。

瓶山西的大曲，便走回旅社去了。我请那名老工友开房门时，他亲切地问我："吃过饭了没？"

7点钟，天开始黑了。我趁着还有一点天光，换了一条短裤，走到水房边去洗澡。这旅社太简陋了，连公用的浴室都没有。不知道长住在这里的工作人员，是怎么洗澡的。水房里有一个大锅炉，在烧着热水，却没有洗澡设备。房外，有一个水龙头。我拧开龙头，半蹲在龙头下，靠着七月黄昏的天光，洗了一个痛快的冷水澡。虽是七月，这一带属于山区，水倒是颇凉的，洗得我直发抖。

回到房里，把罐头橘子吃了，再独饮大曲。夜里没事，不免想起远在美国的棠儿。我已经一年多没见过她了。她应当又长高了些，长大了些。再过十年，等她大了，或许我会带着她，再走一遍中国大地。

虽说"被困"，我的心情倒是悠闲的，并不急躁。我想起美国一位研究旅行文学的教授保罗·福塞尔（Paul Fussell）说的，游记之所以吸引人，是因为它的主人翁是自由的，比一般读者自由，来去自如的。即使游记中的主角被困在什么荒凉的小地方，游记本身骨子里还是在歌颂自由的。所以，游记简直就像一首颂诗，一首自由颂。的确，我"被困"在砂河，其实自由自在得很。

隔天一早，6点钟我已经退了房，准备乘搭6点半的长途汽车，到北岳恒山附近的悬空寺去。一走出那排平房的大门，又见到那名老工友，在平房侧边的一小块菜园里，忙着锄地种菜。他见到我，停下来望着我微笑，一派乐天知命的模样。早晨温馨的阳光，从侧边照过来，把他那张写满风霜的脸，也照得格外柔和起来了。我望着他的微笑，他那种乡下人知足的样子，觉得很感动。他恐怕是一个单身的寂寞老人，没有妻儿，独自一人看管着这间小旅社。

不知怎的，他站在菜园中微笑的模样，突然令我福至心灵，想起了唐代经济史上的一个专有名词——公廨田。唐代京师和地方各官署，都有自己的公田。田租收入可以充作本官署的办公费用，也可补官员俸禄的不足。这种公田就叫公廨田。这样的制度，在唐代经济史上，由于涉及土地的运用和资源的分配，变成了一个专门的研究课题，不少教授专家还写过高深的论文。

没想到，隔了一千多年，这样的制度竟然还在运作。我眼前的这位老工友，他正在耕作的这个小菜园，很可能便是一块现代的“公廨田”，用来帮补他的生活的。小旅社的生意，看来不怎样。他每月的工资恐怕不多。在砂河这荒远的小镇，有这么一小块公廨田，可以自己种点菜，看来不无小补，而且还很可以给他一种自食其力的满足感。

我站在旅社靠马路的大门边，等候开往悬空寺的车子时，还不时回过头来，望望这位仿佛从唐史里走出来的寂寞老人，在打理他的公廨田。我昨晚住的客房外，那一棵曼陀罗和杨柳，依然在晨曦的微风中，一红一绿地轻轻摇曳着。

## 三

清早这班汽车是开往山西浑源县的。浑源离砂河大约五十公里，途中将经过我的目的地悬空寺。内地的公共汽车，绝大多数是拥挤的、满座的。不过也有例外，那就是像砂河到浑源这种小镇之间的班车。晨早乘搭这种车子，往往觉得心里特别纤敏，带些许的轻愁，像一首辛弃疾的词。

这天早上，经过一夜的甜睡，带着轻快的步伐，跳上这班车时，车上才只有十来个乘客。找了一个靠窗的位子坐下。车子开出时，早晨的和风从窗口吹进来。车上全是衣着朴实的乡下农人。大部分穿着那种深蓝色的中山装，眯起眼，默默地抽烟，完全沉落入他们自己的世界里。我是一个四处漂泊的人。这些农人深植于自己土地上的那种厚重感，那种扎实的、认命的而又穷苦的神情，常常令我莫名地感动。

这一带的路上，全是土黄色的山。七月的麦田收割以后，金黄色的麦穗和麦梗堆积在田中或路边。五台山上和山谷间的那种绿色不见了。路上没有什么车子，也没有什么行人。我们破陋的车子，便孤零零地在这样的马路上开过去，开向北方更高更荒芜的恒山。

车子开到离浑源县城还有五公里的地方，司机便停车，让我一人在大马路旁下车，又载着一车的人走了。提着行李，沿着路边一面峭壁的一条小径走下去，越过一条小溪，再爬上对面西岸的另一面峭壁，便到了建筑在峭壁半空上的悬空寺了。

这座一千四百年历史的悬空寺，从我下车的东岸上望过来，

那面大峭壁，仿佛是保护着悬空寺这小庙。

悬空寺狭小的楼舍和回廊，依山而建。

精致极了。但它在那一大面高耸的峭壁下，又显得渺小极了，只占了整面峭壁很小的一个空间。等到登上寺里，更觉得格局不大，所有房舍都特别小。寺对面，就是北岳恒山了。

在峭壁上建筑的寺庙，其实并不限于这悬空寺。我想起两年前，在云南剑川县石钟山上，也见到一座建在峭壁上的不知名寺庙，而且那座庙还建在更高的崖壁上，几乎是在绝崖顶处。明崇祯六年（公元1633年）徐霞客曾经到过这悬空寺。他是从保定出发，经阜平，登五台山后，再北游恒山的。当时倒没注意，我走的正好也是同样的路线。一直到后来写这本游记，翻查《徐霞客游记》时，才发现了这点巧合。奇怪的是，徐霞客的旅程，几乎全在长江以南。不知是否由于天气、兴趣还是交通不便，华北地区他只到过寥寥的几个地方，而浑源便是他到过的最偏远的一个北方县城了。

游过悬空寺后，乘搭一辆机动三轮车，前往浑源县城，打算转车西去应县，探访中国最古的一座木塔——应县木塔。11点抵达浑源时，开往应县的一班车刚刚走了，得再等下午的另一班车。我趁着这空当，在县城里逛了一圈。

城里大街上最显著的，就是高高隆起的恒山，铁灰色的，覆斗一样地在南方俯瞰着整个县城。这样的山景常常令我由衷地心动，仿佛很有安全感，好比真的有了“靠山”。我当初想象中的西安，本该也有这么一座高山守护的，可惜没有。后来在云南的丽江，在甘肃的夏河，走在街头都可以见到这样的高山，离县城那么近，心里便觉得异常充实，似乎得到了高山的保护，又仿佛有一种“悠然见南山”的韵味。

浑源南大街两旁，到处是个体户的摊子，好像赶集一样。最吸引我的，是一堆一堆又白又大又冒着热气的馍馍。忍不住买了两个，坐在一家供销社门前，当作午饭吃了。这馍馍即北京人说的馒头，做得很结实，热腾腾的，很好吃。

## 四

下午1点钟，开往应县的汽车一离开浑源县城，马上便可感觉到，这次西去的旅程，所经过的地方，越来越荒凉了。越往西走，便越接近华北的黄土高原区。从浑源到应县，许多时候，不但没有大路，连小路也没有。车子走的，简直就是农田间的田埂路，刚好可容一辆车穿过。奇怪的是，这样的小径竟然也有长途汽车服务。

这一班车的最终目的地，其实是怀仁县，它位于大同以南约四十公里。车上没坐满，只有十来个人，大部分还是到怀仁去的。只有我和另两名从北京到山西出差的干部，才到应县。一路上，车子走的路，几乎跟恒山平行。高高笔直的山，就在我的车窗右方，颜色很怪异，混杂着橘色、紫色和铁灰色，像吐鲁番火焰山那种不毛的色彩。

毕竟是七月中盛夏了，天气炎热。我把上衣脱了，和许多其他乘客一样，只穿着一件背心。在这样的天气，走在这样荒凉贫瘠的山西高原上，倒是很符合我少年时幻想中，单身走遍天涯的那种“悲凉”的意境。然而，如今，我的心情其实已经“微近中年”。少年时代的浪漫想法已越来越少。年轻时的那种“苦闷感”也越来越离我远去了。微近中年，慢慢感觉到“四十不惑”的意味。没有了疑惑，心情渐渐像夏天树荫下的一条小溪，无声地、清澈地流着。

那年夏天，我已经决定辞去教职，离开香港，回到我南方的老家，过一种读书写作和旅行的简朴生活。甚至，早在半年前已通知学院，不必再续聘约了。这次出发到中国内地前，连8月底离开香港的华航机位都已经先订好了。现在，我是以离职前度假的中年心情，一个人走在华北的黄土高坡上。

所以，这正好是我跳离“尘网”后，第一次在内地的旅程，心情特别轻快恬静。面对着山西这一大片辽远寂静的群山，我发现，它们真像弗罗斯特一首诗所说的：“不能再以它们的荒地来吓我了。”仿佛得到了某一种智慧：大自然中的荒凉美丽或壮伟，不再轻易令我激动了，只是默默地，远远地欣赏。心里常常是很明静的，无动于衷的，把这河山之美看作是理所当然的。

下午3点多，到了一个不知名的小农庄，司机把车停在田埂上一棵白杨树下。“大家下车歇歇吧。”他说。停车处，正好有一条灌溉的水沟。司机带领众人，蹲在水沟边上，用面巾从沟里取水擦脸抹手。这水沟里的水倒很清澄，还有小鱼在水中游。大家洗完又蹲在树荫下乘凉、抽烟，仿佛不赶时间似的，优游极了，恍若有一种同甘共苦的意味。不知怎的，我觉得这样的场景很感人。这仿佛是原始社会中，某一位族长率领着大批的族人长途迁徙，走过年轻的大地，走得累了，大家中途在某个水源处停了下来，喝水纳凉。

5点多抵达应县，原想找间比较好的宾馆，好好洗个澡。但镇上唯一的宾馆离大街还有一段路，我懒得再走。下车后往前走到县汽车站时，就投宿在汽车站的旅社了。只剩下一个四人间，每床三元。我想包房，还价十元，看管旅社的那位老头，竟也同意。这旅社比起昨天砂河那间差得多了。床单似乎从未洗过，脏兮兮的，地板上满是香烟头。但我这一路走来，好像也习惯了这种脏旅社。

放下行李，出外寻访应县木塔。顺着路人所指的方向走去，穿过几条破落的穷巷，远远便可以见到木塔的尖顶了。这座中国现存最古最高的木塔，初建于辽代，现已成为全国重点文物保护单位。这木塔跟周围的景致，显得很不调和。它仿佛永远冻结在辽代，时间的某一点上，而周围的环境却不断在蜕变，以致到今天，它竟坐落在民居的陋巷里了。当年建塔时恐怕并非如此。

我去时，一大群燕子，在黄昏的夕照下，绕着木塔飞舞，发出叽叽喳喳的声音，仿佛在进行某一种百鸟回巢的仪式。看来，木塔已经变成它们的家了。它们想必在塔檐下筑了不少的巢。这里游人不多，大部分还是自己包车前来的国内同胞，或出差到应县的干部。

离去时，我绕到南边另一条小巷，经过一个热闹的菜市场，走回大街。

山西应县的辽代木塔

木塔如今被民巷和民居包围。

# 陕北的黄土地

三岔·榆林·延安·蒲城



## 一

离开山西应县以后，我沿着一条比较少人走的路，到陕北的黄土高原去。依照原定的旅程，清早从应县出发，经朔州、神池，应当可以在傍晚抵达黄河东岸边上的保德县。第二天一早渡过黄河，便可以进入陕北，到榆林去了。

但陕北的旅程往往是不可测的。那一天，不但到不了保德，还沦落在一个无名的小镇——三岔。然而却有意外的收获，在三岔度过了一个难忘的夜晚，第一次睡在华北的热炕上。独自一人旅行，常会有这种意外的惊喜。

应县没有直达班车到保德。所以，先乘了一辆长途汽车到神池，打算到了那里再想办法。这辆车最吸引我的是，司机座位的后面，挂着一块铁牌子，上面写着："本车司机是共产党员。"这还是我第一次在内地见到这样的牌子。一路上，车上没有几个乘客，大部分是中途上车，又在半路下车的短途客。似乎只有我一人是从应县坐到神池的。这条路倒是油面普通公路，相当平坦，没什么车。10点多，过了朔州不久以后，司机就在路边的一家小饭店，停车吃饭。中午时分，车子便开抵神池汽车站。

正好，下午2点会有一班车从神池开往保德。我把行李寄存在一个卖香烟的老太婆处，便在这小镇逛了一圈。这里生产煤，到处可见黑兮兮的煤，堆在马路旁和火车轨道边上。下午的班车倒是坐满了人，准时开出。我心想，傍晚应当可以到达黄河边上了。

不料，车子开出没多久，引擎便发出一连串怪声。那年轻的司机停下来修了一会儿，又继续上路。走了约半小时，他又停车修理。不久，他把车盖一摔，说："坏了，修不好了。大家下车吧。"至于下车后乘客该怎么办，他没说，仿佛把我们丢在一个不知名的田野当中就算了。大家也没问，只是默默地下车，仿佛都知道该怎么办似的。我也见惯了这种场面。

我们一行人就在麦田边的马路上，漫无目标地等待着，好比"等待戈多"。司机和卖票的坐在水沟边一条田埂上，开始办理退票手续了。我意识到，这回真的有些麻烦了。既然退票，那这辆车肯定是无法再走了。过去几年来在内地行走，我已经不知碰

从山西应县西行，途中经过这家很有性格的张三饭店。

到多少次半路车坏，可是每次都能修好再走。只有这一次，真的没法修。难道今晚我们得露宿在这一片旷野之中？

在这种患难的时刻，陌生人很自然地便交谈起来了。有一名浙江来的推销员，和我一样是要到陕西榆林去的。他推销一种“最新的防腐蚀技术”，常跑这条路，算是老江湖了。“待会儿应该还有一辆车开往三岔。先到那里再说吧。看来今晚是到不了保德的了。”他告诉我。

三岔？三岔路口的三岔？好奇怪的一个地名。我翻出山西省的地图，才知道这地方果然位于一个三岔路口：往北可以到内蒙古的和林格尔及呼和浩特，往西可到保德和陕西，往南可到山西五寨。三岔离保德至少还有八十公里的路。

不久，一辆长途汽车徐徐开来，正是开往三岔的。大家抢着上车。原本就已拥挤的车上，现在更挤了，连走道上也站满人。好在，我们车子出事的地点，离三岔只有一个小时左右的车程。半路上，我还在最后一排的座椅上找到一个位子。窗外，夏天的太阳照在刚收割的麦田上，发出一种成熟的金黄色调。这一带，既不是黄土高原，又不是平原，而是丘陵起伏的一个地带。色调很像梵高的某一些画。

4点多抵达三岔汽车站，所有的汽车都已停发了，今天肯定走不了。一名穿着制服的中年妇女，走上前来问：“住宿吗？住宿吗？”若是在别处，我通常是不理这些拉客的。但这儿是三岔，我想大概也不会有太多旅馆可供选择了。那名推销“最新的防腐蚀技术”的李师傅，也开始向这名妇女询问床位的价钱。

“有多少钱的床位？”

“有三元的，四元的，五元的。你们先去看看吧。”这价钱不贵，甚至可说便宜极了。结果，五六个人跟着她走了。

她领我们走了一段路，便来到一间四合院似的院子里。原来这就是她自己的家。她本人在汽车站当售票员。改革开放后，她一家人在原有的住家对面，加盖了一排五间平房，当作旅社出租给过往的旅客。这旅社连一个名字也没有。

我看看院子里的环境，倒是相当雅致的。两排房子中间的空地上，种植了不少花草蔬菜。客房也收拾得很干净。李师傅拍拍床垫，再翻起床单的一角来看看，很爽快地说："很干净。挺好的。"他租了一个四元的床位，和另一人同房。

"我想包房，请问有没有一间空的？"我问。

"有有有，还有一间有热炕的，我带你去看。"那妇人这回拉了不少生意，兴奋得很，热情地说。她双颊变得红嘟嘟的。

热炕？我还没睡过热炕，更加好奇了，便跟她走到另一间房去看。那炕建得挺高，有三个睡铺。枕头和毯子叠得整整齐齐，像行军床一样。每铺四元。"你包房的话，就算你十元好了。"那妇人说。我决定包下这间房。

三岔真是一个荒寂的小镇。汽车站前那一小段马路，便算是镇上唯一的一条大街了，只有一两家商店。这里想必产煤，随处是黑黑的煤渣和浓浓的煤烟。晚饭时，我在一家脏兮兮的个体户饭店，叫了一碟肉丝炒豆角，加上二两米饭，草草吃了便走回旅社去。

我已经一连几天没有好好洗过澡了。这旅社连公用的浴室都没有，今天也还是不能洗澡。我房间前面的菜园边，有一个褐色的大水缸，当初想必是用来装咸菜的。我用搪瓷大杯舀了几杯水，洗手擦脸。夏天的夜里，热炕当然是不生火的。我躺在炕上，仍然觉得炎热，便把房门打开，对着菜园，不知不觉竟睡着了。

半夜里醒来，一轮明月正好挂在敞开的大门上边。月光幽幽地照进来。一时之间，我不知道自己身在何处。过了一会儿，才想起这里是三岔。今晚的月真的很圆，还有满天的星星。我爬起床，走到门外默默地看了一会儿，心里觉得异常安宁和充实。然后，又回到炕上，沉沉地睡去。我可能十几年没有见过这样的月光和星空了。



## 二

清早离开三岔时，往西行的汽车，最远只到保德。从保德怎么去榆林，我是毫无把握的。心想，到时再说吧。但倒是很盼望今晚可以抵达榆林，住进一家比较好的宾馆，好好把这几天来身上的汗水和尘埃洗尽。

车子8点钟出发，开到保德附近，已经是黄土高原了。处处是高高的台塬和黄褐的断崖，没有什么树木，只在台塬顶上偶尔会有一层薄薄的绿色。一眼一眼的窑洞，很有规律地分布在高远的大山上。10点半抵达保德，从车窗望出去，尽是黑压压的人头。奇怪，这个边陲小镇怎么突然跑出那么多人来呢？瘦削混浊的黄河，就在车窗右方了。河边黄沙滚滚的沙地上，有一个马戏班，正搭起帐篷在演出。帐前，有几匹瘦马和骆驼，静立在太阳底下曝晒，没有什么东西可吃，连青草也没有。或许这又是星期日，赶集的日子，通往汽车站的马路上，挤满了人。我们的车子简直动不得。司机不断地按喇叭，花了整半个小时才开进站里。

保德站果然没有车子去榆林。向路人打听，才知道山西、陕西这一带，虽然只隔了一条“瘦小”的黄河，两地的长途汽车却是互不相通的。要往榆林，还得先渡过黄河，到西岸边上的府谷县汽车站去。于是叫了一辆人力三轮车。车夫吃力地踩啊踩，把我拉过黄河上的那座铁桥。不一会儿，就进入陕西省了。再往左一拐，便是府谷县汽车站了。

12点半正好有一班车开往榆林。我还没吃中饭，匆匆在站外的小摊子，买了一袋面包，再吃掉半个甜美的西瓜，就上车走了。一路上，车子沿着毛乌素沙漠的边缘行驶，阳光猛烈，风沙很大。当年北方的游牧民族南下，这也是他们南进的一条路。到了神木汽车站，下车去买了一大瓶啤酒。但这样的大热天，还是不很解渴。

5点多终于抵达榆林。天还很亮，可能只等于北京的两三点。榆林位于沙漠边上，天气热，可是却很干燥，没有香港和台北的潮湿。七月中已经有点秋天的干爽了。我住进榆林饭店，热水要等到晚上8点才供应，我却迫不及待地先去洗了个冷水澡，总算把这几天来的汗水和尘土洗去。水竟有些寒冷。毕竟是干燥天气，湿毛巾两个小时后居然全干了。

我是怀着一种“养伤”的心情来到榆林的。过去半个月来，几乎不停地在路上奔跑，确实累了，决定好好在榆林休养几天。隔天早上，乘了一辆三轮车，游了镇北台。这段明代的长城，建

最有榆林风味的风景

在一片空旷的原野上，气势很雄大。回城的时候，偶一回头，远远还见到它立在一个小丘陵上，独立苍茫。

吃过中饭，睡了一个难得悠长的午觉。起来在房里看了一会儿书报，直到傍晚太阳快下山了，才出外去吃晚饭。饭后，沿着一条弯弯曲曲的上山小路，走上城里北边一段残存的古长城。有不少年轻的学生，靠着残余的天光，在古长城的断垣上读书。望着山下灰黑一片的房舍，和远方黄黄的土地，想到自己有缘走在这偏荒的陕北，小说家史铁生所描写的那“遥远的清平湾”，离此不远了，心里同时涌起了一种幸福和悲伤的感觉。

## 三

坐了几乎整整一天的车，才从榆林来到延安。十个小时，坐在长途汽车上，看着窗外那一片黄土地不停地流逝。这样的旅程，原本该是沉闷的，可是却给了我许多发呆傻想、面对这片黄土地的时间。常常，坐在车上，连书报也不想看，生怕错过了窗外什么有趣的景物。常不明白旅行的人，为什么那么喜欢在车上看书，不看窗外的风景。风景过了就没了，书倒可在家里读。我还没发现天下有哪本书是非在路上读不可的。其实，更多的时候，我是在发呆，经常陷入一种山长水远又有些伤逝的心情里，想到自己终于走在这一片黄土地上，好像看着自己在圆梦一样。

到了延安，隔天一早，找不到出租车，只好叫了一辆人力三轮车往枣园去。司机是个二十来岁的年轻小伙子，傻乎乎地笑着，很老实的样子。他身子结实有力，终日在太阳底下曝晒，皮肤都晒黑了。他这辆三轮车其实是载货的，载人可能违法，要罚款的。我坐在他车子右边的铁架上，迎着清早的和风，摇摇晃晃的，经过一座座的大山和农田，走了七八公里的路，才来到枣园。

枣园当然是中国近代史上一个充满故事的地方。这里一度是中共中央书记处的驻地。毛泽东和周恩来都曾经在这里待过。然而，枣园倒真的令我最先想到枣。

因为我平日爱吃枣。河南红枣、山东金丝枣、伊朗褐枣，以及沙特阿拉伯椈枣，对我全是诱惑，我简直毫无抗拒能力。在香港时，我有时甚至学阿拉伯人，把枣当主食，可以不吃米饭的。可是，枣树是怎样的，却没见过。心想枣园该有枣树吧。问那年轻的司机。他说："好，待会儿若见到枣树一定叫你看。"

我们从周恩来故居那排窑洞绕过去，走下一个斜坡，果然见到一棵棵的枣树，几乎满园子都是。原来枣树的叶子那么细小，枝丫也那么纤细，柔软地垂着，仿佛不胜负荷。可惜不是结果的季节，我还是没有见到结在树上的枣。

回程时，又去杨家岭探访当年延安文艺座谈会的旧址。我的心情好像年少时去了远足回来一样。然后，再坐了这辆三轮车，回到延安市里。司机也成了我在延安的向导了。我问他："这儿什么东西最好吃？"他说："油糕最好吃。一种陕北的软黄小米，磨成粉，蒸熟了，搓成卷，切成糕，下油锅去炸。不过这种

延安毛泽东窑洞故居

周恩来的窑洞故居

糕有季节，不知现在有没有。我带你去找。”于是，他载了我到几个市场去转了一圈，用他的陕北话，问了好多人，都说这糕不好做，平时是没的，逢年过节才有。我原先被他说得嘴馋了，不免有些微微的失望。“不如我带你去吃荞面吧。”他说。

中午，我们在东关汽车站边的一家小食店，吃荞面，喝羊肉汤。这荞面是用荞麦做的，以一种特制的压面工具压成，很有陕北特色，再加上热辣辣的羊肉汤，吃得我出了一身热汗。年轻的司机也吃得飞快，很享受的样子。过后，他不好意思地把我“免费”送到南关汽车站，让我搭车到黄陵去。等车时，想起我在延安，怎么老是在想吃的，找吃的。不过，又想起史铁生的小说《插队的故事》。他们当年在那儿，也是整天在想吃的，找吃的。我想我大概是受了小说的影响吧。

从延安，经黄陵到铜川，又看了整整两天的黄土地。一路上，恐怕要数富县到黄陵那条路上的台塬，最高也最壮观。但陕北这一带，看来还不是最荒凉的。至少，到处都有农田和窑洞。我见过最荒寂的黄土地，是在陇南临洮北部一带的。那儿真是浑黄一片，贫瘠得连农田和人家都没有，干旱得连草也无法生长。

在铜川，原本想去寻访当年玄奘翻译佛经的玉华宫遗址，可

延安的窑洞

其实，延安除了窑洞，也有这一类的房舍。

惜找不到出租车，路又难行，没去成。倒是乘了一辆小面包车，到市郊的唐宋耀州窑遗址去参观。然后，又乘车跑了半小时，去了一趟耀县。下车后还独自走了一段很长的路，走过一座庞大的水泥厂，无数的黑煤堆和一辆辆拉煤的大卡车，再经过一个菜市场，还有许多许多的麦田和民居，才来到药王山。那里北魏碑刻之多，出我意料之外，总算补偿了玉华宫之憾。

## 四

那年到陕西，除了看黄土地外，就为了到蒲城去，看看两位唐代皇帝的陵墓：睿宗的桥陵，和他儿子玄宗的泰陵。蒲城离西安不远，只有一百多公里，当年杜甫还到过那儿。可是到底还是交通不便，桥陵和泰陵的知名度，如今远远不及高宗的乾陵。去之前，我甚至也不确定这两座唐陵开不开放。

但那年夏天，我也想去韩城看看司马迁的故乡，而蒲城正好在这条路上的中途。游过铜川的隔天清早，我早餐还来不及吃，就跳上一辆开往蒲城的汽车。车上没有什么乘客，只有几个人。大清早乘搭这样的长途汽车，常觉得是一大享受。刚睡醒，大地还笼罩在昨夜的白雾之中，空气中飘着青草叶上露水蒸发的味道，人也特别清醒。

车子开到富平时，全车的人都下光了，只剩下我一人是到蒲城的。司机干脆停车半小时，等富平的乘客上车。趁机下车去，在汽车站外的一个小摊，买了一个肉夹馍。肥肥的三层肉，焖得很烂，夹在烤得微热的馍中，拿在手上已觉得好吃，吃起来果然入口即化。吃完，车子还不开，我又去多买了一个。

中午才开到蒲城，投宿在蒲城宾馆。宾馆没有出租车。我走到大街上想办法。桥陵和泰陵都远在十几公里外的城郊山区，三轮车是没法去的了。唯一的选择，看来是一辆停在路边的手扶拖拉机。这种农机，我早已领教过一次，那就是两年前在云南的剑川县，上石钟山石窟去的时候。这种拖拉机走得很慢、很颠，可是却能走山路，肯定到得了目的地。

而且，在中国当代小说中，拖拉机似乎还风头很健。在张贤亮的小说《绿化树》里，那个“带点野性”的马缨花，不就坐着这种拖拉机，去私会她的情人吗？在王安忆的长篇小说《米妮》中，叛逆的米妮怀着八个月大的身孕，也是坐着这种车子，到劳改农场去探望她的未婚情人阿康。八个月的身孕，坐在这么颠的车子上，很危险的。我心想，乘坐这种拖拉机去谒陵，倒也很超脱。于是走向前去和司机商量。“行，行，行，来回就算四十块钱吧。”他说。

这司机很年轻，皮肤很黑。车子往北开出了城里的柏油大路，不久就转进田间的小泥路了。这次我有了经验，知道这种车子在泥路上行走时，人是不能坐下的，坐下真的骨骼都会被震得疼痛。最好是站着，或半蹲着。最叫我佩服的是，乡下农民经常几十个人挤在拖拉机上，又坐又站又蹲又爬，有的人身体还挂在车斗外，似乎不怕颠。或许他们都颠惯了。

这样在田野的阡陌上走了一个多小时，经过十里铺和武家村，才来到坡头镇山下的桥陵。这一带，地势平坦，尽是麦田，北面一排高山，很超脱的风景。唐代睿宗皇帝便长眠在山的那头了。

我来时，正是午睡时间。陵园和附近的农田全静悄悄的，一个人也没有。桥陵管理所就建在一条阡陌边，不见什么动静。陵园面积很大，当年的城门等地面建筑，当然早不存了，如今全都敞开着，无所谓开放不开放。陵园的布局考究，有王者之气，隐约透露一种庄穆。司机把拖拉机停在神道上等我。高耸的华表便标志着入口处。

我沿着左边的神道走进去，走过一座座雕刻精美的石刻浮雕和一排排的文武翁仲。这些全是唐代石刻中的精品，默默地竖立在这里，看守着睿宗的陵园，已经超过一千二百年了，依然保存得相当完美。神道尽头，蹲着一对大石狮，神气得很。浮雕中我最欣赏那头石鸵鸟，长长的颈项蜷成那么柔雅的一个弧形，悬在半空中。这些唐代浮雕显然深受当时突厥文化的影响，到现在看来，仍然充满中亚风味。

天宝年间，安禄山之乱期间，长安的物价飞涨，粮食短缺，杜甫待不下去了，曾经逃到蒲城去避难，还写过一首长诗《桥陵诗三十韵》。看来他应当是到过这陵园的，或者他便曾经站在我如今站的神道上。他这首诗一开头写陵园之华美，后半部分却突然笔意一转，写时局之艰难，生活之困苦："荒岁儿女瘦，暮途涕泪零。"结尾很让人觉得意外，不像一首吟皇陵的诗。

桥陵已经够落寞的了，幸好还有精美的石雕，王者的气派仍在。没想到玄宗的泰陵更加寥落，而且连石雕都那么粗俗，一副

桥陵神道上精美的石雕。诗人杜甫很可能曾经站在这里，缅怀前朝往事。

没落王孙的样子。

司机一听我说还要去泰陵，马上说要加车费。据他说："泰陵离桥陵这里，就好比从县城到桥陵那么远，等于再跑一趟。再补个四十块钱，怎么样？"

我翻出那本在铜川买的、很详细的《陕西省地图册》，翻到蒲城县一看，发现这司机说得没错，这两座唐陵确是一个在东，一个在西，隔得相当远，蒲城县城就在中间。看来这司机老实，并没有乱要钱。我们最后说好再补三十元。

半路上，我们停在三合村一家农舍前的西瓜摊，吃掉了一个大西瓜，再继续东行。拖拉机在田野上行走，喷着黑烟，更行更远更荒凉。我想起《唐会要》上的记载，这泰陵是玄宗皇帝自己生前选定的。那年他去谒拜了他父亲的桥陵后，和群臣骑着马在这一带踏青，见到山势奇峻，"有龙盘凤翔之势"，就选定了这里。看来，他们当年从桥陵出发，骑着马选陵址，倒是骑了相当远，相当长的一段路。我乘坐现代的拖拉机，也走了超过一个半小时才到。

泰陵真是一片寂寥颓败。这位开创开元天宝盛世的盛唐皇帝，死后却落得如此冷寂的下场。神道上，依然有华表、浮雕和

泰陵的鸵鸟浮雕，很有中亚风味。

翁仲，依然有那头柔雅耐看的石鸵鸟，可是这一切，好像全都是仓皇间雕成的，雕得很粗糙，线条无力，造型模糊，而且体积比起桥陵的都缩小了许多，小一号的。盛唐给“轧荦山”安禄山那么一乱，真的不行了，连玄宗皇帝的陵园，都再也没有什么心思去营建了。

我们在路上走了那么久，这时已经快接近黄昏了，太阳给云层遮盖着。我一个人默默走在玄宗皇帝的神道上，一直走到他的陵山脚下的那对石狮处，再走回来。司机对陵墓没兴趣，躺在车斗上睡大觉。

我问他：“有没有载人来过泰陵？”他说有。“去年冬天，下大雪的时候，我载了一对北京来的夫妇到这里。”夏天的泰陵已经够凄清了，冬天下雪的时候，一片白茫茫，想必更添无限的凄凉。

回程时，蓦然见到路边麦田中央立着一通巨大的石碑，很突兀的样子，仿佛立在一个不该立碑的地方。我对石碑特别钟情，赶紧叫司机停车下去访碑。原来那还是一通宋碑，还存有碑额，是北宋朝廷在某一年为了祭祀玄宗而立的。它孤零零地立在那里，字迹早被风雨侵蚀，模糊不清，早被人遗忘了。

# 咸阳布衣

韩城 · 三门峡 · 扶风 · 平凉 · 固原 · 麟游 · 咸阳



## 一

两年前，在西安转车的时候，我就想到韩城去看看司马迁的故乡。韩城位于西安东北约二百八十公里，在黄河的西岸，有火车直达。可惜那天早上太匆忙，赶不上火车，没去成。两年来，这件事一直是一个小小的遗憾。所以这次陕北之旅，韩城是非去不可的了。

从蒲城到韩城，也有火车，也就是那些从西安开来的。可是蒲城的火车站，位于县城外好几公里的地方，不方便，反不如乘搭长途汽车。前一天傍晚，探访过玄宗的泰陵回来，我特地去了一趟县汽车站，确定明早8点钟会有一班车发往韩城去。

清早7点多，蒲城汽车站还不见有到韩城去的车子。问卖票的，她说："车还没到，等一等吧。"问她可不可以先买票，她说："车来了再卖。"结果，车来了，大家抢着买票，又抢着上车，一片混乱。幸好车上座位多得很。夏初在陕北一带旅行，长途汽车好像都不拥挤。不过后来听一位老农说，这时是农忙收割季节，乡下人都在田里忙着，少出门而已。

中午时分抵达韩城，就遇到一名开机动三轮车的司机来拉生意。如果在别处，我可能懒得理会这司机。然而在陕北，却不能大意，因为小镇上不但没有出租车，连机动三轮车都是罕见的、稀有的。回想起来，从榆林开始，经过延安、黄陵、铜川、蒲城这几个县市，市面上真的连一辆出租车也没有。这次这名司机，五十来岁，瘦瘦小小的，穿着一双拖鞋，一件破旧的衣裳，仙风道骨一样。我请他先载我到韩城宾馆投宿再说。

韩城虽号称市，可明显的是个穷县，比蒲城还要破旧。市面上邋里邋遢，商店和民居都灰兮兮的。不知情的人，比如西方那些记者，来到这里一看，可能以为只是“第三世界”一个什么荒凉落后的小镇。恐怕没有人会想到，这城市已经有两千多年的历史了，而且还出了一位司马迁那样伟大的史家，足以和日月争光的。起先很为司马迁叫屈，但后来转念一想，一个人的故乡，对他来说，永远是最美的。为他叫屈反倒把他的故乡看扁了，大可不必。

开车师傅姓冯。他载着我，穿过旧城区，再爬过一个高岗，才来到位于新城区的韩城宾馆。半路上，我向他打听司马迁的祠堂。他马上说：“啊，我知道，在城南的芝川镇，离这里还有二十里。我载你去。”

“可是我还没吃午饭。”

“没关系，你先到宾馆把东西放下，我载你先去吃饭，再带你去司马迁祠。”

我被他说得很心动，而且在韩城这地方，恐怕也没有其他更好的办法了，决定听他的话。这位冯师傅，似乎有无穷的耐心，一点也没有其他开车师傅的那种急躁。他载我到餐厅吃饭，自己在门外等着，悠闲地抽着烟，似乎准备陪我一整天的样子。他总是说：“不急，不急，慢慢来，时间多得是。”

饭后，他载着我离开城区，往城南芝川镇走去。他先前和我说的二十里距离，用的是市里，也就是传统的华里，大约等于十公里。机动三轮车开得很慢，喷着黑烟，在白杨夹道的马路上，奔跑了一个多小时，才来到芝川镇。镇上，只有一条大街，不少农家在路边摆卖西瓜和西红柿等蔬菜。我们先在一个西瓜摊上，吃完一个大西瓜，才转入大街边的一条小路，爬上一个小山冈，来到司马迁的祠堂。

司马迁死后，据说就葬在这里。然而这恐怕和许多汉唐古墓一样，是无从查考证实的了。而今所见到的司马迁墓，只是元代重修的一个象征式的衣冠冢。因为是元代修的，所以修成像蒙古包的形状。

祠墓区占地面积很大，依山建筑，有四层高台。我爬到最高一层的顶上。东面就是黄河了，在远远的农田外，恰似一条瘦小的银带般流着。西面有一段很高的黄土台塬，那已经是黄土高坡梁山的一部分了。整个祠墓区，有不少苍劲的古柏在风中摇晃着。

这一天，只有三五个游人，而且都是当地的农人。从高台上走

元代所修的司马迁衣冠冢，建得像一座蒙古包。

司马迁祠墓区种了许多松柏，庭院深深。

下来，冯师傅依然在入口处和售票的人员闲聊着，不急着离去。祠堂下边，有一片不知谁家的农田。还有一头驴子，身上拖着一辆大板车，默默地站立在一棵青青的柳树下歇息，一动也不动。驴子的眼神永远是悲伤的。它立在那棵柳树下，给人一种亘古的感觉，仿佛一直立在那儿，伴守着司马迁的祠墓，已经两千多年了。

## 二

从地图上看，韩城和三门峡的距离，只有一百多公里。万万没想到，我走了整整一天的路，而且还得渡过两次黄河，才在黄昏夕暮中抵达三门峡市。

一大早，在韩城汽车站买票时，我就有个预感，这一段路虽短，可是跨越陕西、山西与河南三省，恐怕不好走。我买了一张最远到山西侯马的车票，准备到了侯马再转车经运城到河南的三门峡。看地图，原以为这是一条大路，会比较好走。而且侯马曾经出土战国时代的盟书，这地名对我有一种奇怪的吸引力。

班车倒是准时出发。11点多，便开到黄河边上，飞快地驰过河上的一座铁桥，就进入山西省界。再一转弯，便把滚滚的黄河远远地抛在后头了。可是，中午到了河津这个小镇时，司机竟停车不走了，因为他说："车上没有几个人去侯马。有买到侯马的乘客，可以退票，转其他车子。"

下了车打听了一会儿，才知道其实根本不必去侯马。河津就有直达车去运城。到了运城，自然可以转车到三门峡。于是在河津胡乱吃过中饭，又继续上路了。这回车子走的是一条乡间小路，走得很慢，经临猗，走了三个多小时，才走完那八十多公里的路，在下午3点多抵达运城市。

果然，运城到三门峡的班车很多，几乎是人满就开，不过车子其实最远只开到黄河北岸的平陆县。然后，乘客就得下车，效仿《诗经·河广》中的那个宋国人，自己乘船渡河，才可以到达南岸的三门峡市。

三年前，也是夏天，我就曾经在这同一个渡口上渡过黄河。那年，我们渡河乘坐的是一艘庞大的机动渡轮。不料，这次来到这个茅津渡口，才发现黄河竟然水旱，水位猛降，至少跌了两米。所有的渡轮都停航了，无法在水位如此低的黄河上行驾。干旱的黄河，更加瘦削了，暴露出河边的烂泥和腐朽的草木。

有人趁机做起生意来了，不知从哪里弄来两艘机动小汽艇，在岸边拉客。我们都别无选择，只得轮流上艇，任人宰割。每艘艇可坐五人，每人收二元，看来可以发一笔大财。这么瘦小的黄河，不到两分钟就渡过去了。上了对岸，还得走过一片原本淹在水中的烂泥河滩，才走到市区面包车的乘车处，狼狈得很。

到三门峡市火车站附近的天河宾馆时，天已经快黑了。

这回来三门峡，主要为了看一看有名的“中流砥柱”。但没想到，当我向宾馆工作的一名老师傅打听怎样去中流砥柱时，他竟告诉我一个惊天动地的消息。

“中流砥柱崩了！”

“崩了？”中流砥柱崩了？那以后连“中流砥柱”这句成语，不也都得作废了吗？我可从来没听说过有这回事。第一个反应是：难怪我一直想找一张中流砥柱的照片，却一直找不到。

“对，崩了。当年修三门峡水坝时崩的。崩了一大截，现在只剩下一小块了，露在水面。”不知道这位师傅说的是否真实。后来也一直没有办法求证，直到现在都还在设法解答这个谜。不过，即使如此，我还是很想去走一趟，看一看“崩了”的砥柱。

“那请问怎么去呢？”

“你可以先搭市内的公车到电力站，下车不远有个火车站，叫湖边火车站。每天早上7点半有班专线火车到三门峡水坝。到了水坝区就可以见到中流砥柱了。”

夜里，我老想着中流砥柱“崩了”这件事，睡得不安宁。第二天，起了个大早，坐了最早的第一班公车到电力站，天就开始下起雨来，而且越下越大。在湖边火车站附近的一个小食摊，吃过油条，喝过稀饭，再冒雨跑到火车站，买了一张到三门峡水坝的车票。原来，这列火车是专门运载水坝员工上下班的，每天只有两班来回，配合员工的上下班时间。

火车上很拥挤，尽是水坝的工作人员，没有游客。听说星期天才会有游人来玩。列车走了半个小时，来到水坝区。下车后又在雨中走上一个山坡，走了几乎半个小时，才见到高高的水坝，横跨在山坡下的黄河南北两岸上。我立刻紧张兮兮地寻找中流砥柱。

水坝东边的黄河上，有两块岩石。一块比较小，立在接近南岸边的水中，孤零零的。另一块则比它大了至少十倍，位于河中央，可是这块比较大的岩石，明显地曾经遭到破坏。它的上半部分已经“崩了”，好像被人铲平了。水坝中间有一面围堤，甚至

三门峡水坝，河中那块石头就是传说中的“中流砥柱”。

一直伸延到岩石的中央，似乎把这块水中的大石头当作一个天然的栏柱来利用。我对着这两块巨石发呆，不知道哪一块才是中流砥柱。问了几名在水坝工作的员工，他们都指着比较小的那块石头说：“那就是中流砥柱。”

可是我却不无怀疑。果如此，那这中流砥柱怎么那么小？而且那么接近岸边，并不在水中央，似乎和历史上的记载不符，也和它在历史上所形成的雄伟不倒的形象扯不上关系。在唐代，中流砥柱使得三门峡这一带的水流湍急，漕运不便，经常造成翻船和人命伤亡。唐代那一批精明的理财专家，像刘晏等人，不知花了多少心机，也没法彻底解决这问题。后来，干脆在黄河岸边的峭壁上，凿出栈道，叫纤夫在上头拉着江南来的租税船行走。最后，还是闹出许多人命，不得不停航，把这一带的粮食运输，改用人力和牛车，在陆地上进行。

无论怎么看，我眼前岸边的这块中流砥柱，都太“细小”，太不起眼了，不可能在当年造成那么大的灾害。如果说水中央那块比较大的巨石才是中流砥柱，那倒还比较可信，而且它的上半部分“崩了”，也符合宾馆那位老师傅的说法。然而，仿佛没有人愿意说那块“崩了”的大石，就是中流砥柱。

据说这就是历史上有名的“中流砥柱”。这么小，真的是崩了吗?

雨不断地下着。我沿着一条山坡上的小径，一直往下走到河边，走到河上的一座小桥去。在桥上往西一看，河上的那两块石头看得更真切了。无论怎么看，还是无法把这两块石头，和中流砥柱联想在一起。两者都“不像”。雨越来越大了。我心中充满疑惑，只好默默在雨中走回火车站，再乘搭那列专线火车，回返三门峡市。

回到市里的湖边车站，顺便到车站附近出土的春秋虢国车马坑去参观。在售票处的小卖部，终于买到了河南旅游局所编的一张三门峡游览图，和一套明信片。在这地图和明信片上，都有一张难得的中流砥柱的照片，而照片显示的，正是刚才我在黄河上所见的那块比较小的岩石。难道那真的是中流砥柱？还是中流砥柱真的“崩了”，而今只剩下那么一小块，露在水面？

在虢国车马坑的一个展览室外面的走廊上，意外地发现康有为写的那四个有名的大字“中流砥柱”。这四个字，当年不就刻在中流砥柱上吗？怎么现在竟沦落在一个博物馆里呢？难道中流砥柱真的“崩了”，幸好还能把这几个大字“抢救”下来吗？正像当年在陕南褒河修建一个大水库时，为了避免褒斜道石门上那十几块知名的汉魏隶书摩崖石刻被大水淹没，结果都把它们从崖上切割下来，搬到汉中博物馆去保存那样？

三门峡一整个上午都在下雨，下得人有点心烦。我离去时，心中的谜仍然没有解开。

## 三

又见西安，又见西安。我已经忘了，这是第几次来西安了。好些年不见，火车站对面那家以前常去的解放饭店，房租已经提高到一百大元外汇券，然而各种设备，明显地旧了。电梯里的地毯，破烂得发黑。餐厅也改小了，而且看来生意不好，惨淡经营的样子。

我是从三门峡乘火车来到西安的。这回来西安，只是路过转车，下一个目的地是西安以西的扶风和法门寺。第二天一早，便在火车站对面的长途汽车站，搭了一辆班车到扶风。这车站售票，已经电脑化了。车票上打印出来的中文字体，还不错。11点多抵达时，发现扶风真是个小镇，没有几条大街。我投宿在扶风饭店，准备在这个小镇度过安宁的一天。

午饭后，乘了一辆小面包车，到法门寺去。自从佛骨舍利和一大批唐代文物在这里出土后，法门这小村，一夜之间成了一个热门的旅游点。大街上尽是餐厅、宾馆和手工艺品店。

李唐王室当年迎佛骨，害得韩愈写了那篇《论佛骨表》，被贬到潮州去。一千多年后重读此文，我觉得韩愈的论点，即使以20世纪90年代的言论标准来看，还是很大胆的，敢说出他心中的真话，大勇可嘉。然而，如今在法门寺博物馆中展出的佛骨，只是个“影骨”，一个玉质代用品，并非真正焚化后的指骨头。真正的佛骨，我听说太“神圣宝贵”了，不可展出。

下午，在扶风的街头闲逛。扶风附近便是周人祖先的发源地岐山。这里到处可见的一种小吃“擀面皮”，竟都标榜是岐山的，给人无限温馨的历史联想。晶莹的凉面，淋上麻酸辣各种酱料，再标上岐山两字，便仿佛是周人的祖先始创似的。我也在一个路边摊尝了一碗。岐山的擀面皮似乎是最道地的。后来在西安、凤翔、平凉等地见到的擀面皮，也都标榜是岐山正宗的。

## 四

从前在研究所初习唐史时，初唐史料是平日常常要翻查的。

唐代虽号称在公元618年立国，可是刚刚开始那六七年，还有不少血腥的重大内战，是一段极之混乱的历史。我记得，初唐史料在描述唐初的这些战事时，经常提到某某将领，因为战败了，或者其他什么原因，便“远走平凉”。不知怎的，“远走平凉”这四个字，从此一直给我很深刻的印象。平凉仿佛成了一个避风港，“远走平凉”便没事了。

如今，平凉还是个活生生的地名，位于甘肃的六盘山东面。再往西北走，便进入荒凉的六盘山区里的固原，唐代的原州。那儿回民众多，现在已经属于宁夏回族自治区了。从平凉往东走，便是“泾渭分明”的泾水的发源地泾川，以及有名的北石窟寺的所在地西峰。其实，在唐代，这几个地方全属于关内道，现在却分属甘肃宁夏，甚至脱离了陕西省了。

我也是被迫“远走平凉”的。那天在扶风游过法门寺后，按照原定的行程，本该去凤翔的，再转车到深山里的麟游，去寻访唐代的一通名碑——欧阳询写的《九成宫醴泉铭》碑。没想到，在凤翔汽车站买票时，那名女售票员竟跟我说：

“没车去麟游。”

“时刻表上不是写着，1点半有一班车的吗？”

“没开了。”她冷冷地说，又低头在打她的毛线。

这“没开了”的意思很多。或许是这班车早已取消了，不开了。又或许是今天临时有什么事，车子不开了。总之，在凤翔这个小县城遇到一个只管打毛线的售票员，一时倒真是没有办法。我走到售票厅的门口，望着门外的停车场想法子。

望啊望了一会儿，突然见到一辆车子的挡风玻璃上，挂着一个“宝鸡—西峰”的牌子。车上已经坐了不少乘客，司机也在驾驶座上，一副整装待发的架势。看来，这是一辆从宝鸡开来的长途汽车，在等待凤翔的乘客上车。我蓦然又想起了初唐史料上那“远走平凉”四个字。心想，不如暂且不去麟游了，让我也先来个“远走平凉”算了，因为西峰就离平凉不远。于是赶到另一个售票窗口询问。

“对，那是到西峰的车，10点半开。你买了票就可上车。”这次，这名售票员和气得多了。看来，“远走平凉”果然是个好办法。

就这样，我在当天下午3点多来到了西峰。前些天一连下了几天的雨，今天正好放晴。过了凤翔以后，一路上，几乎又都是黄土高坡了。雨过天晴，黄土高坡得到了雨露的滋润，草木在阳光下也显得格外娇媚起来了。车子开过长武以后，黄土断层越来越高，乘客却越来越少了。风和日丽，是一段十分惬意的夏天旅程。

西峰地势平坦，其实它就位于一个很辽阔的黄土台塬顶上。第二天一早，在宾馆租了一辆小轿车去寻访庆阳的北石窟寺。车子沿着西南的方向行走，走的尽是下坡路。北石窟寺就位于两条河交汇处东岸的一面崖壁上，地点十分隐秘，和外界的交通极为不便。古代的石窟寺都喜欢建在如此荒寂的地方，原本并不想吸引什么游人来玩，和现代旅游业者的想法显然大大不相同。

西峰附近见到的绿色山谷

被大水冲刷成的山谷深沟

这个北石窟寺，是由北魏的一位刺史创建的。可是或许因为地点隐秘，它在20世纪初一直没有被人发现，直到50年代末才重新被人找到。正因为这样，它的许多雕塑都还保存得十分精美完好。第一六五窟是北魏开凿的一个大窟，尤其精彩。那天早上，只有我一个游人。这石窟正面对着那两条河。窟里的大佛慈悲地微笑着，一片祥和宁静，似乎和一千多年前的景象没有什么大的分别。

当天下午，我就真的“远走平凉”了。5点多抵达时，一看，才知道平凉的地形很奇特：它建在南北两座大高山的中间，所以形成一个又瘦又长的城市，和延安有点相似，确是个有天险可守的好地方，远远比西安来得险峻。难怪，唐初的那些大小军阀，战败的时候总喜欢“远走平凉”，逃到这儿来。

然而，平凉也确是荒凉，没有什么文物古迹。第二天一早我就走了，到更北的固原去。七月中，本该是仲夏，最炎热的天气，但在通往固原的路上，气候却十分清爽，简直就像秋天了。我查看随身带着的一个温度计，只有二十三摄氏度！也难怪，这儿已经进入了六盘山区，随处是高山了。然而，在这样的山区，中国铁道部却也在修建一条铁路，从陕西的宝鸡一直通到宁夏的

六盘山区兴建中的火车桥墩和隧道

中卫，称为宝中线。途中，平凉到固原这一段路，该是最艰难的了。路上经常可以见到已建好或正在兴建中的高高桥墩和隧道。

固原回民多，街上的餐厅几乎都是清真的，伊斯兰的色彩浓厚。路两边做买卖的个体户，大都戴着一顶白色的小帽。牛羊肉泡馍随处可见，我也去吃了一碗。在唐代，这里是昭武九姓人（即粟特人）的聚居地。今天住在固原的史姓人家，很可能便是他们的后代。

夜里，我睡在固原宾馆，到了凌晨4点多，被一连串的广播声吵醒。细听之下，原来是穆斯林清晨的第一次祈祷声。悠扬的阿拉伯语祷告声，竟好像是我熟悉的。我觉得我应当在什么地方听过这样的祈祷。想了一会儿，才想起这就跟我在马来西亚老家清早常听到的祈祷声，完全一样的声调。只是，这一次在中国听见，一时竟不知道自己身在何处了。

## 五

那年春天，筹划夏天的旅程时，有一天很偶然地在某一位作家的一篇文章中发现，原来小学时经常用来练习毛笔字的欧阳询《九成宫醴泉铭》碑，还保存在陕西省麟游县的九成宫遗址上。当时就下定决心，到陕西时一定要到麟游县去走一趟，不仅仅为了这通名碑，也为了看看那九成宫遗址。

不料，麟游真的处在深山中，交通极为不便。为了这通名碑，我也走了一段曲折的路。原本应当是在游过扶风的法门寺后，转道凤翔去的。但在凤翔汽车站，那名售票员一说“没开了”时，我便耐不住性子，“远走平凉”去了。结果，我后来才从宁夏的固原南下，经平凉，到泾水的发源地泾川去，玩了一天，准备第二天一早搭车去麟游。

泾川县城很小，只有两条大街，四周都是黄土高坡。我投宿在县招待所里。极大的一个套间，一房一大厅，竟只收三十九元，十分便宜，而且还是人民币，仿佛不知人间还有外汇券这回事，可见这儿外国旅客之稀少。然而，这里却有一个世界级的国宝——北魏年间刻成的《南石窟寺之碑》。石碑对我有莫名的吸引力，唐和唐以前的碑刻，对我的魅力更大，所以到泾川的当天下午，就一个人匆匆跑去看了。

此碑现藏泾川县文化馆，在大街北端王母宫石窟寺的文物管理所内，还保存得很不错。碑身下方有一道裂痕，看来是人为的破坏。碑文有一些缺字，但还清晰可读。1925年，考古学家陈万里，便因为此碑上的“南石窟寺”这一名称，而在他那本陇东考察报告《西行日记》中，推想应当还有一个北石窟寺的存在：“有所谓南石窟寺，则必有北石窟寺之相对。”20世纪50年代末，文物勘查队按照这个推想，果然在庆阳找到了北石窟寺。

访碑回来，翻开地图一看，麟游就在泾川东南面不到一百公里的地方，距离很近。可是，没想到，为了一睹欧阳询写的那通名碑，竟得换两次车，在路上走了几乎整整一天，才在傍晚时分来到麟游。然而，这却是一段令人难忘的旅程。

前一天在泾川县的汽车站买票时，才知道泾川并没有直达车到麟游，或许是因为这两个地方，距离虽近，却分属两个不同的省份：泾川属甘肃，麟游却在陕西了。从泾川到麟游，最远只能到邻近的灵台县。一星期前，我从凤翔“远走平凉”时，正巧曾在灵台县停车吃中饭，对这小城还有点印象，决定先到灵台，再设法转车去麟游。

车子沿着长武一带的黄土高原疾驰，到早上11点多就开抵灵台。小小的县城，大街没有几条，汽车站竟有两个。吃过午饭后，问人，才知道从这儿去麟游也没有直达车。唯一的办法是，先乘搭开往凤翔的班车，中途在两亭这个小地方下车。然后，再看看那儿有没有车可转到麟游去。心想，一个小小的麟游县，怎么这样难以到达。越是难以到达，我不禁越想去看看，甚至准备好，必要时在两亭这样的小镇过一晚，也非到麟游不可。

于是又乘搭了中午开往凤翔的一班车出发。车子走了半小时，便来到一个叫“天堂”的小城，位于甘肃和陕西省的交界处。到了天堂，就算进入了陕西省界了。中国小镇的地名，常常是很别致的。我想起陕西铜川北面一个叫“哭泉”的小城，给人一种十分悲伤的感觉。我不知道那里为什么叫哭泉，不过它给我的联想，却仿佛是在远古时代，那儿发生过一件天地不容的冤案：一个少女的眼泪流成了泉水，把小城淹没了。为了平息这冤魂，城里的父老只好将城名改为“哭泉”，有点像伯格曼早期的电影《处女泉》的结尾那样。

天堂过后，再行车半小时，两亭便到了。这地名也很美，仿佛有两个亭子让过往的旅人避雨，给人一种温馨的感觉。在两亭下车时，正好是下午1点半。小城似乎还在午睡未醒，一片宁静。两亭汽车站就建在大街边上，很小巧，连停车场都没有。车子到了这儿，停在街边，让旅人上下车后，又开走了，根本无从进站。

大街两边，有一些商店，但仿佛却有一半以上是不营业的，大门都紧紧闭着。汽车站也空空荡荡的，没有人售票或办事。问了一个等车的当地农人，才知道下午3点半左右，会有一班从凤翔开来的过路车，到麟游去。那是今天最后一班车了。

于是走到大街上一个西瓜摊前，买了半个西瓜，慢慢吃着，准备在这儿等两个小时。这一天，我的心情倒是出奇的悠闲，不把两个小时当一回事，倒想好好享受一下这个小城的淳朴和宁静。或许，旅行本该如此。困守在某个荒寂的小镇，未必就是一件坏事。

两亭的大街其实也很短，大约只有一百米就完了。我坐在西瓜摊前看人，看远方浑黄色的高山和青绿的农田。来往的车子也不多，毕竟这里不是主要的交通要道。一头母牛，脖子上挂着牛铃，带着它的两头小牛，大摇大摆地走到马路上，吃别人丢弃的西瓜皮。还有一名年老的侏儒，在背后拍打着母牛和小牛，赶它们回家去。

3点多，车子终于来了。那天在凤翔汽车站，我明明见到时刻表上有一班1点半开往麟游的班车，可是问售票员时，她却说“没开了”，看来她是胡扯的。结果害得我“远走平凉”去了，又绕了一条远路回来。现在，我眼前的这辆车，显然就是1点半那一班，从凤翔开出，到两亭时正好是3点多。

从两亭到麟游，车子走的是一条上山的小路。过了一个叫“招贤”的小镇后，路越来越陡，天气也越来越凉快了，好比突然从盛夏飞越到了初秋。下午的阳光很充沛，而且竟像冬日的阳光那样，让人觉得无比的亲切和温馨。路两边，尽是满山满谷的

两亭，一个侏儒以扫帚驱赶牛回家。

树林，黛绿色的，那种得到雨露滋润过的绿色。

那时，我已经看了至少两个星期黄兮兮的黄土高坡。麟游这一带的风景，真是让人眼睛一亮，好像回到了闽北武夷山一带的青山碧水。这儿明显地不属于黄土高原区了。我终于明白，为什么隋唐要选择在这里建筑一座行宫，作为天子的避暑之地。我庆幸自己没有半途而废，总算坚持到底，转了那么多趟车，终于来到这一片黛绿之中。

5点多抵达麟游县城时，阳光还是那么明媚。在县招待所办好住宿后，趁着还有一点天光，决定先去寻访那通《九成宫醴泉铭》碑。县招待所的女服务员给我指点说："你沿着大街往那头走，一直走到尽头，再右拐，上一个小坡，就是了。"

欧阳询写的这通名碑，现在已建了碑亭保护，并且设了一个管理所。我到的时候，服务人员已下班。看守碑亭的那位老师傅，正推着一辆自行车，准备外出。他见我一来，马上说"无妨，无妨"，可以让我进去参观。

他打开碑亭的大门。"咿呀"一声，高大的《九成宫醴泉铭》碑便悄悄地立在那儿。窗外的夕阳斜照进来，给石碑更增添一种古老永恒的感觉。碑身呈幽绿色，光滑滑的，石质考究，看

麟游《九成宫醴泉铭》碑，现在建有一个管理所在保护，很有田园风味。

来是十分坚硬的花岗岩类。它默默承受了一千多年来的拓印，而今连刻在碑上的字也被拓得快平了，快没了，只剩下薄薄的、瘦瘦的一层字迹。

我站在碑前，细读碑文开头的第一行：“维贞观六年孟夏之月，皇帝避暑乎九成之宫，此则隋之仁寿宫也。”没错，小学时伴我习字的那些碑帖，原来都是从这碑身上诞生的，流传开来的。如今，我终于找到它们的源头，而且就站在这源头之前了。

九成宫早在初唐就被大水冲毁。它的废墟如今深埋在现代麟游县城之下好几米的泥土下，难以发掘了。但我访了《九成宫醴泉铭》碑后，回到县城的大街上时，竟无意间“窥见”了当年九成宫华美的一面。

原来，1980年，县城大街上在进行一项建筑工程时，无意中挖着了一口唐代九成宫的水井。目前，这口井建有井亭保护，属于麟游县文化馆管理。但我来时，已是黄昏夕暮了，井亭的大门深锁着。我只能从大门的门缝，往里窥看，仿佛在窥探堂奥之美。

这口唐井，的确十分罕见。它深埋在地下好几米的地方，一

《九成宫醴泉铭》碑，经过一千多年的拓印，如今只剩下薄薄的一层字。

这口唐井让后人得以窥见当年九成宫华美的一面。

直没有受到人为的破坏，保存得极为完美，连井台上的方形素面石板和长方形石条，都还是唐代的遗物。如今，它悄悄地躺在那儿，那么完好如新，竟好像是一千多年前，一名唐代宫女刚打完水离开不久的样子。我从门缝中窥看着，觉得自己仿佛窥见了唐代宫廷的一个秘密。



## 六

我又回到西安了，准备搭飞机到广州，再转火车回香港，结束今夏此行。

这次在湖北、河南、山东、河北、山西、陕西、甘肃和宁夏行走了一个多月，在路上耽误了好几天，行程已经远远超出我原先定下的了。我得赶紧赶回香港，踏上人生旅程的另一段。

从麟游乘长途汽车回到西安的当天中午，一下了车，先到站外的一家小食店，吃过一大碗热腾腾的羊肉泡馍后，再赶到西稍门的民航局售票处去买机票。不料，机票紧张，最快也得四天后才有机位回广州。于是又被逼在西安多留了三天。

但也幸好如此，好像无端端地捡到三天“免费”的时光。我终于把西安好几个从前未去的地方，都去游了一趟，比如乐游原上的青龙寺遗址，以及骊山下刚复原不久的杨贵妃和唐玄宗的洗澡池。七月仲夏，西安笼罩在一片暑热之中。走在街头，心里却是出奇的闲静，而且还经常兴起一种难言的兴奋。一方面，我就要结束这一段旅程回家了；但另一方面，我也知道，这段旅程的结束，其实是另一个旅程的开始。

那年夏天，西安机场正巧刚从西稍门外，迁移到市郊遥远的咸阳。大清早，天还漆黑一片。我乘搭了民航局的班车前往机场途中，庾子山《哀江南赋》中的结尾两句，“咸阳布衣，非独思归王子”，蓦然又跳上了我的心头。

我之所以会想起这两句诗，当然是因为咸阳这地名。在研究所念书的那几年，虽然专攻的是唐史，可是由于唐代跟北朝的渊源很深，我也留意起北朝的文史来了。庾子山的《哀江南赋》，正是那时代很出色的一首长诗。

这首诗用的典故都很艰深，颇不易解。“咸阳布衣，非独思归王子”这两句，表面上的意思倒不难懂，大意是说咸阳城中，想回到南方去的，不单只是王子，还包括寻常布衣。子山是把自己比成布衣的。

至于这两句诗背后更深的含意，就比较不易解了。幸好，史学大师陈寅恪写过一篇专文讨论这两句，叫《读〈哀江南赋〉》，为我们解开了不少典故。

我在美国那几年，经常有美国人在西亚被扣留作人质。每次在电视上见到这类新闻，我总在想，扣押作人质的事其实并不只限于西亚，也不只发生在现代。中国历史上就有不少的人质。庾子山不但是南北朝的一位大诗人，他其实更是一位很“资深”的人质。

他出生在南方梁朝一个显赫的大家族，十五岁那年就当了梁昭明太子萧统的东宫讲读。公元554年，他奉命出使北方西魏。不久西魏攻灭梁朝，他也就被扣留作人质。那一年，他才不过四十二岁。西魏亡了，他又仕北周，从此一辈子再也回不了他的江南了，只能在他的赋中，尤其是在《哀江南赋》中，表达他对南方故土的沉痛乡思。他在北方度过了整整二十五个秋冬。在南北朝历史上，他恐怕是滞留在北方时间最长的南朝士人官员之一。难怪杜甫要说：“庾信生平最萧瑟，暮年诗赋动江关。”

所以，在前往咸阳途中，我就想起了子山，想起他那首赋中的结尾两句，想起他曾在北方过了二十多年回不了家。

然而，再过两个钟头，我就要从咸阳机场起飞，回我的南方去了。这真是个很奇特的经验。

# 相看两不厌

## 宣城



众鸟高飞尽，孤云独去闲。
相看两不厌，只有敬亭山。

——李白《独坐敬亭山》

李白这首诗，大约是他在五十三岁那年写的。那年秋天的李白，显然是寂寞的。他在今安徽宣城一带行走，没有官职，好像也没有固定的居所。晚年的李白，四处飘荡，正像杜甫所说的，“浮云终日行”，不知是靠什么过活的。替李白作年谱的古今几位学者，都没有提起这问题，恐怕也是无从解答的了。他给人的印象，便如“孤云”那样，有点无奈，甚至可能也有点不乐。

1993年的九月底，我终于写完本书的初稿。于是给自己放了三个星期的年假，又到中国内地去走了一趟。这是我的第九次中国内地行。那一年，我已辞去了香港的教职，回到我南方的故土。游记初稿完成时，正是“天凉好个秋”的秋游季节。计划中的行程有南昌、景德镇、黄山、南京和扬州这些我从前“遗漏”的地方，以及陶渊明的故乡江西九江，和朱熹的老家江西婺源。

然而，秋游回来，却发现没有什么东西可记。我的意外收获，倒是原不在我行程之中的安徽宣城，李白晚年的宣城。

十月初秋，我在江苏的镇江上了火车，准备到安徽的黄山去。这是一列308次的快车，从常州开来，一直开到黄山站。行前的一晚，还身在扬州，在宾馆内翻查那本《全国铁路列车时刻表》，发现这列火车走的路线，简直就是当年李白走过的路：南京、马鞍山、当涂，当然还有宣城。当涂是李白晚年常到的一个地方。他最后也就死在那儿，葬在那儿。然而，我却对当涂没有什么兴趣。我最想去的，反而是宣城，或许是因为《独坐敬亭山》这首诗吧。我想去看看李白诗中常提到的敬亭山，如何“相看两不厌”。

火车从常州开到镇江时，快接近中午了。这是一班过路车，但我在镇江上车，硬座票竟还是对号的，让我觉得有些惊喜。这列车乘客不多，大部分还是到芜湖去的。一路上，秋天的太阳照在窗外刚刚秋收的稻田上，一扎扎的稻秆立在田的中央，风景很美。火车飞快地往西南方向奔去。我的心情也变得特别明快起来了，就像那年我乘车到甘肃的夏河去那样。

下午3点多，火车到了芜湖，几乎一半的旅客都下车去了。车厢里变得空空荡荡的。在我对面，正好坐着一名十多岁的小男生。无意中和他谈起，才知道他的老家便是宣城。他告诉我，李白的敬亭山就在城郊外几公里的地方。城里有一家敬亭山宾馆，可以招待外宾。我一听，更决意中途就在宣城下车，暂且不去黄山了。

下午快5点钟，火车几乎是正点到达宣城站。阳光勇猛地照着这片古老的土地。出了站，走下那一排台阶时，远远就见到许多三轮车，在车站外排成一条长龙在等待着。这些三轮车和其他地方最不一样的，便是它们遮阳的帐篷，全都漆成相同的朱红色。这朱红色很怪，幽幽深深的，仿若一种中古时代的色彩，在太阳底下，发出一种低低沉沉的光。

一时之间，我怔住了。这些帐篷也做得特别宽大。从火车站的高处往下看，只见一大片朱红色的车盖，分成左右两列，像海浪般涌上来。我蓦然想起了杜甫“冠盖满京华，斯人独憔悴”这句诗。而杜甫这首诗，正好是他《梦李白二首》中的第二首。诗里所说的“斯人”，指的正好便是李白。时光仿佛真的倒流了，我好像又回到了李白的盛唐了。

叫了一辆机动三轮车，到敬亭山宾馆去。我们经过一排排的商店，穿过一座大桥，爬上一个高岗，便来到了宾馆。那是宣城唯一的宾馆。一进门，只见一幅巨大的红色布条，高高挂在两棵树的中间。上面以白漆写着：“热烈欢迎日本国川之江市日中友好访中团来宣州市。”我一看，暗觉不妙，因为像宣城这种小城的宾馆，客房不多，一有开会或什么团体到访，必然客满。幸好，这个日本团明天才来。我比他们早一天到，今晚的住宿没问题了。

放下行李，天快黑了。我趁着还有一点残余的阳光，走到宣城的大街上去。出大门时，又见到那幅红色的布条。心想，宣城除了李白和一种罕有的扬子鳄外，并没有什么特别吸引外人的地方。这个日本团来访，不知为的是李白，还是鳄鱼？或许两者都感兴趣吧。日本人是喜爱李白诗的。但我问了宾馆的服务员，她也不知道他们来访的真正目的。

如今，宣城已改为市了，叫宣州市，但火车站和城里不少地方，依然沿用着宣城的旧名。走在街上，感觉到这城市和内地许多县城没有两样。几条大街，几排商店，几座商场，和几间百货公司而已。若想在这城里寻访李白的踪迹，那是无处可寻的。所有古代的建筑物早已不在。城里的商店恐怕都是近五十年内建成的。一切早在我的意料之中。

我心想，我只是一名“后现代”的旅客，一名好事者而已。我这个过客，只想在李白的宣城，度过一个晚上，呼吸这里的空气。我到的那天，正好是中秋的前几天。走进一家百货公司，买了两个月饼，准备当作我在宣城的晚餐。又在一家路边的小书摊前，意外地发现一本福州出版的《中篇小说选刊》，也把它买下来。那名年老的女摊主告诉我：“这本刊物还好卖。每期还能卖个十本。”

“那你有没有上海的《收获》？”我顺便问起几种高水准的文学刊物。

“没有。《收获》不行，不好卖。”她说。

“南京的《钟山》呢？”

“也没有。《钟山》也不行。”

“北京的《当代》呢？”

“都不行。”

天已经全黑了，街上没有一盏街灯。我一个人悄然走在几乎漆黑的街头，慢慢走回宾馆去。经过路边一个卖盐水鸭的摊贩，见到他在黑暗中，专注地剁着一只鸭子。黑麻麻的，他连蜡烛也没点。真有些担心他会不会剁着自己的手指头。

夜里，在宾馆的房中一边吃月饼，喝红茶，一边看电视。看着看着，我听见有人没敲门，就自己用钥匙把我的房门打开了。然后，两个人走了进来。一个穿着公安的制服。“来查房的。”他说。那一晚，我的心情好极了，竟对他们说：“请坐啊。这么晚还在工作，辛苦啦。”我把护照交给那名公安。他看了，没说什么。两个人又走了。这是我在国内行走那么多年来，遇到的第二次查房。第一次在河南的宝丰县，也是一个鲜少外国游客到的小镇。

隔天早上起来，沿着宾馆前的大街，走到城中的一座桥上。在桥下的小溪边，有几名妇女正蹲在水边的台阶上洗衣，很有节奏地捣衣。敬亭山的朦胧山影，就在远方。

宣城市里没有出租车。早上没事，叫了一辆机动三轮车，到敬亭山去。半小时后到了山脚，司机还载着我走了一段上山的黄泥小路。路两边，有一些梨树。秋天了，它们的叶子都已经落尽，只余下光秃秃的枝丫。远远望去，半山腰有几所房舍。我决定爬到那里去。

敬亭山并不高。走了半小时，已来到半山腰。山上有一所尼姑庵，有人在种菜种花。无意中闯入一家农舍的菜园，一头凶犬对着我狂吠。主人马上赶过来，把他的爱犬拉回去，绑在一根柱子上。我是那天早上唯一的登山者。

这敬亭山远在城郊，交通不便，平时恐怕也没有什么人来。这几年来，我爬过几乎所有中国的名山。五岳归来以后，还去了黄山，甚至翻越过秦岭。它们都热闹得很，挤满了游人。只有敬亭山，那么冷清的，寂静的，在我到的那天早上，一个游人也没有。

唐代的交通应当更为不便。在天宝末年，敬亭山恐怕更不会有什么游人。我想李白当年经常登临敬亭山，应当也是一个人来的。所以才会“独坐”看山，形成“相看两不厌”那种情景。

从山上下来，想起李白那种“孤云”般的心境，我的感觉也正是轻轻淡淡的。回家后，写信告诉一个友人，说我今秋到过宣城，“也去爬了李白的敬亭山”。这朋友很细心，说我恐怕也是“寂寞”的。

# 附录 九次中国内地之旅详细路线里程表

## 第一次旅程（1989 年 6 月到 7 月）

| 线 路 | 里程（公里） | 交通工具 | 个人玩赏重点 |
| --- | --- | --- | --- |
| 广州—长沙 | 706 | 软卧火车 | 广州动物园、长沙马王堆汉墓遗址及出土文物 |
| 长沙—岳阳 | 140 | 硬卧火车 | 汨罗江、岳阳楼 |
| 岳阳—桂林 | 547 | 软卧火车 | 漓江风景 |
| 桂林—柳州 | 176 | 硬卧火车 | 柳侯公园 |
| 柳州—梧州 | 169 | 旅游巴士 | 广西的森林 |
| 梧州—广州 | 336 | 江轮 | 西江漂流 |
| 广州—梅县 | 434 | 普通巴士 | 外曾祖父的三间堂屋 |
| 梅县—潮州 | 157 | 普通巴士 | 开元寺 |
| 潮州—汕头 | 50 | 小巴士 | 潮州卤鹅和鱼丸 |
| 汕头—香港 | 400 | 南湖号轮船 | 南中国海上的落日 |
| 小计 | 3115 公里 | | |

## 第二次旅程（1989 年 8 月到 10 月）

| 线 路 | 里程（公里） | 交通工具 | 个人玩赏重点 |
| --- | --- | --- | --- |
| 广州—西安 | 2129 | 软卧火车 | 曲江旧址、大小雁塔、大明宫遗址、唐昭陵、乾陵、兴教寺、终南山 |
| 西安—兰州 | 676 | 硬卧火车 | 黄河 |
| 兰州—酒泉 | 748 | 软卧火车 | 酒泉公园、嘉峪关 |
| 酒泉—敦煌 | 404 | 旅游巴士 | 敦煌石窟、鸣沙山 |
| 敦煌—柳园 | 122 | 普通巴士 | 欧陆式的小小火车站 |

续表

| 线　路 | 里程（公里） | 交通工具 | 个人玩赏重点 |
| --- | --- | --- | --- |
| 柳园—吐鲁番 | 682 | 硬卧火车 | 交河故城、高昌故城、苏公塔、阿斯塔拉古墓群、火焰山 |
| 吐鲁番—乌鲁木齐 | 183 | 普通巴士 | 天池 |
| 乌鲁木齐—兰州 | 1892 | 硬卧火车 | 河西走廊 |
| 兰州—银川 | 468 | 硬卧火车 | 杜甫“五城”火车路线前半段 |
| 银川—呼和浩特 | 676 | 硬卧火车 | 贺兰山、阴山、杜甫“五城”路线后半段 |
| 呼和浩特—希日穆仁 | 150 | 四轮驱动车 | 内蒙古大草原 |
| 呼和浩特—大同 | 285 | 软卧火车 | 云冈石窟 |
| 大同—北京 | 382 | 硬卧火车 | 西山、曹雪芹故居、定陵、故宫、颐和园、圆明园 |
| 北京—太原 | 568 | 硬卧火车 | 晋祠 |
| 太原—运城 | 412 | 普通慢车 | 运城盐池 |
| 运城—洛阳 | 250 | 普通巴士 | 黄河古渡、龙门石窟、含嘉仓遗址、邙山古墓群 |
| 洛阳—广州 | 1480 | 飞机 | |
| 小计 | 11 507 公里 | | |

## 第三次旅程（1990 年 5 月到 7 月）

| 线　路 | 里程（公里） | 交通工具 | 个人玩赏重点 |
| --- | --- | --- | --- |
| 香港—昆明 | 1408 | 港龙航班 | 西山、滇池、西南联大旧址、石林 |
| 昆明—大理 | 391 | 普通巴士 | 苍山、洱海、太和城遗址、民巷、崇圣三塔 |
| 大理—剑川 | 126 | 普通巴士 | 小县城的寂清 |
| 剑川—石钟山石窟 | 25 | 拖拉机 | 石钟山石窟 |
| 剑川—丽江 | 76 | 普通巴士 | 丽江古城、虎跳峡、金沙江 |

续表

| 线　路 | 里程（公里） | 交通工具 | 个人玩赏重点 |
| --- | --- | --- | --- |
| 丽江—攀枝花 | 350 | 普通巴士 | 从南面云南高山入蜀 |
| 攀枝花—峨眉 | 593 | 硬座火车 | 峨眉山 |
| 峨眉—成都 | 156 | 硬座火车 | 杜甫草堂、王建墓、武侯祠、青城山、都江堰 |
| 成都—永川 | 339 | 硬座火车 | 大足石刻 |
| 永川—重庆 | 165 | 硬座火车 | 抗战都城的余韵 |
| 重庆—沙市 | 798 | “江渝号”江轮 | 长江三峡 |
| 沙市—常德 | 200 | 普通巴士 | 沈从文的常德余韵 |
| 常德—桃源 | 40 | 普通巴士 | 桃花源 |
| 桃源—大庸 | 200 | 普通巴士 | 张家界 |
| 大庸—王村 | 74 | 火车 + 小船 | 猛洞河 |
| 罗依溪　吉首 | 51 | 普通火车 | 小县城寂清的夜 |
| 吉首—凤凰 | 52 | 普通巴士 | 沈从文故居、沱江 |
| 凤凰—怀化 | 95 | 普通巴士 | 火车拉来的城市 |
| 怀化—贵阳 | 458 | 硬座火车 | 黄果树大瀑布 |
| 贵阳—安康 | 994 | 硬卧火车 | 长途旅行的栖息 |
| 安康—襄樊 | 368 | 普客火车 | 诸葛亮古隆中 |
| 襄樊—宝丰 | 251 | 硬座火车 | 香山寺、大悲菩萨传碑 |
| 宝丰—洛阳 | 134 | 硬座火车 | 北朝隋唐余光 |
| 洛阳—铁门 | 42 | 硬座火车 | 千唐志斋藏石 |
| 铁门—华山 | 222 | 硬座火车 | 华山 |
| 华山—西安 | 123 | 硬座火车 | 钟楼、东大街 |
| 西安—石泉 | 269 | 普通巴士 | 翻越秦岭 |
| 石泉—汉中 | 152 | 硬座火车 | 褒斜道石门十三品 |
| 汉中—广元 | 201 | 硬座火车 | 陆游“细雨骑驴入剑门” |
| 广元—昭化 | 27 | 普通巴士 | 品尝嘉陵江鲤鱼 |

| 线　路 | 里程（公里） | 交通工具 | 个人玩赏重点 |
|---|---|---|---|
| 昭化—南坪 | 240 | 普通巴士 | 白水江 |
| 南坪—九寨沟 | 70 | 普通巴士 | 长海、镜海 |
| 九寨沟—松潘 | 98 | 普通巴士 | 小镇上藏族风味 |
| 松潘—若尔盖 | 150 | 普通巴士 | 人间绝美的牧场 |
| 若尔盖—夏河 | 311 | 普通巴士 | 拉卜楞寺 |
| 夏河—临夏 | 109 | 普通巴士 | 清真寺、小城中伊斯兰风味 |
| 临夏—临洮 | 112 | 普通巴士 | 悲凉的黄土高原 |
| 临洮—兰州 | 107 | 普通巴士 | 兰州正宗牛肉拉面 |
| 兰州—西宁 | 216 | 硬座火车 | 青海新兴的城市风味 |
| 西宁—湟中 | 50 | 普通巴士 | 塔尔寺 |
| 西宁—格尔木 | 815 | 硬卧火车 | 火车上看青海湖、万丈盐桥 |
| 格尔木—西宁 | 900 | 普通巴士 | 沿途看甲骨文状的秃山 |
| 西宁—西安 | 892 | 硬卧火车 | 游三原县城、清真大寺、兴庆宫公园、碑林看拓碑 |
| 西安—广州 | 1528 | 飞机 | |
| 小计 | 13 978 公里 | | |

## 第四次旅程（1990 年 8 月）

| 线　路 | 里程（公里） | 交通工具 | 个人玩赏重点 |
|---|---|---|---|
| 广州—梅县 | 330 | 飞机 | 外曾祖父的文舫楼、黄遵宪故居 |
| 梅县—北京 | 1967 | 飞机 | 万里长城、天安门、雍和宫、地铁 |
| 北京—上海 | 1178 | 飞机 | 外滩、弄堂 |
| 上海—杭州 | 201 | 硬卧火车 | 西湖、灵隐寺、天竺寺 |
| 杭州—苏州 | 163 | 古运河拖船 | 观前街、拙政园、寒山寺、虎丘 |
| 苏州—上海 | 84 | 硬座火车 | 街景和上海人的世故与精明 |

续表

| 线　路 | 里程（公里） | 交通工具 | 个人玩赏重点 |
| --- | --- | --- | --- |
| 上海—香港 | 1408 | 飞机 | 资本主义社会的自由与颓废 |
| 小计 | 5331 公里 | | |

## 第五次旅程（1990 年 12 月）

| 线　路 | 里程（公里） | 交通工具 | 个人玩赏重点 |
| --- | --- | --- | --- |
| 广州—衡阳 | 521 | 硬座火车 | 广州陈家祠、陈寅恪旧居、衡阳中岳衡山 |
| 衡阳—祁阳 | 106 | 普通巴士 | 浯溪石刻、大唐中兴颂碑 |
| 祁阳—永州 | 51 | 普通巴士 | 柳子街、西山、潇水 |
| 永州—道县 | 104 | 普通巴士 | 访司马迁“窥九疑”、道县县城 |
| 道县—宁远 | 42 | 普通巴士 | 宁远文庙 |
| 宁远—郴州 | 139 | 普通巴士 | |
| 郴州—广州 | 374 | 硬座火车 | |
| 小计 | 1337 公里 | | |

## 第六次旅程（1991 年 7 月到 8 月）

| 线　路 | 里程（公里） | 交通工具 | 个人玩赏重点 |
| --- | --- | --- | --- |
| 广州—厦门 | 567 | 飞机 | 鼓浪屿、集美 |
| 厦门—泉州 | 151 | 普通巴士 | 开元寺双塔、清净寺、清源山老君岩造像、李贽故居 |
| 泉州—福州 | 198 | 普通巴士 | 于山定光寺严复读书处、林则徐祠堂 |
| 福州—南平 | 166 | 硬座火车 | |
| 南平—武夷山 | 184 | 小巴士 | 闽北山水 |
| 武夷山—邵武 | 148 | 普通巴士 | |
| 邵武—泰宁 | 79 | 普通巴士 | 泰宁明代尚书第 |
| 泰宁—建宁 | 61 | 普通巴士 | |

续表

| 线　路 | 里程（公里） | 交通工具 | 个人玩赏重点 |
|---|---|---|---|
| 建宁—宁化 | 115 | 普通巴士 | 石壁村 |
| 宁化—长汀 | 100 | 普通巴士 | 长汀革命旧址、瞿秋白纪念碑 |
| 长汀—上杭 | 191 | 普通巴士 | |
| 上杭—梅县 | 150 | 普通巴士 | |
| 梅县—香港 | 450 | 普通巴士 | |
| 小计 | 2560 公里 | | |

## 第七次旅程（1992 年 2 月）

| 线　路 | 里程（公里） | 交通工具 | 个人玩赏重点 |
|---|---|---|---|
| 深圳—惠州 | 120 | 小巴士 | 惠州西湖 |
| 惠州—东莞 | 150 | 小巴士 | |
| 东莞—虎门 | 70 | 小巴士 | 虎门炮台、林则徐销烟池 |
| 虎门—深圳 | 120 | 小巴士 | |
| 小计 | 460 公里 | | |

## 第八次旅程（1992 年 6 月到 7 月）

| 线　路 | 里程（公里） | 交通工具 | 个人玩赏重点 |
|---|---|---|---|
| 广州—武汉 | 873 | 飞机 | 黄鹤楼 |
| 武汉—郑州 | 516 | 硬座火车 | 大河村新石器时代遗址 |
| 郑州—开封 | 71 | 普通巴士 | 寻访北宋汴京遗迹 |
| 开封—嘉祥 | 270 | 普通巴士 | 武梁祠 |
| 嘉祥—曲阜 | 80 | 普通巴士 | 孔庙、孔府、孔林 |
| 曲阜—泰安 | 80 | 普通巴士 | 登泰山 |
| 泰安—济南 | 74 | 普通巴士 | 山东大学、大明湖 |
| 济南—安阳 | 292 | 普通巴士 | 小屯甲骨文出土处、殷商宫殿遗址、洹河 |
| 安阳—石家庄 | 225 | 普通巴士 | |

续表

| 线　路 | 里程（公里） | 交通工具 | 个人玩赏重点 |
|---|---|---|---|
| 石家庄—保定 | 131 | 普通巴士 | |
| 保定—满城 | 30 | 计程车 | 西汉中山靖王刘胜夫妇墓 |
| 保定—五台山 | 250 | 普通巴士 | 寺庙和青山 |
| 五台山—砂河 | 70 | 小巴士 | 被困一天的感觉 |
| 砂河—浑源 | 80 | 普通巴士 | 悬空寺 |
| 浑源—应县 | 50 | 普通巴士 | 辽代木塔 |
| 应县—三岔 | 160 | 普通巴士 | 睡在华北的热炕上 |
| 三岔—保德 | 84 | 普通巴士 | 黄土高坡 |
| 保德—榆林 | 224 | 普通巴士 | 古长城、想象汉唐异族骑兵南下 |
| 榆林—延安 | 318 | 普通巴士 | 枣园、周恩来旧居、延安文艺座谈会旧址 |
| 延安—黄陵 | 171 | 普通巴士 | 千年古柏树 |
| 黄陵—铜川 | 75 | 普通巴士 | 唐宋耀州窑遗址、药王山北魏石刻 |
| 铜川—蒲城 | 130 | 普通巴士 | 唐睿宗桥陵、唐玄宗泰陵 |
| 蒲城—韩城 | 126 | 普通巴士 | 司马迁祠墓、党家村 |
| 韩城—三门峡 | 190 | 普通巴士 | 中流砥柱、春秋时代虢国车马坑 |
| 三门峡—西安 | 265 | 硬座火车 | 羊肉泡馍、西安甜杏、陕北红枣 |
| 西安—扶风 | 88 | 普通巴士 | 法门寺、回想韩愈的《论佛骨表》 |
| 扶风—凤翔 | 51 | 普通巴士 | 杜甫“芒鞋见天子” |
| 凤翔—西峰 | 150 | 普通巴士 | 北石窟寺 |
| 西峰—平凉 | 102 | 普通巴士 | 小城的狭长 |
| 平凉—固原 | 116 | 普通巴士 | 小镇的伊斯兰风味 |
| 固原—泾川 | 186 | 普通巴士 | 南石窟寺碑 |
| 泾川—麟游 | 120 | 普通巴士 | 《九成宫醴泉铭》碑、唐井 |
| 麟游—西安 | 150 | 普通巴士 | 陕西历史博物馆、乐游原青龙寺遗址、华清池 |

续表

| 线　路 | 里程（公里） | 交通工具 | 个人玩赏重点 |
|---|---|---|---|
| 西安—广州 | 1528 | 飞机 | 飞机上望秦岭 |
| 小计 | 7326 公里 | | |

## 第九次旅程（1993 年 9 月到 10 月）

| 线　路 | 里程（公里） | 交通工具 | 个人玩赏重点 |
|---|---|---|---|
| 广州—南京 | 1255 | 飞机 | 秦淮河畔、明陵 |
| 南京—扬州 | 100 | 普通巴士 | 瘦西湖 |
| 扬州—镇江 | 50 | 普通巴士 + 渡轮 | 渡长江 |
| 镇江—宣州 | 124 | 硬座火车 | 李白敬亭山 |
| 宣州—黄山 | 182 | 硬座火车 | 黄山 |
| 黄山—婺源 | 90 | 普通巴士 | 朱熹的故乡婺源 |
| 婺源—景德镇 | 87 | 普通巴士 | 中国瓷都 |
| 景德镇—九江 | 156 | 普通巴士 | 庐山、陶渊明“悠然见南山” |
| 九江—南昌 | 135 | 硬座火车 | 滕王阁 |
| 南昌—广州 | 665 | 飞机 | 西汉南越王墓 |
| 小计 | 2844 公里 | | |

九次旅程总计：48 658 公里

# 繁体字版后记

那年我离开香港岭南学院，回到我出生的那个南方边城，暂时不想工作，每天上午的唯一功课，便是写作这本书。晨早起来，先陪长女棠儿等她的校车。她上了校车，常会转过头来跟我扮个鬼脸。然后，我就走到楼上那间书房，开动电脑，开始一天的写作。

那书房的窗子向南，面对着一个军营。那军营的风景很美，有幽深的古树林和一大片青翠的草地。每天清早写作时，经常可以听到军队在草地上操过去的步声和他们悠扬的军歌。军营前面是一条马路，不免有些“车马喧”，但我那时的心比较宁静，久了也就“心远地自偏”，仿佛再也听不到车声了。

我便在这风景优美的南方的窗下，写了九个月，写完这本书。回想起来，那是我至今最快乐的一段写作时光。当时我规定自己每天只写一千字左右，不要多写。下午午睡后修改上午写的初稿，晚上读书，过着一种很有规律的生活。

这本书是我过去几年来在中国内地行走九次的记录。这九次行程，绝大部分是火车旅程。除了辽宁、吉林和黑龙江三省、海南及西藏没去外，我几乎全靠火车走过中国其余二十多个省和自治区。写作时，我把重点放在旅程本身，想以一种沉静的笔调，细写火车旅行的乐趣和一些比较少人去的"非旅游热点"，如山东嘉祥的武梁祠、陕西麟游县的《九成宫醴泉铭》碑、西安唐太宗的昭陵和唐大明宫遗址，等等。

我的妻子先后两次替我校阅全书，以及幼女维维安带给我许多的欢乐，都是我十分感激的。

赖瑞和

1999年9月6日